*Chère lectrice,*

Le pouvoir de la séduction… Voilà ce dont il est question dans votre roman Coup de Cœur de ce mois. Un pouvoir si souvent décrié : trop subversif, dit-on. A tel point que celui qui en use est jugé peu recommandable… Hélas, qui pourrait y résister ?

Certainement pas Julia qui, bien malgré elle, tombe sous le charme de Sebastian, son play-boy de patron. Ni Vanessa, dont la relation avec Nicolas a pris un tour plus intense que prévu. Encore moins l'innocente Lily, prête à ruiner sa réputation pour le sulfureux Rob. Quant à Faith, elle jette toute prudence aux orties en cédant aux avances de Tate…

Oui, elles ont toutes succombé au pouvoir de la séduction. Tant mieux pour elles ! Car elles y ont gagné l'amour et le bonheur. Pourquoi n'en feriez-vous pas autant ?

***La responsable de collection***

Amant… et patron

*

Défi pour un séducteur

*

Le lord scandaleux

*

Dangereuse passion

KATHERINE GARBERA

# Amant… et patron

*éditions* HARLEQUIN

*Collection :* Coup de Cœur

*Cet ouvrage a été publié en langue anglaise*
*sous le titre :*
CEO'S SUMMER SEDUCTION

*Traduction française de*
SOPHIE BRUN



*Photo de couverture*

*Homme :* © BUZZ PICTURES/ALAMY


83-85, boulevard Vincent-Auriol, 75646 PARIS CEDEX 13.
Service Lectrices — Tél. : 01 45 82 47 47
www.harlequin.fr
ISBN 978-2-2802-3258-6 — ISSN 1159-4837

# 1.

Julia Fitzgerald jeta un coup d'œil à sa montre Cartier avant de consulter son bloc-notes. Sebastian Hughes, son patron, arriverait dans exactement trente secondes car il avait un sens aigu de la ponctualité. Bien qu'assis sur un matelas de dollars plus que confortable, il se plaisait à suivre le bon vieil adage selon lequel « le temps, c'est de l'argent » et n'aimait gaspiller ni l'un ni l'autre.

D'ailleurs, elle-même était bien payée pour le savoir. Le précieux bijou serti de petits diamants à son poignet lui rappelait, en cas de besoin, pourquoi elle ne sortait quasiment jamais et ratait la plupart des fêtes organisées par ses amies. La jeune femme ne comptait ni ses heures ni ses efforts, mais percevait, en contrepartie, un excellent salaire.

Elle embrassa du regard l'immensité verdoyante ponctuée d'enclos qui s'étendait devant elle. Pour l'instant, le calme régnait encore à Seven Oaks Farm qui, à partir de ce soir, deviendrait le rendez-vous de la haute société avec l'ouverture de la saison de polo.

— Accompagnez-moi jusqu'aux écuries, lança la voix de Sebastian, l'interrompant dans sa contemplation. Je souhaite effectuer une dernière tournée d'inspection et vérifier que les chevaux ne manquent de rien.

Julia lui répondit par un hochement de tête et lui emboîta le pas. Elle portait ses ballerines marron à talons plats, extrêmement confortables et pratiques pour marcher. Or, durant ces deux jours précédant l'ouverture du tournoi, elle allait devoir courir à droite et à gauche. Les fondateurs du Bridgehampton Polo Club, la famille Hughes, refusaient que le moindre grain de sable ne vienne s'immiscer dans une organisation au demeurant fort bien rodée.

Ils avaient transformé cette vaste propriété en un club de polo et aménagé ses deux grandes demeures pour recevoir une clientèle de marque. La troisième bâtisse avait été divisée en appartements afin d'y héberger les domestiques de certains de ces hôtes illustres, comme le cheikh Adham Al Ferjani qui ne voyageait jamais sans être accompagné. Les bureaux que Julia partageait avec Sebastian se trouvaient dans une aile réservée aux propriétaires.

— Je voudrais que les barnums soient installés ici, décréta Sebastian. Bobby Flay vient tourner son émission culinaire après-demain. Il faut que tout soit prêt. Sa critique gastronomique des talents de notre chef, Marc Ambrose, nous fera pas mal de publicité pour notre inauguration. Je compte sur vous pour que tout se déroule à la perfection.

— J'y veillerai, répondit-elle en repoussant une mèche de longs cheveux bruns derrière son oreille.

Sebastian s'arrêta et inspecta du regard les paddocks. Sa haute stature et son corps athlétique en faisaient indéniablement un des hommes les plus sexy qu'elle ait jamais rencontrés. Une barbe naissante ombrait ses joues et ses cheveux ébouriffés ajoutaient encore à sa virilité.

— Il y a une qualité que j'apprécie particulièrement chez vous, Jules.

— Laquelle ? De ne jamais rien vous refuser ?

Elle s'était exprimée sur le ton de la plaisanterie.

N'était-ce pas ce qu'attendait d'elle son patron : un sens de la repartie teinté d'un brin d'humour ? Toutefois, elle se sentait contrariée. Pourquoi s'obstinait-il à l'affubler de ce diminutif ridicule alors qu'elle avait passé la première année de leur collaboration à lui rappeler qu'elle ne s'appelait pas Jules, mais *Julia* ?

Il s'agissait peut-être d'un détail, mais sa signification était lourde de sens. Sebastian Hughes ne prêtait pas la moindre attention à ce qu'elle pouvait éprouver. Il la rémunérait grassement pour qu'elle n'ait pas d'états d'âme, qu'elle se montre d'une humeur égale et respecte ses directives à la lettre. L'indifférence était le prix à payer pour la coquette somme qu'il lui versait chaque mois sur son compte en banque.

— Exactement. Vous ne dites jamais non, lança-t-il avec ce sourire à la fois moqueur et enjôleur dont il avait le secret.

« Il est encore plus attirant lorsqu'il sourit », songea-t-elle malgré elle.

Elle s'en voulait de sa faiblesse à l'égard de son employeur qui avait pourtant une fâcheuse tendance à se comporter en tyran. Mais comment résister ? Il aurait fallu être aveugle pour ne pas remarquer son charme de beau ténébreux.

— Avez-vous passé en revue les sites internet et les magazines *people* ? s'enquit-il.

— Oui. J'ai contacté tous les journalistes de ma connaissance afin de m'assurer qu'ils couvriraient correctement l'événement. A priori, nous aurons assez de célébrités pendant ces quelques jours pour alimenter leurs chroniques mondaines. D'autant plus que Carmen Akins a annoncé publiquement sa visite à Seven Oaks Farm. Or, depuis son divorce d'avec Matthew Birmingham, elle fait la une des journaux. Cela devrait nous attirer les faveurs de la presse et nous valoir une bonne couverture médiatique.

— Parfait. La jet-set adore se trouver sous le feu des projecteurs, ce qui, en l'occurrence, sert complètement nos objectifs.

— J'en ai bien conscience.

— Lorsque nous aurons terminé notre inspection, pourriez-vous aller voir mon père afin de l'informer de la situation ?

— Bien sûr, répondit-elle.

Elle aimait bien rendre visite à Christian Hughes dans la clinique où il se rétablissait lentement d'une chimiothérapie assez lourde. Bien qu'affaibli par son cancer, le vieil homme avait conservé ses réflexes de séducteur. Le fils avait de qui tenir. En revanche, il n'avait pas, jusqu'à présent, exercé ses talents à son égard.

Son BlackBerry se mit à vibrer, interrompant le cours de ses réflexions.

— Richard ne devrait pas tarder, annonça-t-elle après avoir consulté l'écran de son portable. La maison d'hôtes est prête à l'accueillir. J'ai rempli le réfrigérateur et le bar de ses boissons et mets favoris.

— Merci. Veillez à le dorloter. Je souhaite qu'il profite de l'été pour se remettre sur pied. Son divorce le stresse à un point inimaginable.

— Vous vous inquiétez pour sa santé ?

— Pas seulement. Je me soucie aussi des répercussions sur le plan professionnel. Richard a besoin de décompresser. Depuis cette séparation, il a la tête ailleurs et semble dans l'incapacité de se concentrer. Nos affaires commencent à s'en ressentir.

Le meilleur ami de Sebastian était aussi son associé dans la société que tous deux avaient créée ensemble : Clearwater Media. Or ses problèmes personnels n'avaient pas simplement perturbé Richard Wells ; ils l'avaient littéralement anéanti.

— Je ferai de mon mieux pour lui rendre son séjour le plus agréable possible, promit-elle.

— Espérons qu'il en profitera, murmura Sebastian, comme s'il se parlait à lui-même.

Il demeura silencieux un instant, perdu dans ses pensées.

— Avez-vous eu des nouvelles du cheikh Adham Al Ferjani ? reprit-il.

— Son hélicoptère atterrira dans une petite demi-heure. J'ai prévenu les autorités de l'héliport. Je sais que vous souhaitez l'accueillir personnellement. Toutefois, son arrivée devrait coïncider avec celle de Richard.

— Je recevrais d'abord le cheikh, décréta-t-il. Ensuite, j'irai prendre un verre avec Richard… A moins que Vanessa puisse se charger d'accueillir Son Excellence.

— Voulez-vous que je lui transmette votre requête ?

— Non. Tout compte fait, cela ne me paraît pas une très bonne idée. Ma sœur n'a aucun sens de l'étiquette. Ai-je d'autres rendez-vous programmés pour aujourd'hui ?

— Juste le dîner avec Cici.

Cici O'Neal, dont le père possédait la chaîne d'hôtels de luxe Morton Mansions, était la dernière conquête en date de Sebastian. Capricieuse de nature, la jeune femme ne cessait de la harceler au téléphone depuis qu'elle avait décidé d'honorer Seven Oaks Farm de sa présence. Pas un jour ne se passait sans qu'elle formule de nouvelles exigences.

— J'ai un autre service à vous demander, Jules, déclara Sebastian.

Elle leva les yeux de l'organiseur en cuir sur lequel elle détaillait son emploi du temps et planta son regard dans celui bleu azur de son patron.

Encore une fois, il n'avait pu s'empêcher de l'appeler Jules. Se rendait-il compte que même s'il l'estimait sans doute corvéable à merci, elle commençait à éprouver des envies de rébellion ? Qu'elle en avait plus qu'assez de se sentir complètement transparente ?

Non, certainement pas. Il ne s'intéressait pas assez à elle. Par ailleurs, elle prenait grand soin de ne rien laisser transparaître de ses émotions. Elle inspira profondément, s'efforçant de reprendre le contrôle d'elle-même.

— De quoi s'agit-il ? s'enquit-elle avec un sourire forcé.

Du coin de l'œil, elle aperçut le beau joueur de polo, Nicolas Valera. L'Argentin menait une brillante carrière sportive et, d'après la rumeur, il venait de signer un contrat avec la marque Polo by Ralph Lauren.

— Téléphonez à Cici et dites-lui que les choses sont finies entre nous.

— Comment ? s'exclama-t-elle.

Elle s'était laissé distraire par le spectacle de Nicolas Valera caracolant sur son cheval et avait sans aucun doute mal compris.

— Contactez Cici, répéta-t-il. Une fois que vous lui aurez transmis mon message, envoyez-lui ceci, ajouta-t-il en sortant de sa poche un écrin de chez Tiffany.

Sans réfléchir, elle prit la boîte qu'il lui tendait avant de se raviser et de la lui rendre. S'il s'imaginait qu'elle allait téléphoner à sa petite amie pour l'informer qu'il avait décidé de rompre, il se trompait lourdement !

Elle n'éprouvait guère de sympathie pour Cici, mais celle-ci méritait néanmoins un peu plus d'égards.

— Hors de question, rétorqua-t-elle sur un ton sans appel. Désolée, mais vous allez devoir vous en charger vous-même.

*
* *

Sebastian lui lança un regard interloqué. Pour la première fois depuis le début de leur collaboration, Julia Fitzgerald osait lui tenir tête. Or il n'avait pas l'habitude que quiconque s'oppose à lui. Dès son plus jeune âge, il avait compris que, pour avancer comme il l'entendait, il fallait imposer sa volonté aux autres.

— Je refuse catégoriquement de vous servir de messager ! renchérit-elle. Je pense qu'il vous incombe de lui apprendre la nouvelle… et en face, pas par téléphone.

— Permettez-moi d'en décider, répliqua-t-il, piqué au vif. Notre liaison n'a rien de sérieux et Cici le sait aussi bien que moi. Telle que je la connais, ce cadeau lui fera vite oublier sa déception.

— Vous vous trompez, protesta-t-elle en secouant la tête. Elle se réjouit sincèrement de passer l'été ici avec vous à l'occasion de la saison de polo. Sinon, pourquoi me téléphonerait-elle tous les jours pour préparer dans les moindres détails son séjour ? Et puis, je refuse d'intervenir dans ce que je considère comme vos affaires personnelles.

— Cela ne vous dérange pas de rendre visite à mon père, objecta-t-il. Or, si je ne m'abuse, cela fait *aussi* partie de ma vie privée, Jules.

— Combien de fois vous ai-je déjà demandé de ne pas m'appeler Jules ? J'ai l'impression que vous ne tenez aucun compte de ce que je peux vous dire.

— Ne vous mettez pas dans un état pareil. Cela n'en vaut pas la peine, je vous assure. J'ignorais que ce surnom vous déplaisait à ce point.

— Ce n'est pourtant pas faute de vous l'avoir signifié, mais comme vous ne m'écoutez pas, j'ai fini par me résigner.

Il l'examina attentivement, sans doute pour la première fois depuis qu'il l'avait engagée. Elle lui parut encore plus attirante avec ses longs cheveux bruns et soyeux qui retombaient en cascade sur ses épaules et son regard profond, couleur chocolat, qui d'ordinaire pétillait d'intelligence et, à cet instant précis, luisait d'indignation.

Lors de l'entretien d'embauche, deux ans auparavant, il n'avait bien sûr pas manqué de remarquer la beauté et la classe naturelle de sa future recrue. Toutefois, il avait enfoui au plus profond de lui l'étrange émoi qu'il avait alors ressenti. Les patrons qui s'autorisaient une aventure avec leurs assistantes avaient tôt fait de se décrédibiliser dans le petit monde des hommes d'affaires. Il ne faisait en aucun cas partie de ceux-là. Aussi s'était-il empressé de refouler toute pensée équivoque.

Mais aujourd'hui, avec son visage auréolé par les rayons du soleil, il la trouvait particulièrement resplendissante. Sa robe d'été épousait admirablement ses courbes féminines, dévoilant des bras fins et musclés. Elle maintenait sa chevelure abondante vers l'arrière à l'aide de ses lunettes de soleil, ce qui mettait en valeur la régularité de ses traits… tendus.

« Comment vais-je m'en sortir sur ce coup ? s'interrogea-t-il, conscient qu'il dépassait les bornes. Un énorme bonus la ferait peut-être changer d'avis ? »

— Voyons, Jules — euh, pardon, je veux dire, Julia —, pourquoi ne pas parler de tout cela sans nous énerver ?

— *Vous* appelez Cici et *je* m'occupe de lui faire parvenir son cadeau, s'entêta-t-elle sans le laisser poursuivre.

— Si vous lui téléphonez, je saurai rémunérer ce service, un peu spécial il est vrai, à sa juste valeur.

Il n'avait franchement pas envie de négocier avec Cici aujourd'hui. Il avait des questions bien plus urgentes à régler concernant les derniers préparatifs. Cependant, s'il n'agissait pas maintenant, il devrait supporter sa petite amie durant tout l'été. Et cette perspective ne l'enchantait guère !

S'ils avaient entretenu une relation sérieuse, jamais il n'aurait demandé à Julia de se charger de cette mission délicate. Mais Cici s'intéressait surtout à lui pour son niveau de vie et ses fréquentations. Quant à lui, il aimait se montrer en public, accompagné de jeunes beautés connues ou en passe de l'être. Et il devait admettre que Cici correspondait parfaitement au profil.

Cette année, cependant, le succès de la saison de polo reposait entièrement, ou presque, sur ses épaules. Si seulement son père avait pu lui prêter main-forte, il se serait senti un peu moins seul. Hélas, ce satané cancer du pancréas se révélait plus tenace que prévu, et Christian devait mobiliser toutes ses forces et son courage dans ce combat dont ni lui ni Vanessa, sa sœur cadette, ne doutaient qu'il sortirait victorieux.

Il fut ramené à la réalité par la voix de Julia.

— Vous m'entendez ? Aucune récompense, aussi généreuse soit-elle, ne me fera revenir sur ma décision. Cette fois-ci, je ne céderai pas. Cici ne mérite pas un tel traitement.

Il réprima à grand-peine un sourire moqueur. Sous des dehors de bourreau de travail, son assistante cachait un cœur sensible.

— Et si je vous offrais, à vous et votre famille, disons… deux semaines de vacances à Capri, tous frais payés ?

En prononçant ces mots, il se rendit soudain compte qu'il n'avait jamais pris la peine d'interroger Julia sur ses parents. Peut-être même n'en avait-elle pas ?

— Menteur !

— Comment cela ?

— Jamais vous ne me laisseriez profiter de ces congés pour jouer les touristes et me faire bronzer sur la plage. Je passerais mon temps pendue au téléphone, à régler des dossiers !

— J'admets qu'il y a un risque, reconnut-il. Mais comment ferais-je sans vous, Jules… euh, Julia ? Vous êtes mon bras droit et j'ai une totale confiance en votre efficacité.

— Je le sais, et c'est bien pour cette raison que je m'acquitte de toutes les missions que vous me déléguez. Toutes, sauf celle-ci, Sebby.

— Sebby ?

— Pourquoi pas ? Vous m'appelez bien Jules ! lança-t-elle, une lueur de malice dans les yeux.

— Je suis prêt à vous offrir cinquante mille dollars si vous acceptez.

Il vit son expression changer brusquement. Elle se figea et son regard se durcit.

— J'essaie juste de négocier, se hâta-t-il d'ajouter, sentant l'orage sur le point d'éclater.

— Il n'y a pas lieu de marchander, répliqua-t-elle sèchement. Je ne transigerai pas. Je refuse de rompre à votre place. Vos affaires de cœur ne regardent que vous. Rendre visite à votre père malade, offrir une oreille compatissante à votre ami en plein divorce, vous rendre compte des dernières lubies de votre jeune sœur : c'est entendu, ces tâches correspondent à la description de mes fonctions. En revanche, essuyer les foudres de votre dernière conquête en lui transmettant un tel message : non !

— Même si je double ma proposition ? insista-t-il.

— Puisque vous ne voulez rien entendre, lança-t-elle, outrée, je démissionne. Trop, c'est trop ! J'aurais dû le faire depuis bien longtemps au lieu d'essayer de me persuader qu'en travaillant dur, j'atteindrais mes objectifs dans la vie. Mais, là, vous dépassez les bornes.

— Vous ne pouvez pas m'abandonner alors que la saison de polo commence dans deux jours. Vous savez que j'ai *besoin* de vous. Vous me tenez à votre merci.

— Le pensez-vous vraiment ou s'agit-il encore d'un de vos petits stratagèmes pour m'amadouer ?

— Je le pense *vraiment*, répondit-il, des accents de sincérité dans la voix.

Il formait avec elle un tandem parfait et n'envisageait pas une seule seconde de se séparer d'elle. Celle-ci le comprenait à demi-mot et faisait preuve d'une conscience professionnelle rare. Il ne réussirait jamais à dénicher une autre collaboratrice de sa trempe, surtout en si peu de temps.

— Je ne demande qu'à vous croire. Malheureusement, je sais aussi que vous ne reculeriez devant aucun argument pour arriver à vos fins.

— Exact, admit Sebastian. Bon, je m'occupe de Cici et nous oublions toute cette discussion, d'accord ?

— Impossible, objecta-t-elle, car vous avez une bien piètre opinion de moi si vous m'imaginez prête à n'importe quelle bassesse pour de l'argent.

— Vous venez justement de me prouver le contraire. J'ai tenté ma chance et j'ai eu tort. Je m'en excuse. En revanche, si vous restez jusqu'à la fin de la saison de polo, je vous double votre dernier salaire et je me fais fort de vous obtenir un poste de direction chez Clearwater Media. Alors, qu'en dites-vous ?

La tête penchée, elle semblait hésiter.

— En affaires, je tiens toujours parole, insista-t-il pour achever de la convaincre.

— Je le reconnais, finit-elle par murmurer. Donc, c'est vous qui téléphonerez à Cici ?

Il se contenta d'acquiescer d'un mouvement de tête.

— Dans ces conditions, j'accepte votre offre.

Il prit la main qu'elle lui tendait pour sceller leur accord et la garda un peu plus longtemps que nécessaire dans la sienne. Curieusement, il éprouvait un certain trouble. Cette crise lui avait dévoilé une autre facette de la personnalité de Julia et lui avait permis de mesurer combien il tenait à elle.

S'agissait-il d'un sentiment uniquement professionnel ? Voilà la question qui, insidieusement, s'était glissée dans son esprit.

— Marché conclu ! décréta-t-il.

Avait-elle pris la bonne décision ? Julia en doutait, d'autant que le sourire victorieux de Sebastian lui donnait l'impression d'avoir cédé un peu trop vite. Comme d'habitude, son patron devait estimer avoir remporté la partie.

« Comment le lui reprocher ? » songea-t-elle en jetant un coup d'œil à la montre Cartier qui étincelait à son poignet.

Ne venait-elle pas, d'une certaine manière, de se laisser acheter ?

Jamais, durant sa jeunesse dans sa petite ville natale du fin fond du Texas, elle n'avait imaginé porter un jour un bijou si luxueux. Depuis qu'elle évoluait dans le monde des Hughes et du polo, elle avait découvert les avantages que procure l'argent et y avait pris goût, n'hésitant pas à travailler dur pour acquérir les moyens de se les offrir.

Hors de question de renoncer maintenant à ce mode de vie. Par ailleurs, ses fonctions actuelles lui plaisaient énormément. Elle appréciait beaucoup ses employeurs, rencontrait des personnalités intéressantes et exerçait des responsabilités qui dépassaient le cadre du simple assistanat. Cela valait la peine de museler un amour-propre mal placé.

— Je pars à la clinique rendre visite à Christian, déclara-t-elle, prenant soudain conscience que Sebastian tenait toujours sa main dans la sienne.

— Entendu. De mon côté, je vous promets de téléphoner à Cici. Autant régler le problème le plus vite possible.

— Je dois aussi passer en revue le menu prévu pour le dîner d'inauguration avec le chef, poursuivit-elle en retirant sa main. Je veux m'assurer que rien ne manquera à l'appel.

Elle s'apprêtait à tourner les talons quand il la rappela.

— Jules.

— Oui ?

— Merci d'avoir accepté de rester, déclara-t-il en la fixant de son magnifique regard bleu azur.

Il s'approcha et posa ses doigts sur son épaule. Elle se figea instantanément.

Durant ces vingt-quatre mois, elle n'avait vu en lui que son supérieur hiérarchique. Bien sûr, elle n'ignorait rien de son palmarès de don Juan ; il n'en faisait pas mystère. Toutefois, elle avait pris soin de garder ses distances. Sebastian Hughes n'était pas un homme pour elle. Alors pourquoi, subitement, commençait-elle à le considérer d'un autre œil ?

— Il s'agit d'une décision purement professionnelle, se justifia-t-elle.

— Et vous restez professionnelle jusqu'au bout des ongles, en toutes circonstances, n'est-ce pas ?

— Je m'y efforce, en effet.

Elle avait commencé très tôt sa journée de travail et ces longues heures à courir dans tous les sens, à résoudre les problèmes et à répondre aux coups de téléphone qui se multipliaient à l'approche du jour J auraient bientôt raison de sa résistance. Elle avait l'impression que la maîtrise des événements lui échappait.

Elle recula d'un pas. La main qui reposait sur son épaule glissa le long de son bras, s'attarda au creux de son coude, provoquant de délicieux frissons sur son passage.

Il ne l'avait encore jamais touchée, du moins pas de cette façon.

« Heureusement, songea-t-elle malgré elle, sinon j'aurais eu du mal à me concentrer. »

— Vous ne devriez pas… balbutia-t-elle, incapable d'aller jusqu'au bout de sa pensée.

— Vous avez une peau soyeuse.

— Merci. Je l'hydrate tous les jours, répondit-elle précipitamment avant de se rendre compte du ridicule de cette précision.

— Avec une lotion à la pêche, n'est-ce pas ?

— Oui, souffla-t-elle, désarçonnée, sentant une rougeur intempestive envahir son visage.

Comment pouvait-il l'avoir deviné ?

Elle sentit ses doigts descendre jusqu'à son poignet en une caresse si douce qu'elle laissa échapper un léger soupir. Il fallait rompre le charme, et vite, sinon la situation risquait de devenir franchement embarrassante.

— Je suis votre assistante, je vous le rappelle, protesta-t-elle en s'écartant.

— Tout au moins jusqu'à la fin de l'été. Néanmoins, la règle qui impose de ne pas mélanger travail et plaisir commence singulièrement à me peser, je l'avoue.

— Ne comptez pas sur moi pour vous inciter à l'enfreindre.

Il se pencha au-dessus d'elle, si près qu'elle sentit le parfum musqué de son after-shave, et plongea son regard dans le sien.

— Je crains que vos yeux ne vous trahissent, Jules, chuchota-t-il d'un ton badin.

Instinctivement, elle ferma les paupières afin de se soustraire à cette inspection.

— Dans quelques semaines, vous ne serez plus ma collaboratrice, ni moi votre patron, insista-t-il.

— Ne vous attendez pas à ce que je cède à vos moindres caprices, Sebastian. Je ne vous appartiens pas, et vous aurez beau user de votre pouvoir de persuasion légendaire, je ne changerai pas d'avis.

— Pourtant, je parierais que si.

« Quelle assurance ! » songea-t-elle.

Rien dans son comportement pourtant ne pouvait laisser deviner qu'elle trouvait son employeur follement séduisant. Au contraire. Elle affichait en permanence le masque de la parfaite assistante et, lorsqu'une pensée de nature plus intime surgissait subrepticement, elle veillait à la chasser aussitôt.

Sans doute n'avait-elle pas réussi à déjouer la perspicacité de Sebastian ? Ou peut-être s'intéressait-il davantage à elle qu'elle ne se l'était imaginé ?

Car sous ses dehors de Casanova privilégié, il cachait une réelle sensibilité. Il suffisait de le voir agir vis-à-vis de ses proches, notamment son père, sa sœur et Richard, pour en être convaincu.

— Monsieur Hughes ?

Sebastian se tourna en direction de la voix qui l'interpellait. Elle-même en profita pour s'éclipser et partit tout droit se réfugier derrière son écran d'ordinateur. Ici au moins, dans ce bureau, elle se sentait en sécurité.

Elle confirma le rendez-vous avec le chef Ambrose à 19 heures et s'absorba dans la lecture de ses mails. Au bout d'une demi-heure, elle avait retrouvé ses esprits.

Même si elle en mourait d'envie, elle ne céderait pas aux avances de Sebastian. Elle était sur le point de décrocher le poste idéal, et elle ne gâcherait pas une telle chance à cause d'une faiblesse passagère.

Pas question de demeurer une exécutante toute sa vie. Elle aspirait à plus de responsabilités et ses fonctions futures chez Clearwater Media lui donneraient l'opportunité d'exploiter ses qualités managériales.

Elle regagna sa Coccinelle décapotable et se glissa avec plaisir derrière le volant. Il faisait une chaleur agréable, bien plus supportable que la canicule sévissant, à cette époque de l'année, dans sa région du Texas. Elle actionna l'ouverture automatique du toit, noua un foulard autour de ses cheveux et chaussa ses lunettes de soleil.

Son avenir professionnel lui permettrait de s'offrir le cabriolet Audi dont elle rêvait depuis quelque temps.

Et pourquoi pas, en prime, une aventure avec Sebastian Hughes ?

Elle rejeta aussitôt cette idée saugrenue et mit le moteur en route.

# 2.

Christian Hughes était très bavard — surtout avec les jolies femmes —, et Julia entendit sa voix grave depuis le couloir qui menait à sa chambre. Elle croisa Lola, l'infirmière particulière du malade, qui justement en sortait.

— Comment est-il aujourd'hui ?

— Egal à lui-même, répondit la jeune fille avec un large sourire plein de sous-entendus.

Julia était passée à la clinique la veille, mais trop tard hélas ; Christian dormait déjà. Aussi avait-elle décidé de venir très tôt ce matin et de lui apporter son petit déjeuner favori — une brioche aux pépites de chocolat —, pour se faire pardonner.

— Bonjour, Christian, lança-t-elle joyeusement en entrant dans la pièce.

— Ah, Julia ! C'est toujours un tel plaisir de vous voir. Vos visites égayent mes journées.

Elle lui adressa une petite grimace malicieuse et prit place dans le fauteuil installé près du lit tandis que, sur un signe du patient, l'aide-soignante s'éclipsait discrètement.

Christian avait le crâne complètement rasé. Il portait un peignoir bleu marine qui rendait encore plus pétillant le bleu clair de ses yeux et avait épinglé au revers une petite rose. En toutes circonstances, Christian Hughes restait élégant et distingué. Il n'était pas homme à se laisser aller.

Elle se leva pour débarrasser le plateau du petit déjeuner à peine entamé qui traînait sur la table de chevet.

— Laissez, ma chère ! s'offusqua Christian. J'aurais sonné. L'établissement ne manque pas de personnel, vous savez !

Le centre de convalescence dans lequel il se remettait lentement de sa dernière cure de chimiothérapie ne s'adressait qu'aux nantis. D'ailleurs, la grande pièce qu'il occupait s'apparentait davantage à un studio de luxe qu'à une chambre d'hôpital, avec son sol en marbre recouvert d'un tapis marocain — cadeau de Vanessa —, son beau mobilier et ses murs décorés de photographies de Sebastian et de Vanessa ainsi que des affiches de polo.

Se trouvait réuni ici tout ce qui lui tenait le plus à cœur : ses enfants, sa propriété de Seven Oaks Farm et le club de polo qu'il avait fondé.

— Désolée. Je n'ai pas pu me libérer assez tôt hier, expliqua-t-elle tout en arrangeant dans un vase le joli bouquet qu'elle avait acheté chez le fleuriste en bas de la rue.

— Je comprends. Le cheikh est-il déjà arrivé ?

— Oui. Sebastian l'a accueilli avec tous les honneurs dus à son rang et a veillé à ce que ses chevaux soient bien installés dans leurs box.

— Vous les avez vus ?

— Non, pas encore, mais j'ai l'intention d'y remédier aujourd'hui.

— S'ils ressemblent à leur géniteur, vous allez être impressionnée. J'en ai entendu beaucoup de bien et j'ai hâte d'en savoir plus à leur sujet.

Elle nota dans un coin de sa tête d'apporter des photographies lors de sa prochaine visite. Christian adorait les pur-sang arabes et devait se sentir terriblement frustré de ne pas pouvoir assister à la saison de polo pour la deuxième année consécutive.

— Je vous en ferai une description précise, promit-elle.

Elle se lança dans un rapport détaillé sur les préparatifs en cours, la liste des invités et le menu prévu pour le dîner d'inauguration dont le thème et la présentation s'inspireraient de deux couleurs : le noir et le blanc. Manifestement très intéressé, Christian posa de nombreuses questions et émit plusieurs suggestions. Ils passèrent ainsi plus d'une heure à discuter avant qu'elle ne consulte sa montre. Son geste, bien que discret, n'échappa pas à son hôte.

— Je suppose qu'il vous faut partir, soupira-t-il, sans chercher à masquer sa déception.

— Hélas, oui. Votre fils est un patron très exigeant, plaisanta-t-elle.

— Vous ne devez pas vous amuser tous les jours !

— Détrompez-vous. J'adore mon travail. Et puis, sans cette détermination qui le caractérise, Sebastian ne réussirait pas aussi bien ce qu'il entreprend.

— Vous avez raison. C'est d'ailleurs dans cet état d'esprit que je l'ai élevé.

— Votre éducation a porté ses fruits ; vous pouvez être fier. J'imagine que votre femme partageait votre point de vue sur les valeurs fondamentales à transmettre à vos enfants.

Elle ne disposait que de peu d'informations au sujet de la mère de Sebastian, tuée dans un accident de voiture cinq ans auparavant.

— Lynette était une parfaite épouse, se contenta de répondre Christian, l'air songeur. Elle savait tenir son rang.

Elle eut le sentiment que ce laconisme trahissait une

certaine amertume, mais elle sut gré à Christian de ne pas s'épancher davantage.

— Je reviendrai demain, dit-elle en se levant.

Il lui faudrait demander à Vanessa à quelle heure elle comptait passer afin que leur visite ne coïncide pas. Dans la mesure du possible, Julia s'arrangeait pour éviter les moments où Christian recevait la visite de ses enfants. Ainsi, il pouvait profiter pleinement de leur présence.

— Voilà une nouvelle qui me ravit ! s'exclama le vieil homme.

— De quelle nouvelle s'agit-il, papa ? s'enquit Sebastian qui entrait dans la chambre.

Il adressa un large sourire à Julia avant d'aller embrasser son père.

Elle sentit son cœur battre plus vite. Dès lors qu'il se retrouvait dans son cercle familial, Sebastian troquait son costume d'homme d'affaires intransigeant, parfois cynique, contre celui de fils aimant et de frère attentionné. Il baissait sa garde. Cette métamorphose avait le don de la troubler, car elle découvrait alors une personne d'une douceur et d'une prévenance insoupçonnées.

— La perspective de revoir Julia demain, expliqua Christian.

— Je m'en réjouis autant que toi. T'a-t-elle dit qu'elle a failli nous quitter pour de bon pas plus tard qu'hier après-midi ?

— Comment ! Que lui as-tu donc fait pour l'inciter à démissionner ?

— Pourquoi en déduis-tu aussitôt que j'y suis pour quelque chose ? protesta Sebastian en lui lançant un regard de connivence.

— Parce que je te connais, Seb !

— OK, OK, je l'avoue, mais j'ai heureusement réussi à ce qu'elle revienne sur sa décision… Maintenant, changeons de sujet. Julia t'a-t-elle décrit la soirée que nous prévoyons pour le lancement de la saison ?

— Dans les moindres détails. Pas mal l'idée de la bichromie ! En revanche, j'aimerais en apprendre davantage sur le cheikh Adham Al Ferjani et, surtout, sur ses chevaux. Sont-ils aussi splendides qu'on le dit ?

— Je vais vous laisser, intervint-elle.

— Je vous raccompagne, répondit aussitôt Sebastian. Papa, j'ai besoin de dire un mot à Julia. Cela ne t'embête pas si je m'absente pour une minute ?

— Je t'en prie, mon garçon. J'ai tout mon temps… Enfin, du moins, je l'espère ! A demain, ma chère.

Sebastian escorta la jeune femme jusque dans le salon réservé aux visiteurs.

A peine assise sur l'un des sofas, elle sortit son organiseur.

— Inutile de prendre des notes. Cet entretien est d'ordre personnel, déclara Sebastian. Je souhaitais simplement vous remercier.

— Pour quelle raison ?

— De témoigner à mon père autant de gentillesse et ce, malgré l'incident d'hier.

— Christian n'a rien à voir dans cette histoire, et j'ai beaucoup d'affection pour lui.

— Lui aussi vous apprécie énormément. Il ne tarit pas d'éloges à votre sujet. Julia, acceptez-vous d'enterrer la hache de guerre ?

Cet échange la mettait mal à l'aise. Elle sentait confusément que sa relation avec Sebastian était en train d'évoluer. Jamais jusqu'à présent son patron ne l'avait remerciée pour quoi que ce soit. Il semblait la considérer autrement depuis quelque temps. Pourquoi et où cela allait-il les mener ? Deux questions auxquelles elle s'efforçait de trouver une réponse et qui l'avaient tenue éveillée une bonne partie de la nuit.

— Oui. Chez moi, la colère ne dure jamais très longtemps.

— Dommage, car elle vous rend encore plus belle ! murmura-t-il en se penchant vers elle.

« Ne t'emballe pas, songea-t-elle, le cœur battant. Ne te laisse surtout pas prendre à son numéro de charme. Après tout, tu as déjà eu l'occasion de le voir à l'œuvre avec les jeunes beautés qui lui tournent autour. »

Pourtant, il lui semblait qu'il se comportait différemment avec elle.

— Nous n'avons pas terminé notre conversation, ajouta-t-il.

— Laquelle ?

— A propos de cette fichue règle qui veut qu'on ne mélange pas travail et plaisir.

— En ce qui me concerne, elle me convient parfaitement, répliqua-t-elle avec plus d'assurance qu'elle n'en ressentait.

— Vous en êtes sûre ?

— Absolument. Il vaut mieux que je parte, maintenant. A tout à l'heure.

Sans demander son reste, elle se leva et se dirigea d'un pas vif vers la sortie avant de céder aux instances de Sebastian et de lui entrouvrir le chemin de son cœur.

Sebastian tint compagnie à son père jusqu'à l'arrivée à la clinique de Vanessa. Christian allait beaucoup mieux, mais son état de santé continuait de préoccuper ses enfants. Le frère et la sœur n'avaient jamais été très proches de leur mère qui se souciait bien plus de ses relations sociales que de sa propre progéniture. C'était

Christian le pilier de la famille, celui sur qui Sebastian et Vanessa pouvaient compter quoi qu'il advienne.

En rentrant à Seven Oaks Farm, Sebastian trouva un mot de Julia sur son bureau. Le parfum de la jeune femme flottait encore dans la pièce. Ne plus travailler avec elle allait lui manquer terriblement. Toutefois, peut-être continueraient-ils à se fréquenter dans un cadre différent ? Il lui restait deux mois pour la convaincre. Et qui sait où cette relation les conduirait…

Cette pensée le prit au dépourvu et il la rejeta aussitôt. Il n'était pas homme à s'engager. Les sentiments ne faisaient pas bon ménage avec la réussite professionnelle. S'il ne se montrait pas plus prudent, il risquait de finir comme Richard, anéanti par un divorce et perturbé au point de ne plus pouvoir se concentrer. Or il refusait de devenir l'ombre de lui-même parce que son histoire avec Julia aurait mal tourné. Sans doute devrait-il battre légèrement en retraite pendant qu'il en était encore temps.

Il entendit des pas dans l'entrée ; deux secondes plus tard, Julia pénétrait dans le bureau.

— Ah, vous êtes revenu.

— Oui. Vanessa a pris la relève.

— J'ai rendez-vous avec le chef. Pour notre soirée « Noir et blanc », Marc souhaite nous servir une mise en bouche à base de caviar, de meringue salée et de truffe blanche. Son essai d'hier ne lui a pas paru concluant, et il m'a demandé de goûter la version d'aujourd'hui, mais je préférerais avoir votre opinion.

— Hum ! Je vous accompagne. Après, j'ai prévu d'aller du côté des paddocks suivre l'entraînement des chevaux du cheikh. Ils sont magnifiques, paraît-il, et je ne voudrais pas rater ce spectacle.

— A vrai dire, moi non plus, reconnut-elle. Votre père m'en a fait de tels éloges que je suis curieuse de découvrir ces petites merveilles. Dommage que Christian ne puisse les admirer lui aussi.

— En fait, je me demande s'il ne pourrait pas obtenir la permission de sortir une demi-journée. Il pourrait ainsi assister au match d'ouverture.

— J'appellerai Lola pour le lui suggérer, si vous voulez. Nous verrons bien ce qu'elle en pense. Sans doute proposera-t-elle d'escorter son malade ?

— Excellente idée, merci. Contactez aussi le Dr Gold ; lui seul peut donner son feu vert.

— Entendu.

Tout en discutant, ils avaient rejoint les cuisines qui, malgré l'heure matinale, bourdonnaient comme une ruche. Marc Ambrose faisait partie des plus grands chefs de sa génération. Pour lui, gastronomie rimait avec convivialité, et les hôtes de Seven Oaks Farm ou les membres du Bridgehampton Polo Club affamés qui frappaient à la porte de son royaume recevaient toujours un accueil chaleureux… et savoureux.

— Le chef vous prie de l'excuser et vous demande de l'attendre ici, déclara le maître saucier en leur indiquant une petite table dressée à l'écart, près d'une fenêtre.

— Merci, Jeff.

Elle prit place en face de lui et sortit son organiseur, prête à prendre des notes. Elle avait la tête légèrement penchée et le soleil qui pénétrait à travers la vitre illuminait sa chevelure de reflets soyeux. Il fut de nouveau frappé par la beauté de cette femme. Comment avait-il pu ne voir en elle qu'une collaboratrice super-efficace et professionnelle ?

— Pourquoi me fixez-vous ainsi ?

— Vous êtes rayonnante, répondit-il, en se rendant compte du ridicule de son commentaire au moment où il le formulait.

— Merci, rétorqua-t-elle en riant. Vous venez juste de le remarquer ?

— Oui. Je vous ai toujours considérée comme une jolie femme, agréable à regarder, mais là, mon impression est… différente.

— Comment cela ? s'étonna-t-elle.

— En fait, j'ai du mal à expliquer ce que je ressens, expliqua-t-il, à court de mots de façon étrange.

— Je ne crois pas que…

— Je sais ce que vous pensez, l'interrompit-il, mais je voudrais vous dire que…

Mais l'arrivée de Marc Ambrose ne lui permit pas d'approfondir sa pensée.

— Désolé pour mon retard, s'excusa le chef en approchant de leur table. J'étais au téléphone avec l'équipe de Bobby Flay pour passer en revue les derniers détails du tournage de l'émission *Food Network*. Ils vont filmer la préparation du dîner de gala.

— Pas de problème, Marc. Montrez-nous plutôt ce que vous nous avez concocté de bon.

Sur un signe du chef, un jeune marmiton vint déposer devant eux plusieurs assiettes contenant des mini-portions de ce qu'ils dégusteraient le soir même.

Tandis qu'ils goûtaient et commentaient les mets, Sebastian ne cessait de réfléchir à sa situation.

Ce n'était pas très moral de flirter avec son assistante, il en avait parfaitement conscience. Toutefois, il avait promis à Julia de l'aider à décrocher un poste à responsabilité chez Clearwater Media. Dans peu de temps, ils ne travailleraient plus ensemble, ce qui changeait considérablement la donne.

Devait-il attendre la fin du contrat avant d'envisager une relation plus intime avec elle ? Il ne s'en sentait pas la patience. Autre question épineuse : la jeune femme partageait-elle cette envie ? Rien de moins sûr. Elle repoussait ses avances et ne recherchait pas sa présence si cela n'était pas nécessaire. Il se comportait souvent avec elle en patron exigeant — il le reconnaissait volontiers — et il avait parfois surpris dans son expression des signes manifestes d'irritation.

Pourtant, elle n'avait jamais protesté, ne s'était jamais départie de ce sourire professionnel derrière lequel elle cachait si bien ses sentiments. Jusqu'à présent, il s'en était contenté, mais, aujourd'hui, cette relation hiérarchique commençait à lui peser. Il avait besoin de connaître la vraie Julia, besoin de surprendre dans ses prunelles sombres la lueur de désir qui s'allumait dans les siennes quand il la contemplait à son insu.

Quels que soient les obstacles qu'il rencontrerait sur sa route, il refusait catégoriquement de s'avouer vaincu. Peut-être s'y prenait-il mal avec Julia ? Elle ne ressemblait en rien à ses conquêtes habituelles. Par ailleurs, elle le connaissait très bien. Sans doute devrait-il simplement se montrer plus sincère et baisser sa garde pour l'inciter à faire de même. Dans tous les cas, cesser de jouer les patrons en permanence.

Ayant surpris son regard appuyé, elle lui lança un coup d'œil interrogateur. Il attendit que Marc, appelé à la rescousse aux fourneaux, se soit éloigné.

— Nous dînons ensemble ce soir.

— Bien sûr, puisque c'est le repas qui marque le début de la saison, répondit-elle, étonnée par cette remarque.

— Je veux que vous soyez assise à mon côté, décréta-t-il.

« Bon sang ! songea-t-il aussitôt. Voilà que je lui donne *encore* un ordre. »

— Vraiment ? Je pensais que nous devions nous placer à des tables différentes afin de nous répartir les invités.

— Non, pas cette année. Nous resterons côte à côte. Je souhaite vous avoir près de moi.

Le retour de Marc Ambrose empêcha Julia d'exprimer à voix haute sa stupéfaction.

Le rythme effréné de cette dernière journée de préparatifs avait évité à Julia de stresser à la perspective du dîner. Toutefois, plus l'heure approchait, plus elle sentait la nervosité la gagner. Une foule de questions se bousculaient dans sa tête.

Pourquoi Sebastian lui avait-il demandé d'une manière si formelle de se placer à côté de lui ce soir ? Pourquoi décidait-il au dernier moment de modifier un plan de table élaboré depuis longtemps ? Il avait changé d'attitude à son égard. Il se montrait plus doux, moins directif. Pourquoi ?

Troublée, elle s'efforça de se concentrer sur la kyrielle de détails qu'il lui restait à traiter d'ici la fin de l'après-midi. Il était près de 16 h 30 lorsqu'elle se résolut à éteindre son ordinateur. Elle devait encore passer aux écuries et prendre les chevaux en photo pour Christian avant d'aller se changer en prévision de la soirée.

Elle prit sa caméra numérique et se dirigea vers les box. En chemin, elle croisa Richard qui revenait vers la maison d'hôtes où il séjournait. C'était un assez bel homme, mais l'épreuve qu'il traversait depuis plusieurs mois semblait l'avoir fait vieillir prématurément. Sebastian espérait que son séjour à Seven Oaks Farm aiderait son ami à retrouver sa vitalité.

— Bonjour, Julia.

— Bonjour, Richard. J'espère que tout va bien. Si vous avez besoin de quoi que ce soit, n'hésitez surtout pas à m'en informer.

Bien qu'elle ait rencontré à plusieurs reprises l'associé

de Sebastian, elle ne le connaissait pas assez pour s'enquérir de nouvelles plus personnelles, telles que sa santé.

— Tout va bien, merci. J'ai passé la matinée dehors à assister à l'entraînement des poneys du cheikh.

— Sont-ils à la hauteur de leur réputation ?

— Ils m'ont franchement impressionné.

Elle fut frappée par son regard vide et son air apathique. Inquiète, elle décida d'en toucher un mot à Sebastian, au moment opportun.

— Tant mieux, car j'ai promis à Christian de lui apporter des photographies.

— Vous pourriez peut-être organiser une vidéoconférence ?

— Excellente idée ! Ainsi, Christian aurait l'impression de participer à distance. Merci, Richard.

— Je vous en prie. Vous savez, j'ai beaucoup d'affection pour Christian. Sebastian a de la chance d'avoir un père comme lui.

— En effet, répondit-elle, pensive.

Elle prit congé et poursuivit son chemin. Ce projet de vidéoconférence lui plaisait décidément beaucoup. Elle téléphonerait à Lola pour lui demander d'installer l'équipement nécessaire dans la chambre du malade.

En approchant des box, elle aperçut Catherine Lawson, le lad en chef du cheikh Adham Al Ferjani.

— Madame Lawson ?

— Oui.

— Bonjour, je suis Julia Fitzgerald, l'assistante de Sebastian Hughes.

— Ravie de vous rencontrer. Vous venez dire bonjour à mes petites merveilles ?

— Oui. Je souhaiterais également vous demander une faveur.

— Désolée, mais je ne peux pas vous autoriser à

les monter, objecta aussitôt Catherine avec un sourire d'excuse.

— Loin de moi cette idée ! s'exclama Julia en s'esclaffant. Je crois que je ne tiendrais pas cinq minutes en selle !

Catherine se mit à rire à son tour.

— Dans ce cas, que puis-je faire pour vous ?

— Le père de Sebastian Hughes a la passion du polo. Comme vous le savez certainement, c'est lui qui a fondé le Bridgehampton Polo Club. Il se trouve, hélas, dans l'incapacité d'assister au tournoi cette année. Accepteriez-vous que je vous filme durant les séances de soins et d'entraînement des chevaux ? J'envisage aussi de monter une vidéoconférence afin qu'il puisse s'entretenir avec vous et vous poser des questions. Seriez-vous d'accord ?

— Bien sûr. Avec plaisir.

— Super ! Merci beaucoup.

Julia passa plus de temps que prévu à l'écurie, en compagnie de Catherine. Quand elle regagna son bureau, elle avait pris une kyrielle de photographies, réalisé une courte vidéo et fixé l'heure de la conférence. Elle trouva Sebastian qui l'attendait.

— J'ai prévu un match de tennis avec Richard, demain matin. Pourriez-vous le noter sur mon planning ?

— Bien sûr.

— Par ailleurs, Carmen Akins arrivera juste avant le dîner. Si vous aviez la gentillesse de l'accueillir, puis de l'escorter jusqu'à la salle à manger, cela me rendrait service. Nous avons tout intérêt à veiller à son confort. Sa présence ici va nous valoir une excellente publicité.

— Comptez sur moi. Il me faut simplement une petite demi-heure pour rentrer me préparer.

— Faites-vous belle. Nous avons rendez-vous tous les deux.

— Disons plutôt avec une cinquantaine d'invités, rectifia-t-elle, désireuse de garder ses distances.

Elle avait beau s'astreindre à une certaine réserve, elle savait, en son for intérieur, qu'elle était proche de la capitulation. Sinon, pourquoi avoir particulièrement envie de briller ce soir ?

— D'autant plus qu'après le dîner de gala, il y a la soirée dansante au Star Room, insista-t-il.

— Je préférerais ne pas me coucher trop tard afin d'être en forme pour la journée d'inauguration demain, dit-elle.

— Hors de question que vous me fassiez faux bond !

Décidément, il ne lui facilitait pas la tâche !

— Papa m'a appris le projet de vidéoconférence avec Catherine Lawson. Géniale, votre idée !

— Elle ne vient pas de moi, mais de Richard.

— Peut-être, mais c'est vous qui l'avez rendue possible en organisant tout.

— Richard semble plus détendu qu'à son arrivée, commenta Julia dans l'espoir de changer de sujet.

Cette avalanche de compliments la mettait mal à l'aise.

— Oui, il a l'air de se plaire parmi nous. Il faudra que nous nous réunissions tous les trois dans le courant de la semaine prochaine afin de discuter de votre avenir au sein de Clearwater Media.

Ainsi, il n'avait pas oublié sa promesse. Elle se réjouit de ne pas avoir à la lui rappeler et décida d'aborder le chapitre de la santé de Richard après l'entretien.

— Je consulterai vos deux agendas pour trouver le meilleur créneau, proposa-t-elle.

— Entendu. Une dernière chose, Julia… Vous n'imaginez pas le cadeau que vous offrez à mon père avec cette vidéoconférence. Je tiens à vous en remercier.

— Je ne fais rien d'autre que mon travail, protesta-t-elle, se sentant rougir.

— Ne soyez pas si modeste ; vous allez bien au-delà du cadre de notre collaboration.

Elle bredouilla un remerciement et s'empressa de quitter la pièce. Sebastian ne l'avait pas habituée à tant d'éloges. Encore un peu et elle regretterait presque de le quitter pour Clearwater Media ! La traiterait-il avec autant d'égards si elle ne lui avait pas signifié son intention de démissionner ? Sans doute pas. Hier encore, il se comportait en patron autoritaire, tandis qu'aujourd'hui, il lui donnait l'impression de s'intéresser à elle…

« Cesse de jouer les midinettes ! se reprocha-t-elle. Vous n'appartenez pas au même monde. »

De toute façon, Sebastian Hughes était incapable d'avoir une relation amoureuse durable. Il enchaînait les liaisons et, si elle cédait à ses avances, leur histoire se terminerait de la même manière qu'avec ses autres petites amies : par un coup de téléphone et un cadeau d'adieu acheté chez Tiffany.

# 3.

Il était presque 23 heures et, dans la Star Room, la fête battait son plein. C'était exactement le type d'ambiance que Sebastian avait espéré. La jet-set locale s'était jointe aux prestigieux invités de Seven Oaks Farm. D'autres étaient venus pour le week-end seulement, désireux d'assister au match d'ouverture de la saison de polo.

Il ne pouvait s'empêcher d'éprouver une certaine fierté. Le Bridgehampton Polo Club continuait d'attirer de nombreuses personnalités et ce, malgré l'absence de son père.

Il repéra Julia près du bar. Elle discutait avec Catherine Lawson. Aucune des deux femmes ne semblait à sa place dans ce night-club, mais pour des raisons différentes. Bien qu'elle ait un verre à la main, Julia ne se départait pas de son air de femme d'affaires, tandis que Catherine donnait l'impression de n'avoir qu'une envie : rentrer aux écuries retrouver ses chevaux.

Il se fraya un chemin parmi les groupes qui conversaient avec animation, prenant le temps de saluer ses connaissances et ayant pour chacun un sourire ou un mot aimable. Il avait à cœur que ses hôtes se sentent à leur aise. Chez les Hughes, l'hospitalité faisait partie des valeurs familiales transmises de génération en génération.

Lorsque Sebastian rejoignit enfin Julia, celle-ci avait terminé son verre et s'entretenait avec deux jeunes femmes qu'il ne reconnut pas. Catherine Lawson avait finalement réussi à s'éclipser.

— Bonsoir, Sebastian, lui lança Julia comme il s'approchait.

— Bonsoir, Julia… Mesdames.

Les deux inconnues répondirent à son salut par un sourire appuyé avant de s'éloigner, laissant Sebastian et Julia en tête à tête.

— Un verre ? proposa-t-elle.

— Non, merci. Je souhaite simplement vous dire un mot… en privé. Sortons, voulez-vous ?

— D'accord. J'envisageais justement de rentrer.

— La journée a été longue.

— Oui, et plutôt bien remplie !

— Allons en discuter sur le toit-terrasse.

— Impossible. L'accès en est interdit ce soir.

— Pas pour moi.

— Oh, désolée ! L'espace d'un instant, j'ai oublié avec qui je me trouvais.

— Vraiment ?

— Oui. Tout cela va me manquer l'année prochaine. Cet environnement, cette ambiance…

— Je vous inviterai pour la prochaine saison. N'oubliez pas qu'en intégrant Clearwater Media, vous continuerez de faire partie du groupe Hughes.

Elle acquiesça d'un hochement de tête. En réalité, elle n'avait pas formulé l'essentiel, à savoir que *Sebastian* allait lui manquer. L'idée de ne plus collaborer avec lui, de ne plus le voir au quotidien commençait déjà à lui peser. Bien qu'il s'agisse avant tout d'une soirée d'ordre professionnel, elle s'y amusait et avait particulièrement apprécié de jouer le rôle d'hôtesse à ses côtés lors du dîner de gala.

Voilà aussi pourquoi il valait sans doute mieux

qu'elle parte travailler ailleurs. Sinon, elle risquait fort de tomber amoureuse de son patron. Or cet homme représentait un danger pour son équilibre émotionnel. D'autant plus qu'il ne restait jamais bien longtemps avec la même femme. Il se lassait vite et tournait la page en veillant à se comporter en gentleman… Du moins, dans la plupart des cas !

Elle se laissa entraîner jusqu'au fond de la salle où une petite porte — qu'il ouvrit avec son passe — menait sur le toit aménagé en terrasse.

Lui aussi ressentait un pincement au cœur en songeant que, bientôt, il devrait se trouver une nouvelle assistante. Il était à l'origine de ce projet d'évolution de carrière et ne regrettait pas son initiative qui aurait pourtant pour conséquence de l'éloigner de lui. Toutefois, elle méritait d'exercer de vraies responsabilités et de s'épanouir dans son travail.

— Je réfléchissais à votre futur emploi, dit-il pour expliquer son mutisme.

— A quel sujet ? s'inquiéta-t-elle aussitôt. Avez-vous changé d'avis ?

— Absolument pas. J'ai de nombreux défauts, mais je tiens toujours parole.

— C'est vrai. Néanmoins, il aurait pu se produire… je ne sais pas moi… un événement qui rende mon embauche impossible.

— Pas tant que j'aurai mon mot à dire sur la question. Vous avez travaillé dur et démontré des qualités bien supérieures à celles que l'on attend d'une assistante. Vous avez l'envergure pour assumer un poste de direction. Et il est important pour moi que vous obteniez ce job.

Elle lui adressa un regard perçant, comme si elle cherchait à percer ses intentions cachées. Il remarqua qu'elle avait coiffé ses longs cheveux en un chignon bas qui mettait en valeur la délicatesse de ses traits et la finesse de sa nuque. Ainsi, à la lueur de la lune, quelques mèches folles virevoltant autour de son visage, elle lui parut presque irréelle, comme si elle appartenait à un monde auquel il n'avait pas accès. Mais n'était-ce pas l'exact reflet de la réalité ? Julia Fitzgerald n'était pas une femme pour lui… Ou, plutôt, *lui* n'était pas un homme pour elle.

Elle avait une trop grande honnêteté intellectuelle et morale pour accepter de s'engager dans une relation éphémère dont elle savait qu'elle se terminerait par un bijou hors de prix. Elle méritait un homme moins volage, plus stable que lui. Il avait beau en être totalement convaincu, cette évidence ne parvenait pas à le détourner d'elle. Il se sentait attiré comme un aimant vers elle. Il la désirait avec une intensité qui le surprenait lui-même.

Incapable de résister, il s'approcha d'elle et attrapa une mèche soyeuse, échappée du chignon, qu'il enroula autour de son doigt.

— Sebastian, je ne crois pas que ce soit une bonne idée. Depuis mon arrivée ici, je me concentre sur un seul objectif : mon travail. Je ne veux pas perdre ma carrière de vue.

— Je vous comprends et, jusqu'à présent, j'ai toujours respecté ce principe. Toutefois, c'est plus fort que moi. Il y a quelque chose chez vous qui me…

— Essayez-vous de me dire que je vous ai envoûté ? l'interrompit-elle d'un ton ironique.

— Non. Simplement que je pense très souvent à vous et je vous considère aujourd'hui telle que vous êtes : une femme terriblement sexy.

— Sexy ! s'exclama-t-elle amusée. Ce qualificatif ne me correspond pas du tout.

— Détrompez-vous, objecta-t-il.

Pour lui, elle avait une sensualité naturelle, presque innée. Il l'avait remarqué dès leur première entrevue. Elle était bien dans sa peau, bien dans son corps, et se mouvait avec une grâce toute féminine.

— Je ne souhaite pas figurer sur votre tableau de chasse.

— Je n'attends rien de tel.

— Dans ce cas, qu'attendez-vous *exactement* de moi ?, murmura-t-elle en levant vers lui un regard plein d'incertitude.

Dans un geste inconscient, elle humecta ses lèvres, et il eut alors la réponse à sa question.

*Ce qu'il attendait d'elle ?*

Sa bouche pulpeuse contre la sienne et son corps voluptueux blotti contre le sien.

Il l'attira à lui et s'empara de ses lèvres avec la fougue d'un désir trop longtemps contenu.

Julia songea une seconde à le repousser, mais la caresse impérieuse eut raison de sa volonté et, lorsqu'il la pressa contre lui et fit courir ses doigts le long de son dos nu, elle renonça à toute résistance. Elle s'abandonna à l'intensité de ce moment hors du temps, refusant de penser à autre chose qu'aux bras musclés qui la maintenaient prisonnière, au torse puissant qui semblait la protéger du monde extérieur et à cette bouche à la fois douce et exigeante qui explorait la sienne. Elle glissa ses mains dans l'épaisse chevelure de Sebastian, en une invite silencieuse à poursuivre leur étreinte.

Et tant pis si quelqu'un les surprenait ainsi, tendrement enlacés ! Elle s'en moquait. Pour Sebastian, elle se sentait prête à affronter le regard des autres, à braver l'interdit pour devenir cette femme qu'elle n'avait jamais eu le courage d'être : une femme libérée des contraintes qu'impose le carcan social, une femme consciente de sa féminité et s'autorisant enfin à l'exprimer.

Tout à coup, une alarme se déclencha quelque part dans un coin de son cerveau. A se livrer sans retenue au désir de cet homme, elle s'exposait à de cuisantes déconvenues.

Elle s'écarta brusquement.

— Julia, que se passe-t-il ?

— Nous sommes en train de commettre une erreur monumentale, bredouilla-t-elle. Vous êtes mon patron.

— Plus pour très longtemps.

— Chez Clearwater Media aussi, je travaillerai pour vous, même si ce ne sera plus directement. Non, vraiment… Je ne peux pas…

— Mais pourquoi ?

— Parce que j'ai peur que la situation ne m'échappe, peur de ne pas savoir faire face à ces émotions. Notre relation fonctionne parce que je reste à ma place, que je m'en tiens à mon rôle d'assistante discrète et efficace. Je ne suis pas de taille à jouer un double jeu en entretenant avec vous des rapports professionnels et personnels.

— Et moi, je refuse de renoncer à vous, protesta-t-il d'une voix rauque, le regard brûlant de désir.

Elle sentit sa volonté sur le point de flancher. Jamais encore elle n'avait éprouvé une telle attirance pour un homme. Pourquoi ne pas écouter ce que lui dictaient ses sens au lieu de toujours se fier à sa sacro-sainte raison ?

« Si tu cèdes, songea-t-elle, chaque fois que tu poseras les yeux sur lui, tu repenseras aux moments merveilleux passés entre ses bras. Et puis, tôt ou tard, il te quittera pour une autre, de son milieu, et tu n'auras plus que tes yeux pour pleurer ! »

— Vous pensez trop, Julia. Nous aviserons le moment venu. Inutile de s'inquiéter à l'avance. Nous sommes adultes ; nous saurons gérer la situation parfaitement, j'en suis sûr.

— Je ne veux pas que l'on me considère comme votre dernière maîtresse en date, protesta-t-elle mollement.

En réalité, elle se moquait pas mal du jugement des autres. Peu lui importait qu'on la prenne pour une ingénue tombée dans les mailles du filet de son patron ou une intrigante jetant son dévolu sur un bel homme riche et plein d'avenir. Les idées les plus contradictoires se bousculaient dans son esprit, mais ses émotions étaient beaucoup trop intenses pour qu'elle lui en fasse part.

— Il suffit de ne rien dire à personne, insista-t-il, le regard fixé sur elle. Cette histoire ne concerne que nous. Laissons-la évoluer naturellement et nous verrons bien où elle nous mènera. J'ai la certitude que nous pouvons vivre une expérience merveilleuse.

— Moi aussi, avoua-t-elle. Toutefois, cela me pose un problème.

— Lequel ?

— Nous appartenons à des milieux différents. Le vôtre a l'habitude de l'argent, du luxe et des paparazzi ; le mien, non. Je n'existe dans votre monde que parce que je travaille pour vous, et je doute que vous supportiez la situation très longtemps.

Il resta silencieux et elle craignit, l'espace d'un instant, d'être allée trop loin. Cependant, elle souffrirait moins s'il lui tournait le dos maintenant que s'il la quittait plus tard, quand elle serait investie dans leur relation.

Elle avait expédié assez de coffrets Tiffany pour savoir que Sebastian Hughes se lassait vite de ses conquêtes et les enchaînait à un rythme hallucinant.

— Je crois que vous vous trompez, Julia, répondit-il enfin. Je suis parfaitement capable de faire passer une femme avant les conventions sociales, surtout lorsque je la désire autant que vous. Il y a une promesse que je peux vous faire : celle de vous rendre heureuse le temps que durera notre liaison.

Se contenterait-elle de ce qu'il lui offrait ? Devait-elle céder à l'appel de ses sens quitte à pâtir des conséquences plus tard ?

— Allons, Julia. Pourquoi vous refuser un peu de bon temps ? reprit-il de son ton le plus enjôleur. Je ne resterai pas votre patron pour toujours. Vous travaillez dur et méritez de vous changer les idées de temps en temps.

Il venait de marquer un point. Elle s'était toujours comportée avec beaucoup trop de sérieux pour envisager une telle proposition. Par ailleurs, peu d'hommes avaient assez d'honnêteté pour jouer cartes sur table d'entrée de jeu. Sebastian, lui, ne trichait pas, et la relation qu'il lui promettait aurait le mérite de l'authenticité.

— OK. Je veux bien tenter l'expérience, murmura-t-elle finalement, encore hésitante. Mais, s'il vous plaît, Sebastian, rappelez-vous à qui vous avez affaire. Je ne suis pas comme Cici ou toutes celles que vous fréquentez. Je ne souhaite pas voir mon nom ou mon portrait à la une des tabloïdes.

— J'en ai parfaitement conscience ! s'exclama-t-il en l'attirant dans ses bras.

Il se pencha vers elle et déposa sur ses lèvres un baiser dont la douceur provoqua en elle une onde de désir.

Sebastian mourait d'envie de proposer à Julia de terminer la soirée chez lui. Toutefois, lorsqu'ils revinrent discrètement dans la Star Room, de nombreux invités s'y trouvaient encore, et il songea qu'il ne fallait surtout pas brusquer les choses. Elle avait besoin d'un peu de temps.

Il l'observa tandis qu'elle s'éloignait pour aller saluer Scott Markim, un joueur professionnel de basket-ball, et sa nouvelle fiancée. Elle agissait avec une aisance très naturelle pour quelqu'un prétendant ne pas faire partie de ce monde. A l'inverse des femmes qui, d'ordinaire, accompagnaient Sebastian dans les fêtes de ce genre, elle n'exigeait pas de lui une attention constante. Cette jeune femme indépendante avait pris sa vie en main et ne dépendait de personne.

En fait, elle était son égale.

Il se reprocha aussitôt cette pensée. Quel goujat ! L'éducation de Julia valait largement la sienne. D'ailleurs, la jeune femme démontrait un sens de l'adaptation bien supérieur au sien. Elle se fondait dans cette foule élégante comme si cet univers de nantis avait toujours été le sien. Durant leurs deux ans de collaboration, elle avait assimilé tout ce qu'elle devait connaître des us et coutumes en vigueur dans ce milieu.

Il aperçut Vanessa au bras de Nicolas Valera et il ne put réprimer un rictus de contrariété. L'an dernier, sa sœur s'était amourachée de ce don Juan. Leur rupture, au bout de seulement quelques mois, avait fait couler beaucoup d'encre dans les journaux à sensation, et les mauvaises langues s'en étaient donné à cœur joie.

Pas question que Vanessa retombe dans le piège ! Il y veillerait. Depuis la maladie de son père, il se sentait responsable de sa sœur qui avait une fâcheuse tendance à agir sur des coups de tête, sans prendre le temps de réfléchir aux conséquences de ses actes.

Jolie et fortunée, l'unique fille du clan Hughes constituait une proie idéale pour les play-boys du style de Nicolas. Encensés par la presse et adulés par leurs groupies, les grands joueurs de polo se prenaient souvent pour des stars. Mais lui n'avait nullement l'intention de laisser Vanessa figurer de nouveau au palmarès de Valera, et il savait déjà que la tâche ne serait pas facile.

Sans doute avait-il encouragé chez sa cadette cette facette fantasque de sa personnalité en essayant de compenser le manque d'amour maternel. Il avait cédé à beaucoup trop de ses caprices et fermé les yeux sur bon nombre de ses frasques.

Sebastian en était là de ses réflexions lorsque Vanessa fondit sur lui et lui planta un baiser sonore sur la joue.

— Tu t'amuses bien ?

— Super bien ! s'exclama la jeune fille. Félicitations ! Cette soirée est un véritable succès. Tu as réussi à inviter exactement les gens qu'il fallait.

— Merci, mais le mérite en revient essentiellement à Julia. Elle a passé un temps fou au téléphone pour s'assurer que pas une personnalité ne manquerait à l'appel.

— Cela ne m'étonne pas. Cette femme est une perle. Tu as de la chance de l'avoir comme collaboratrice. D'après papa, elle apporte énormément de valeur ajoutée au club par son dynamisme et son efficacité.

— Et moi qui croyais que l'essor de Seven Oaks Farm n'était dû qu'à mes seules compétences, plaisanta-t-il.

— Espèce de macho prétentieux ! rétorqua Vanessa sur le même ton. Au lieu de t'autocongratuler, dis-moi plutôt ce que tu as appris au sujet de Nicolas Valera.

— Vanessa, je n'arrive pas à comprendre que tu t'intéresses encore à lui, gronda-t-il, les sourcils froncés.

Le sourire de sa sœur s'évanouit aussitôt.

— Cesse de jouer les protecteurs, Sebastian ! Je veux juste savoir s'il a une petite amie en ce moment. Simple curiosité de ma part.

— Ce type t'a déjà fait du mal, alors garde tes distances. Ce n'est pas un homme pour toi.

— Je suis assez grande pour en décider moi-même, protesta Vanessa, la mine boudeuse.

— Permets-moi d'en douter.

— Tu es franchement impossible ! s'écria-t-elle, furieuse, en tournant les talons.

Pensif, il la regarda s'éloigner. Qu'elle le veuille ou non, il l'empêcherait de commettre une nouvelle bêtise.

— Encore en train de jouer les chaperons avec ta petite sœur ? le taquina Richard en lui posant la main sur l'épaule.

— Toujours ! Mais elle me donne du fil à retordre ! Tu tombes bien ; j'avais l'intention de te rendre une visite tardive pour boire un dernier verre.

— J'avais besoin de prendre l'air, alors je me suis finalement décidé à venir faire un tour ici.

— Comment vas-tu ? s'enquit Sebastian en précédant son ami jusqu'aux sofas disposés dans un angle de la pièce.

— Je m'en tire assez bien dès lors que je ne me mets pas à ressasser les mauvais souvenirs. Tu comprends ?

Sebastian acquiesça d'un hochement de tête. Il comprenait tout à fait. Après la disparition brutale de sa mère, il avait consacré beaucoup de temps et d'énergie à réfléchir à la nature de leur relation, s'interrogeant sur ce qu'il aurait pu ou dû faire pour s'attirer l'affection maternelle. Cette introspection n'avait abouti à rien, si ce n'est à la conclusion que mieux valait tourner la page et regarder vers l'avenir plutôt qu'en direction du passé.

— Surtout, essaie de te détendre et ne reste pas cloîtré chez toi. Rencontrer du monde te changera les idées.

— Je suis sorti toute la matinée. J'ai assisté à l'entraînement des chevaux et longuement discuté avec les lads.

— Tu sais, mon vieux, il y a pas mal de représentantes de la gente féminine, ici, qui ne demanderaient pas mieux que de t'aider à oublier tes problèmes.

— A vrai dire, je n'ai pas vraiment la tête à ça en ce moment.

— D'accord, mais ne laisse pas passer trop de temps. Réagis.

— Nous sommes très différents sur ce point, Sebastian. Toi, tu passes allègrement d'une femme à l'autre de peur de te fixer. Moi, j'aimais ma vie de couple.

A une certaine époque, Sebastian aurait presque envié Richard. Durant les premières années de son union, son associé filait le parfait amour avec son épouse et semblait effectivement le plus heureux des hommes. Quand il rentrait chez lui après une journée bien remplie, il ne se retrouvait pas seul comme lui, dans un grand appartement désert.

En revanche, ses récents déboires sentimentaux et son désespoir avaient conforté Sebastian dans son refus de s'engager. Il n'était pas fait pour le mariage ; il en avait la conviction et l'expérience de son ami lui en fournissait la preuve.

Il surprit le regard de Julia posé sur lui. Comment leur histoire se terminerait-elle ? Sans doute de la même manière que ses précédents flirts.

Pourtant, il sentait confusément qu'avec elle, il se lançait dans une aventure qui risquait de lui réserver des surprises de taille…

# 4.

En arrivant au bureau le lendemain matin, Julia s'imaginait que Sebastian aurait une attitude différente, mais il n'en fut rien. Il se comporta exactement comme s'il ne s'était rien passé entre eux, comme si ce baiser passionné n'avait jamais eu lieu, comme s'ils n'envisageaient pas une relation plus personnelle.

Elle alla jusqu'à se demander s'il avait changé d'avis et jugé plus prudent de reprendre ses distances.

Cette pensée la poursuivit une bonne partie de la matinée. Elle ne supportait ni l'ambiguïté de cette situation ni l'idée de ne pas la contrôler.

Sebastian recevait Geoff Devonshire, un ancien camarade d'université, fils du multimillionnaire Malcom Devonshire, membre d'une famille royale. Elle se retrouva seule et travailla d'arrache-pied afin de chasser ses doutes. Elle consulta divers sites internet pour s'assurer que l'ouverture de la saison de polo à Seven Oaks Farm bénéficiait d'une couverture médiatique adéquate, régla plusieurs problèmes d'organisation et éplucha les journaux en quête d'articles pour alimenter la revue de presse qu'elle tenait à jour quotidiennement.

La sonnerie du téléphone l'interrompit dans sa lecture. Sans regarder le numéro affiché sur le cadran, elle décrocha.

— Bridgehampton Polo Club, bonjour !

— Bonjour, Jules, je veux juste vérifier que tout va bien au bureau et que vous ne vous y ennuyez pas trop sans moi !

Elle sursauta en entendant la voix moqueuse de Sebastian.

— Je croyais vous avoir déjà dit de ne pas m'appeler Jules, rétorqua-elle du tac au tac.

— Après notre baiser d'hier soir, je pensais que vous n'y verriez plus d'inconvénient.

Elle sentit un frisson lui parcourir le dos au souvenir de leur étreinte et des rêves débridés qu'elle avait engendrés la nuit dernière. Après tout, ce surnom ne lui allait pas si mal et créait entre eux une certaine complicité. D'autant plus qu'il avait une façon presque sensuelle de le prononcer.

— Bon, d'accord, mais à condition qu'il n'y ait personne dans les parages, soupira-t-elle.

— Hé, s'exclama-t-il en éclatant de rire, c'est moi le patron ! C'est moi qui commande !

— Pas en dehors des heures de travail.

— Auriez-vous l'intention de prendre l'ascendant sur moi ?, murmura-t-il d'une voix sexy.

— Cela vous plairait ?

— Pourquoi pas ! En général, je préfère donner des ordres plutôt que d'en recevoir. Toutefois, si vous avez besoin d'exercer votre autorité, j'accepte de tenter l'expérience… En comité très restreint, bien sûr !

— Est-ce que vous m'avez téléphoné uniquement pour vous moquer de moi ?

— Non. En fait, la femme de Geoff arrive à l'héliport dans une petite heure. Or Geoff et moi n'avons pas terminé notre parcours de golf. Pourriez-vous avoir la gentillesse d'aller la chercher ?

— Auriez-vous déjà oublié votre promesse de ne plus

me demander de services personnels ? protesta-t-elle sur le ton de la plaisanterie tout en éteignant son ordinateur et en sortant ses clés de voiture du tiroir de son bureau.

— Détrompez-vous, ma chère, cette mission n'a aucun caractère privé. La femme de Geoff n'est autre que la riche héritière Amelia Munroe et sa présence ici ne peut que servir nos intérêts.

— Très bien, j'irai. Vient-elle incognito ou dois-je informer les médias ?

— Pour le moment, mieux vaut rester discret. Laissons Amelia en décider.

— Je la dépose à la maison d'hôtes ?

— Oui, s'il vous plaît. Ensuite, escortez-la jusqu'aux écuries où Geoff l'attendra pour l'emmener en randonnée.

— Autre chose, patron ?

— Oui.

Stylo en main, elle s'apprêtait à prendre des notes.

— Merci pour la vidéoconférence, poursuivit-il. Vous avez fait un immense plaisir à mon père. Il m'a appelé ce matin pour vous encenser et me recommander de tout faire pour vous retenir. Je lui ai répondu que je m'y emploierai de mon mieux…

Elle éprouva un élan de tendresse vis-à-vis de Christian Hughes. Un sentiment de fierté aussi. En revanche, elle songea que Sebastian n'était pas le genre d'homme à retenir qui que ce soit : ni professionnellement ni personnellement. Dans son esprit, s'attacher à une personne signifiait dépendre d'autrui, ce que, manifestement, il refusait.

Elle mourait envie de comprendre pourquoi il menait sa vie en général, et sentimentale en particulier, tambour battant. Pourquoi avait-il peur de s'engager ? Que cherchait-il à fuir ?

Autant de questions que, bien sûr, elle ne pouvait lui poser sans risquer de le voir se refermer sur lui-même !

— Vous avez de la chance d'avoir un père comme Christian, poursuivit-elle. Prévenant, plein d'humour et terriblement charmeur. J'ai beaucoup d'admiration et d'affection pour lui.

— Tel père, tel fils ! lança-t-il, amusé par tant de conviction. En tout cas, merci pour Amelia. Geoff profite de sa séance de golf pour traiter une affaire importante avec un partenaire potentiel et il déteste l'idée de savoir sa femme seule à l'héliport en train de l'attendre.

— Pas de problème. Je vous enverrai un texto quand je l'aurai récupérée.

— Entendu… Julia ?

— Oui ?

— Depuis la soirée d'hier, j'ai du mal à me concentrer. Je ne cesse de penser à notre baiser.

— Moi aussi, avoua-t-elle dans un murmure.

— A plus tard.

Elle raccrocha et consulta sa montre. Il lui restait un bon quart d'heure avant de partir pour l'héliport. Elle mit de l'ordre dans son bureau. Il s'agissait, en réalité, d'un petit salon attenant au bureau de Sebastian. Elle adorait sa table de travail Louis XIV et la vue de la grande fenêtre donnant sur une vaste pelouse. Au-delà s'étendaient les prés où broutaient les chevaux.

Comme chaque jour, elle songea qu'elle pourrait facilement s'habituer à ce genre d'existence dans un cadre aussi fabuleux que celui de Seven Oaks Farm.

Après avoir réceptionné un colis destiné à Sebastian, elle rejoignit sa voiture et prit le chemin de l'aéroport. En pénétrant dans le hall des arrivées, elle ne tarda pas à se rendre compte que les paparazzi avaient déjà eu vent de la visite d'Amelia.

Cette dernière s'avança vers elle avec un grand sourire.

— Bonjour. Vous êtes Jules, n'est-ce pas ?

Julia acquiesça, se promettant intérieurement de dire deux mots à Sebastian au sujet de sa traîtrise.

— Sebastian vous a parfaitement décrite. Une belle brune aux yeux de braise et à la silhouette de mannequin.

Julia sentit ses joues s'empourprer.

— Il a une légère tendance à l'exagération ! s'exclama-t-elle.

— Pas du tout, je vous assure. Geoff m'a prévenue qu'il ne pourrait pas m'accueillir à l'héliport. Le pauvre chou passe trop de temps à travailler.

A priori, Amelia aimait profondément son mari et lui faisait totalement confiance. Pas une seconde, il ne lui serait venu à l'esprit de remettre en cause la raison invoquée pour justifier son absence.

« Si seulement je pouvais autant me fier à Sebastian », se dit Julia.

Bien entendu, sa situation n'était en rien comparable à celle d'Amelia. En acceptant de devenir la petite amie de Sebastian, elle savait pertinemment que sa vie risquait de se compliquer. Avait-elle commis une erreur ?

Elle envoya, comme convenu, un message à Sebastian, puis les deux jeunes femmes prirent la direction de Seven Oaks Farm.

— Il me semble que vous avez assisté au tournoi de polo, il y a deux ans, dit Julia qui avait pris soin de se renseigner sur sa passagère avant de quitter le bureau.

— Oui, en effet. Je m'y suis beaucoup amusée. D'autant plus que Christian Hughes est un homme charmant qui a l'art de mettre ses hôtes à l'aise. A l'époque, j'ignorais que Geoff et Sebastian avaient fréquenté la même université.

Amelia continua de deviser gaiement tandis que Julia se concentrait sur sa conduite.

Celle-ci éprouvait une sympathie spontanée pour la jeune femme qui, bien qu'issue d'un milieu extrêmement privilégié, la traitait d'égale à égale. Cependant, à écouter ses anecdotes, elle ne mesurait que trop le gouffre séparant sa classe sociale de celle de Sebastian. Ce dernier ne finirait-il pas par se lasser et lui préférer une femme de sa condition ?

Elle déposa Amelia à la maison d'hôtes, patienta le temps que la jeune femme troque son tailleur contre une tenue d'équitation et la conduisit jusqu'aux écuries. Elle hésita à l'accompagner à l'intérieur pour y retrouver Sebastian, mais, estimant qu'elle n'y serait pas à sa place, elle se ravisa et repartit aussitôt vers son bureau.

Sebastian vit avec regret la Coccinelle s'éloigner. Il avait eu l'intention de proposer à Julia de les rejoindre au restaurant, après la randonnée des Devonshire. Mais comment expliquer sa présence à ses amis sans dévoiler le lien plus personnel qui commençait à se tisser entre eux ? Même si Geoff et Amelia savaient tenir leur langue, Julia aurait certainement refusé l'invitation.

Elle lui avait clairement fait comprendre qu'elle préférait rester discrète au sujet de leur relation. Compte tenu de son palmarès de don Juan, il ne pouvait guère le lui reprocher. En revanche, il ne l'avait quasiment pas croisée de la journée et elle lui manquait. Il avait besoin de l'avoir près de lui, d'entendre son rire cristallin, de voir son sourire illuminer son visage.

Il écourta le dîner et trouva une excuse plausible pour ne pas aller boire un dernier verre dans la suite qu'occupaient Geoff et Amelia. Tout à leurs retrouvailles, les deux tourtereaux n'insistèrent pas. Ils paraissaient extrêmement amoureux et il leur tardait sans doute de se retrouver seuls, de sorte qu'il ne se sentit pas coupable de leur faire faux bond.

Une fois dans sa voiture, il se mit à réfléchir. Il n'était pas encore 22 heures et la perspective de rentrer seul chez lui le déprimait au plus haut point, surtout après avoir été le témoin du bonheur conjugal des Devonshire. Or Richard, ayant suivi ses conseils, assistait à une soirée.

Pourquoi lutter contre son désir de serrer Julia dans ses bras et de goûter à la douceur de ses lèvres ? Il risquait de se faire éconduire, mais il devait tenter sa chance. Il céda à la petite voix intérieure qui lui soufflait d'écouter son instinct et composa le numéro de portable de la jeune femme, avant de mettre le moteur en route.

Celle-ci décrocha dès la première sonnerie.

— Sebastian ? Que se passe-t-il ?

— Rien de particulier, Jules. Je vous appelle juste pour savoir si je peux passer vous rendre visite.

Il perçut une légère hésitation à l'autre bout du fil.

— Désolée, mais je ne suis pas disponible, répondit-elle.

— Un rendez-vous galant ? s'enquit-il sur un ton qu'il espérait détaché.

Il doutait qu'avec l'emploi du temps qu'elle avait, elle avait encore le loisir d'avoir un amant. Et telle qu'il la connaissait, si elle avait eu une liaison amoureuse, elle aurait repoussé ses avances hier soir. Bon sang ! Il avait l'impression qu'il s'était écoulé une éternité depuis leur baiser.

— J'ai effectivement rendez-vous… avec mon écran de télévision. J'ai enregistré une nouvelle émission qui me passionne et je meurs d'envie de la voir, expliqua-t-elle.

— Vous préférez regarder la télévision plutôt que de sortir avec moi ?

— A cause de vous, je deviens accro au travail. Il

me faut de temps à autre une soirée relax pour refaire le plein d'énergie.

— Puis-je vous aider à recharger vos batteries ? plaisanta-t-il.

Tout en discutant, il avait pris la direction de la petite maison de Julia. Elle achevait de lui énumérer la liste des raisons pour lesquelles il valait mieux qu'il ne vienne pas, lorsqu'il se gara devant chez elle.

— Etes-vous *devant ma porte* ? s'exclama-t-elle, incrédule.

— Oui, je l'avoue. Vous me laissez entrer ?

— Pourquoi n'êtes-vous pas en train de faire la fête avec les Devonshire ?

— Parce qu'ils sont jeunes mariés et que…

Il s'interrompit en voyant la lampe du porche s'allumer et la porte d'entrée s'entrouvrir. Il mit fin à la communication et bondit hors de sa voiture. Parvenu sur le perron, il fut de nouveau frappé par sa grande beauté. Il en éprouva une sorte de frustration presque douloureuse. Il avait besoin de la serrer contre lui, de sentir le parfum de sa peau, d'explorer ses rondeurs féminines, de la posséder…

— Vous vous imaginez sans doute que je vais vous inviter à entrer ?

Tous deux savaient pertinemment qu'elle ne le laisserait pas à la porte.

— Oui. Et j'espère qu'il vous reste un peu de ce que vous avez dans votre verre pour le partager avec moi.

— J'en ai une caisse entière. Ce vin provient des vignobles Grant.

— La famille de Sabrina ?

— Oui. Elle nous en a expédié deux caisses : une pour vous remercier de votre hospitalité ; l'autre pour moi, parce que, dit-elle, elle m'a trouvée fort sympathique.

— Pinot noir ? précisa-t-il, car il connaissait bien ses goûts.

— Oui. C'est mon préféré.

Il y eut un moment de silence avant que Julia ne s'efface pour libérer le passage à son invité.

— Je vous accepte dans mon univers, mais à une condition : que vous vous engagiez à ne pas me réduire à un trophée supplémentaire sur votre tableau de chasse déjà bien rempli.

Sebastian prit le temps de l'examiner attentivement avant de répondre. La masse sombre de ses longs cheveux tombait lâchement sur ses épaules. Elle portait un chemisier près du corps sur un jean moulant, et ses pieds nus révélaient des ongles peints d'un vernis au rouge discret. Ainsi vêtue, elle dégageait un mélange de force et de fragilité. Sa tenue décontractée accentuait sa féminité.

Il sut alors qu'avec elle, ses manœuvres habituelles de Casanova ne marcheraient pas. Seules la patience et la persévérance lui permettraient de la séduire. Car elle attendait davantage qu'un flirt superficiel et, pour la première fois de sa vie, il se sentait prêt à s'investir. Mais qu'avait-il à lui offrir ? Pouvait-il lui promettre de ne pas la faire souffrir ?

Jamais il n'avait éprouvé pour une femme ce sentiment complexe et dérangeant qu'elle lui inspirait.

Sebastian se jura de la protéger de lui-même.

— Donnez-moi une chance, murmura-t-il d'une voix voilée d'émotion et de désir.

— D'accord, dit-elle en s'écartant.

La décoration intérieure affichait un parti pris d'élégance et de simplicité. Les teintes claires compensaient les dimensions relativement modestes des pièces. Dans cette maisonnette que les Hughes lui louaient meublée, elle avait réussi mettre sa touche personnelle.

Sur la console du vestibule, il avisa une photographie prise, manifestement, lors de la cérémonie de remise des diplômes. Elle y figurait en grande tenue, entourée de deux personnes plus âgées. Probablement ses parents. Il souleva le cadre pour étudier le cliché de plus près.

— Vous ne parlez pas souvent de vos parents. Si cela vous fait plaisir, vous pourriez les inviter ici.

— Je ne demanderais pas mieux, soupira Julia, mais ils sont morts tous les deux, il y a cinq ans.

— Oh, je suis désolé !

— Ils m'ont quittée peu après l'obtention de mon diplôme. Il était sans doute temps pour moi de devenir adulte.

— Ce qui ne signifie pas pour autant que vous étiez prête.

— Non, en effet. Passez dans le salon. Je vous apporte un verre de vin.

Il reposa le cadre. Il s'en voulait terriblement. Comment avait-il pu travailler avec elle depuis bientôt deux ans sans s'intéresser une seule fois à sa famille ?

Il se promit de rattraper le temps perdu et de se faire pardonner son égoïsme.

Julia sortit un second verre à vin du placard de la cuisine. Ce tête-à-tête était bien la dernière chose qu'elle souhaitait, ce soir. Lorsqu'elle se trouvait dans cet état d'esprit mélancolique, elle se réfugiait chez elle et n'avait envie de voir personne.

Et voilà que Sebastian Hughes s'était invité sans crier gare. A en juger d'après son costume gris anthracite qui mettait son physique d'athlète particulièrement en valeur, il arrivait tout droit de son dîner avec Geoff et Amelia.

Elle aurait voulu se soustraire à l'attirance qu'il exerçait sur elle. Or, chaque fois qu'elle posait les yeux sur lui, elle ne pouvait s'empêcher d'éprouver un désir profond, mêlé à un autre sentiment dont elle préférait ignorer la nature.

— Besoin d'un coup de main ? lança-t-il depuis le salon.

— Non, merci.

Elle débarrassa le plateau qui lui servait pour le petit déjeuner et disposa dessus la bouteille de pinot noir, leurs deux verres et une assiette de biscuits salés. Comme elle prenait assez peu de repas chez elle, elle n'avait, hélas, pas grand-chose d'autre à lui offrir, mais cela ferait l'affaire.

En entrant dans le salon, elle trouva Sebastian confortablement installé dans le sofa. Il avait retiré son veston et retroussé les manches de sa chemise. Il regardait un match de la NBA.

— Je voulais juste savoir où en était le score, dit-il en se levant et en lui ôtant le plateau des mains pour le déposer sur la table basse. Loin de moi l'idée de vous priver de votre émission préférée, ajouta-t-il avec une grimace moqueuse.

Elle s'empara de la télécommande et sélectionna le canal sur lequel elle enregistrait ses programmes favoris. Avec Sebastian assis tout près d'elle, elle doutait de pouvoir se concentrer. Cette promiscuité suffisait à la troubler.

« Tu es franchement pathétique, songea-t-elle, furieuse contre elle-même. Un simple baiser et te voilà toute frémissante, en train de fantasmer. Une vraie midinette. »

En réalité, il ne s'agissait pas d'un *simple baiser*. Cette étreinte avait déclenché en elle comme un déclic. Elle, l'adulte raisonnable en toutes circonstances, avait découvert une autre facette de sa personnalité : celle d'une jeune femme libérée, prête à n'écouter que sa libido… Et cette autre Julia ne lui déplaisait pas !

Elle servit le vin et faillit s'excuser de ne pas avoir quelque chose de plus délicat à lui proposer en accompagnement que des biscuits d'apéritif. Toujours ce vieux réflexe d'amour-propre ! Après tout, si le richissime Sebastian Hughes s'intéressait à une orpheline du Texas sans fortune, il allait *lui aussi* devoir s'adapter.

— A nous ! lança Sebastian en levant son verre pour porter un toast.

— A notre santé, rectifia prudemment la jeune femme en trinquant.

Le regard qu'il lui lança manqua de lui chavirer le cœur. Cet homme avait décidément un magnétisme fou et il savait en jouer. Pas étonnant qu'autant de femmes aient succombé à son charme. Cette pensée acheva d'assombrir son humeur.

Allait-elle accepter de figurer sur la longue liste de ses ex ?

— Je ne serai pas forcément de joyeuse compagnie, ce soir, murmura-t-elle.

— Cela tombe bien, moi non plus. J'avais simplement envie de vous voir.

Cet aveu, auquel elle ne s'attendait pas, la toucha au plus profond d'elle-même, mais elle n'en montra rien.

— Merci. Cela me fait plaisir de l'entendre.

— Vous ne cédez jamais un pouce de terrain, n'est-ce pas ?

— Que voulez-vous dire ?

— Vous ne baissez jamais votre garde. Vous donnez l'impression de rester en permanence sur la défensive.

— Je me protège.

— De moi ?

— Dans une certaine mesure, oui. Je ne veux pas vous laisser prendre l'ascendant sur moi.

— Même si je le voulais, je n'y arriverais pas. Vous

avez une personnalité bien trop forte pour laisser quiconque vous dicter sa loi.

— Peut-être, mais avec vous, la partie s'avère difficile. Vous savez vous montrer très persuasif.

— Quand je souhaite obtenir quelque chose, il est vrai que je n'hésite pas à employer les grands moyens, reconnut-il avec un sourire en coin.

— Exact.

— J'adore ! lança-t-il en prélevant plusieurs biscuits.

— Heureusement, car je n'ai rien de mieux à vous proposer.

— Je ne parlais pas des gâteaux, Julia ! s'exclama-t-il en éclatant de rire. Je pensais à notre relation.

— Désolée, balbutia-t-elle en rougissant de plus belle.

— C'est moi qui vous dois des excuses, déclara-t-il, soudain grave.

— Pour quelle raison ?

— J'aurais dû m'enquérir de votre situation familiale.

— Pourquoi l'auriez-vous fait ?

— Vous connaissez tout de la mienne. Vous gardez un œil sur Vanessa, rendez visite à mon père, et moi… pas une fois je ne vous ai interrogée sur vos parents.

Elle prit une gorgée de vin et lui adressa une grimace moqueuse.

— Un égoïsme typiquement masculin, j'imagine.

— Tout cela est la faute de mon père !

— Qu'est-ce que Christian a à voir dans cette histoire ?

— Il a passé son temps à me considérer comme le centre de l'univers. J'ai fini par me persuader qu'il avait raison.

— Vous ne manquez pas de culot ! rétorqua-t-elle en éclatant de rire.

— Non. D'ailleurs, si j'osais, je vous conjurerais bien de remettre la chaîne sportive.

— Hors de question ! protesta-t-elle. Vous n'avez pas le monopole de l'égoïsme.

— Jules, s'il vous plaît, supplia-t-il d'une voix plaintive.

— N'essayez pas de m'avoir au charme et cessez de me donner ce surnom ridicule.

— Pourquoi le détestez-vous tant ?

— A l'école, certains camarades de classe s'amusaient à m'appeler Jules Verne parce que j'adorais les romans de science-fiction.

— Pardonnez-moi, Julia. Je n'avais pas l'intention de vous blesser.

— Je le sais. Voilà pourquoi je ne m'en suis jamais offusquée.

— Jusqu'à ce que je vous prie de téléphoner à Cici pour lui annoncer notre rupture. Cette requête vous a littéralement fait sortir de vos gonds.

— Oui. Vous n'auriez jamais dû.

— Je ne regrette pas d'avoir tenté ma chance. Sans cet accrochage, je n'aurais pas eu le privilège d'entrevoir la vraie Julia Fitzgerald, celle qui se cache derrière le personnage de parfaite assistante bien sous tous rapports, d'un professionnalisme irréprochable.

Elle lui jeta un coup d'œil prudent. Elle ne demandait qu'à croire à sa sincérité, mais restait sur la défensive. Pourtant, elle aussi découvrait une autre facette de la personnalité de Sebastian, celle qu'il ne dévoilait qu'à ses proches, celle d'un être sensible et attentionné, celle d'un homme dont elle risquait fort de tomber amoureuse si elle n'y prenait pas garde…

# 5.

Sebastian se sentait bien. Il préférait mille fois regarder la télévision avec Julia que de se retrouver au milieu des joyeux fêtards à se déhancher sur la piste de la Star Room ou à refaire le monde au bar.

C'était une grande première pour lui car, habituellement, la perspective d'une soirée paisible devant le petit écran, même en compagnie d'une femme superbe, l'angoissait au plus haut point. Avec une autre que Julia Fitzgerald, il aurait feint de recevoir un texto le rappelant d'urgence au bureau…

Il appréciait ses commentaires pleins d'humour sur les publicités qui, selon elle, constituaient pour la plupart une insulte à l'intelligence du téléspectateur moyen. Il aimait son rire aussi, un rire spontané et sensuel qu'il n'avait pas souvent eu l'occasion d'entendre dans le cadre professionnel.

Lorsque l'émission qu'elle avait enregistrée s'acheva, ils avaient quasiment bu toute la bouteille de vin. Elle lui paraissait beaucoup plus décontractée… et follement sexy. Elle éteignit la télévision et, à l'aide d'une autre télécommande, mit de la musique.

— Je ne supporte pas le silence, déclara-t-elle en guise d'explication.

— Pourquoi ?

— Après le décès de mes parents, j'ai dû vivre six

mois dans notre maison familiale déserte, le temps de la vendre. A l'époque, je venais tout juste de terminer mes études ; je n'avais ni emploi ni argent. Alors, pour combler le vide que je ressentais, je laissais la radio allumée en permanence. Est-ce que vous avez éprouvé la même chose à la mort de votre mère ?

— Non, pas vraiment. D'autant plus qu'il me restait ma sœur et mon père, le pilier de la famille.

— Vous avez de la chance de l'avoir, murmura-t-elle.

Il en avait parfaitement conscience. Depuis sa plus tendre enfance, son entourage ne cessait ne lui faire l'éloge de son père.

Toutefois, avant que ce satané cancer ne se déclare, il croyait son père solide comme un roc et n'envisageait pas une seconde qu'il puisse à son tour disparaître. La maladie lui avait fait brutalement réaliser le caractère éphémère de l'existence.

— Oui. Je suis heureux qu'il commence à se rétablir.

— Moi aussi, et je me réjouis de le connaître. Christian est un séducteur, tout comme vous, ajouta-t-elle en emportant le plateau dans la cuisine.

— Moi ?

— Oui, *vous*. Vous pouvez vous montrer charmant quand vous le voulez, et vous le savez pertinemment ! s'exclama-t-elle en riant.

Il posa son verre sur la table basse et la rejoignit. Il s'approcha par-derrière et passa un bras autour de sa taille pour l'attirer contre lui.

— Vraiment ? lui chuchota-t-il à l'oreille, le menton posé sur son épaule.

Elle tourna la tête et planta le regard de ses grands yeux bruns dans le sien.

— Absolument. D'ailleurs, vous avez beau jouer les

patrons autoritaires et distants, je n'arrive pas à vous en tenir rigueur.

— Me voilà rassuré ! soupira-t-il en resserrant son étreinte.

— J'avais envie de danser avec vous, hier soir, avoua-t-elle dans un souffle.

— A la Star Room ?

— Oui.

— Pourquoi ne m'en avoir rien dit ?

— Cela m'a paru… inapproprié, répondit-elle avec un haussement d'épaules.

— Nous allons y remédier immédiatement, décréta-t-il en l'obligeant à pivoter pour lui faire face.

— Oh, non, pas maintenant !

— Pourquoi pas ? Il n'y a que vous et moi… et la lune pour seul témoin.

La prenant par la main, il l'entraîna dans le salon et ouvrit la baie vitrée qui donnait sur le patio. Au-delà des dunes parsemées d'une végétation frissonnante sous la légère brise marine s'élevait la rumeur de l'océan dont les déferlantes montaient inlassablement à l'assaut de la plage.

Ici, personne ne viendrait troubler leur intimité.

Il régla la chaîne hi-fi sur une station spécialisée dans les tubes romantiques. Il enlaça Julia et se lança dans un rythme mi-slow, mi-valse.

— Je crains de ne pas être à la hauteur, s'excusa-t-il. Mes cours remontent au lycée.

— Que diriez-vous d'un rock ?

— Pas assez langoureux.

— Parce que vous avez l'intention de me séduire ?

— Je crois bien, oui.

Il posa ses mains sur ses hanches et se mit à tanguer

tandis que s'élevait la voix de Michael Bublé chantant *Call Me Irresponsible.*

Tout en dansant, il ne pouvait s'empêcher de se demander si ce message ne s'adressait pas à lui. Ne se comportait-il pas, en ce moment même, en irresponsable en faisant une promesse implicite qu'il n'était pas sûr de tenir ? Peut-être devrait-il battre en retraite pendant qu'il en était encore temps ?

Une certitude s'imposa alors à lui : il allait tenter l'aventure, essayer de vivre une relation semblable à celle que connaissaient Geoff et Amelia. Maintenant, il comprenait pourquoi Richard s'était effondré après le naufrage de son mariage. A peine son ami avait-il goûté au bonheur de la vie conjugale que son couple avait volé en éclats.

Richard avait-il fait le mauvais choix ou les relations amoureuses se soldaient-elles systématiquement par un échec ?

Percy Sledge prit le relais de Michael Bublé avec *When a Man Loves a Woman.* Julia ferma les yeux et se mit à se déhancher lentement au rythme de la musique. La pointe hérissée de ses seins effleurait son torse et lui, serrant sa cavalière plus fort contre lui, put obtenir la confirmation de ce qu'il avait deviné dès son arrivée : Julia ne portait pas de soutien-gorge.

A la tenir ainsi dans ses bras, il avait l'impression que le destin les avait réunis. Ses sens avaient pris le pas sur la raison et peu importait que cette idée puisse paraître saugrenue. C'était comme si tout dans sa vie l'avait irrémédiablement conduit vers cette femme. Avec elle, il éprouvait une sorte de plénitude.

Elle lui avait déjà apporté beaucoup plus qu'il ne l'espérait, mais, aujourd'hui, cela ne lui suffisait plus ; il avait besoin qu'elle se donne à lui complètement, sans retenue. Il la voulait pour lui seul et il allait tout faire pour parvenir à ses fins.

Elle lui donna sans le vouloir son aval en mettant les bras autour de son cou. Elle se hissa sur la pointe des pieds pour l'embrasser et il sut alors qu'elle ne le renverrait pas chez lui.

Julia ne comptait guère de liaisons à son actif. Depuis la disparition de ses parents, poussée par la peur du lendemain, elle avait accordé la priorité à sa carrière au détriment de sa vie amoureuse. Elle avait décidé de s'occuper, avant tout, de son avenir professionnel afin de s'assurer une situation financière stable.

Elle s'imaginait alors que le reste suivrait et qu'elle rencontrerait, sans avoir à le chercher, celui qui l'accompagnerait pour le restant de ses jours. Or rien ne s'était passé comme prévu.

Lorsqu'elle avait commencé à travailler avec Sebastian, elle s'était encore plus isolée, travaillant d'arrache-pied pour mériter ce salaire mirifique qu'il lui versait chaque mois. Mais là, ce soir, dans les bras puissants de cet homme, elle était enfin prête à s'autoriser à… aimer. S'agissait-il vraiment de cela ou confondait-elle amour et libido ? Le cas échéant, elle se mettait vraiment en danger.

Lorsqu'elle sentit ses mains larges et chaudes se glisser sous son chemisier, elle perdit le fil de ses pensées. Elles lui effleurèrent doucement le dos avant de remonter jusqu'à ses épaules. Elle sentit ses seins se tendre dans l'attente d'une caresse.

Jusqu'à présent, elle n'avait pas connu beaucoup d'amants. Il y avait eu Tony, en première année de faculté, à qui elle avait offert sa virginité sur la banquette arrière d'une Mercedes-Benz. Ils avaient renouvelé l'expérience à trois reprises avant que ce garçon ne la quitte pour une autre. Puis, plus récemment, Michael avait partagé son lit et deux ans de sa vie. Leur relation s'était, elle aussi, dégradée avec le temps, puis soldée par une rupture.

Elle se pressa plus fort contre son cavalier. Elle avait besoin du contact de sa peau. Obéissant à l'impulsion de ses sens, elle entreprit d'une main tremblante de déboutonner la chemise de Sebastian.

Celui-ci s'était immobilisé et la fixait d'un regard voilé par le désir. Il avait un torse puissant. Une fine toison formait une sorte de triangle et descendait jusqu'à l'endroit le plus intime de son anatomie.

Sans réfléchir, elle en effleura les contours, s'attardant près du nombril qu'elle explora du doigt avant de partir à la découverte, à grand renfort de caresses et de petits baisers, de chaque parcelle de cette peau mate au parfum si masculin. Jamais encore elle n'avait fait preuve d'autant d'audace, mais, avec Sebastian, elle n'en éprouvait aucune gêne.

Elle l'entendit étouffer un gémissement et le renflement de son pantalon lui confirma le plaisir que lui procuraient ces attouchements. En réponse, elle posa la main sur son érection. Son sexe était dur et brûlant.

Incapable de résister plus longtemps, il dégrafa son pantalon qui alla rejoindre la chemise sur le sol avant de détacher les boutons du corsage de Julia et de faire glisser l'étoffe soyeuse le long de ses épaules.

Il s'écarta d'un pas pour mieux la contempler.

— Vous êtes si belle, murmura-t-il d'une voix rauque.

Elle se sentit rougir sous le compliment.

Du bout des doigts, il caressa la rondeur ferme de ses seins, insistant plus particulièrement sur les pointes tendues et sensibles jusqu'à ce qu'elle laisse échapper un gémissement.

Celle-ci sentit la crispation du désir monter dans son ventre. Elle le voulait en elle, maintenant. Fébrile, elle détacha les boutons de son jean.

— Non. Laissez-moi vous déshabiller, protesta-t-il.

D'un geste leste, il fit tomber son pantalon au bas de ses chevilles.

Il glissa la main sous l'élastique de sa culotte de soie et s'aventura dans la vallée humide de son intimité, ce qui encouragea Julia à hasarder la sienne à l'intérieur de son caleçon et à saisir son membre gonflé de désir.

Il poussa un grognement et, se penchant vers elle, il s'empara de ses lèvres.

En sentant son doigt la pénétrer, elle poussa une plainte de bonheur. Il y avait longtemps qu'un homme ne l'avait pas touchée ainsi, et elle savait qu'elle ne résisterait pas longtemps à l'appel impérieux du plaisir. Pourtant, elle voulait repousser ce moment pour le partager avec lui.

Dans sa main, elle sentit son sexe devenir de plus en plus dur, annonçant une libération prochaine.

— Non, arrête, grogna-t-il en adoptant spontanément le tutoiement. Je veux d'abord te donner du plaisir avant que nous prenions le nôtre, ensemble.

Il enfonça son doigt plus profondément en elle tandis que son pouce caressait son bouton si réactif.

Haletante, elle cherchait encore à retenir la vague qui déferlait en elle, mais, lorsqu'il prit un sein dans la coupe de son autre main, se mit à en caresser la pointe, l'effleurant de la langue et la mordillant tour à tour, elle capitula. Son corps se raidit et une pluie d'étincelles explosa derrière ses paupières closes.

Elle n'avait pas encore retrouvé ses esprits quand elle sentit qu'il la soulevait de terre et la déposait avec douceur sur le sofa.

— Je veux te voir nue.

Elle s'exécuta. Elle ôta le jean qui lui emprisonnait les chevilles et le mince triangle de soie, offrant sa nudité au regard admiratif de Sebastian. Celui-ci s'agenouilla à côté d'elle et fit courir ses doigts le long de ses jambes fuselées jusqu'à la fine toison sombre qui protégeait son intimité, avant de les porter à son visage.

— J'aime le parfum de ta peau.

L'éclat presque animal qui brillait au fond de ses prunelles bleu azur ralluma un désir qu'elle croyait assouvi. Aucun homme avant lui n'avait su déclencher en elle des sensations d'une telle intensité. Elle avait envie de lui appartenir totalement.

— Je ne prends pas la pilule, murmura-t-elle après une légère hésitation.

— Et moi, je n'ai pas de préservatifs sur moi, soupira-t-il sans chercher à masquer sa frustration.

— Je… j'en ai achetés cet après-midi.

— C'est vrai ?

— Oui… Je… j'espérais que nous aurions l'occasion de les utiliser.

— Cela ne…

— … me ressemble pas, l'interrompit-elle en se mordillant la lèvre. Oui, je sais. Mais je souhaitais être prête le moment venu. Tu comprends ?

— Merci, chuchota-t-il en l'embrassant avec une infinie tendresse. Où sont-ils ?

— Dans la salle de bains.

Il se redressa et aida Julia à se mettre debout.

— Montre-moi où elle se trouve et laisse-moi te faire l'amour. Je veux que notre première nuit soit absolument parfaite.

Ensemble, ils montèrent à l'étage.

*
* *

Sebastian entra dans la salle de bains et découvrit la boîte de capotes anglaises posée sur la table de toilette à côté du lavabo.

Il se doutait qu'une telle démarcha avait dû coûter à Julia et cette attention le touchait plus qu'il n'osait se l'avouer. Il acheva de se dévêtir et prit un préservatif avant de rejoindre la jeune femme dans la chambre.

Elle avait éteint toutes les lumières à l'exception d'une petite lampe de chevet. Elle était étendue et la masse sombre de sa chevelure, éparse sur l'oreiller, formait comme une auréole autour de son visage aux traits délicats. Elle lui parut à la fois si fragile et si voluptueuse qu'il s'immobilisa au pied du lit pour mieux la contempler.

— S'il te plaît, écarte le drap que je puisse profiter de ta beauté.

Il avait conscience de lui demander beaucoup. Bien que femme libérée dans la vie professionnelle, Julia était d'une grande pudeur dès lors qu'il s'agissait de ses sentiments personnels.

Après un moment d'hésitation, elle finit par obtempérer, dévoilant un corps mince et sensuel, aux courbes terriblement féminines.

Ses seins ronds et fermes se couronnaient d'un bourgeon délicat d'un rose-brun dont il connaissait désormais la saveur. Sa taille menue s'évasait légèrement au niveau des hanches et ses cuisses étaient fines et musclées.

Il avait l'impression de parcourir des yeux un paysage fait de monts et de vallons qui, sous son apparente sérénité, cachait l'ardeur d'un volcan. Il mourait d'envie d'en découvrir davantage. Il repoussa complètement le drap et, saisissant ses chevilles graciles, l'invita à entrouvrir les jambes.

Elle rougit sous l'insistance de son regard qui cherchait à percer les secrets les mieux gardés de son intimité.

Alors, il remonta lentement vers elle, déposant une pluie de petits baisers sur sa peau frémissante au fil de son ascension, s'attardant au cœur de la gorge humide où battaient les pulsations du désir. Elle poussa un gémissement d'impatience.

— Viens, je t'en prie, viens.

— Non, attends, pas encore.

D'une main fébrile, il enfila le préservatif, puis s'allongea au-dessus d'elle, s'appuyant sur les coudes afin de ne pas l'écraser sous son poids. Il plongea son regard dans ses yeux de braise avant de s'emparer farouchement de ses lèvres.

Plaquée sous lui, elle sentait son sexe se durcir contre le sien.

— Tu es si belle, lui chuchota-t-il au creux de l'oreille. Je te veux.

— Moi aussi, répéta-t-elle, au supplice.

Elle se cambra en une invite silencieuse et, enfin, il répondit à son appel. Quand il s'introduisit avec une grande douceur, elle poussa un soupir de volupté.

Le mouvement, lent et régulier tout d'abord, s'accéléra à mesure que le plaisir s'intensifiait et que l'orgasme devenait imminent.

Jamais il n'avait éprouvé ce mélange d'excitation et de plénitude. C'était comme si leurs deux corps étaient faits l'un pour l'autre ; ils se complétaient parfaitement.

— Viens, maintenant, gémit-elle.

— Oui, oui…

Il l'entendit crier son extase et s'autorisa enfin à libérer l'onde de jouissance qui déferla en lui avec une intensité qu'il n'avait encore jamais connue.

Ils restèrent ainsi un long moment, blottis l'un contre l'autre, attendant que se calment les battements désordonnés de leurs cœurs.

Elle avait niché son visage dans le creux de son cou et enfoui ses doigts dans ses cheveux. Elle avait envie de le retenir en elle le plus longtemps possible.

— J'aimerais rester près de toi, cette nuit, chuchota-t-il enfin.

Elle lui répondit par un sourire radieux.

Il roula sur le côté et l'attira dans ses bras. Avec un soupir de bonheur, elle se lova contre lui.

Il sut alors que si seule la lune avait été le témoin de leurs amours, leur entourage ne tarderait pas à remarquer le changement qui s'opérait en lui. Car elle avait fait naître au plus profond de son être des émotions insoupçonnées.

Il comprit que rien ne serait plus jamais comme avant.

# 6.

Julia passait ses journées à travailler d'arrache-pied… et ses nuits dans les bras de Sebastian. Le mois de juin tirait à sa fin et elle n'entrevoyait toujours pas clairement ce que lui réservait l'avenir. Toutefois, pour la première fois depuis le décès de ses parents, cela lui importait peu. Elle se laissait porter par le cours des événements sans chercher à maîtriser le fil de son existence, ni à anticiper l'étape suivante. Seuls comptaient les délicieux moments en compagnie de l'homme qui tenait une place de plus en plus importante dans sa vie.

Elle veillait au confort des hôtes de Seven Oaks Farm et à ce que la saison de polo du Bridgehampton Polo Club se déroule sans le moindre accroc, rendait régulièrement visite à Christian dont la santé s'améliorait à vue d'œil. Celui-ci ne tarderait sans doute pas à sortir de clinique. Peut-être même pourrait-il assister, assis dans la tribune au côté de son fils, aux dernières rencontres du tournoi.

En ce jour de semaine, la soirée s'annonçait plutôt calme. Aucune manifestation particulière ne requérait sa présence. Elle n'avait pas vu Sebastian depuis le début de la matinée, mais il lui avait laissé un message pour lui donner rendez-vous, le soir même, sur la plage située à deux pas de chez elle, et la perspective de le retrouver bientôt la faisait frémir d'impatience.

Elle rentra changer de tenue, optant pour une robe

bain de soleil qui mettait en valeur la finesse de ses épaules et de ses bras, avant de prendre la direction de l'océan. Le soleil s'apprêtait à se coucher et une brise légère soufflait du large.

En arrivant sur le lieu du rendez-vous, elle découvrit deux fauteuils Adirondack disposés côte à côte face à la mer, devant un petit feu de camp manifestement allumé depuis peu. En revanche, aucune trace de Sebastian.

Elle avisa une note scotchée sur la glacière dans laquelle il l'informait de son retour prochain. Elle s'installa confortablement dans l'un des fauteuils pour l'attendre et ferma les yeux, goûtant la douceur du crépuscule.

Comme de plus en plus souvent depuis quelques jours, elle se mit à réfléchir au meilleur moyen de faire durer sa relation avec Sebastian. Car il s'agissait bien d'une *relation*, et non d'une liaison.

Ils partageaient la plupart de leurs nuits dans son lit et prenaient leur petit déjeuner ensemble presque tous les jours. Parfois au bureau, lorsque personne ne risquait de les surprendre, il l'attirait dans ses bras et l'embrassait avec passion. Il coupait court à ses protestations en lui disant que c'était plus fort que lui.

Elle ignorait où cette histoire allait les mener et, bien que les propos et les attentions de Sebastian à son égard eussent dû la rassurer, elle éprouvait une sourde angoisse. Le scénario qu'elle imaginait se terminait le plus souvent par une scène de rupture et une femme délaissée, le cœur en mille morceaux…

Comme promis, il lui avait organisé une entrevue avec John Martin, le vice-président des ressources humaines de Clearwater Media. Lors de leur entretien, ce dernier n'avait pas caché à la candidate que la recommandation de son patron était des plus flatteuse.

A priori, elle avait réussi son entretien haut la main.

Ce nouveau job mettrait un terme à ses rapports hiérarchiques avec Sebastian Hughes et éliminerait toute ambiguïté potentielle entre eux. Pourquoi, dans ce cas, ne parvenait-elle pas à se réjouir autant qu'elle l'aurait dû ?

L'arrivée de Sebastian la tira de ses réflexions.

— Bonsoir, Julia !

Surprise, elle se leva d'un bond.

Vêtu d'un jean délavé et un polo d'un bleu assorti à ses yeux, il transportait un énorme panier. Il avait manifestement abandonné ses chaussures en cours de route.

— Tu as besoin d'aide ? proposa-t-elle aussitôt.

— Non, rassieds-toi, ma douce. Ce soir, je m'occupe du dîner ! Tu veux un verre pour patienter ?

— Volontiers.

Il ouvrit la glacière et en sortit une bouteille bien fraîche de pinot gris. Il lui tendit un verre et ils trinquèrent en l'honneur des pique-niques sur la plage.

— Que s'est-il passé au bureau aujourd'hui ?

— Rien de particulier. Le producteur de Broadway a annulé sa participation à l'événement de la semaine prochaine et il m'a fallu me démener une bonne partie de la journée pour trouver un autre sponsor.

— Bravo, quelle efficacité !

— Je t'ai envoyé un rapport complet par mail.

— Merci. Au fait, John est-il revenu vers toi avec une proposition d'embauche ?

— Oui, répondit-elle après avoir bu une gorgée de vin blanc.

— Intéressante ?

— Très.

— Alors, tu vas l'accepter ? insista-t-il, sans doute décontenancé par son laconisme.

A vrai dire, elle n'en savait encore rien, mais ne pouvait pas le lui annoncer ainsi. Il avait rempli sa part du contrat en l'aidant à décrocher un poste de direction dans une entreprise où elle aurait enfin l'opportunité de développer ses talents managériaux.

— Je n'ai pas encore pris ma décision. Toutefois, quoi qu'il advienne, tu ne me dois plus rien.

— J'ai une façon différente d'envisager la situation, rétorqua-t-il en lui tendant une assiette composée d'un filet de saumon grillé, de pommes de terre nouvelles et d'asperges vertes.

Il en prépara une seconde pour lui et vint s'asseoir à côté d'elle.

Mal à l'aise, elle se concentra sur la nourriture, au demeurant succulente. Elle appréciait qu'il ait consacré du temps et de l'énergie, malgré un planning surchargé, à organiser ce dîner romantique. Cependant, en son for intérieur, elle aurait préféré qu'il redevienne le patron exigeant et parfois égocentrique d'avant au lieu de l'entourer sans cesse de touchantes attentions. Ainsi, elle aurait beaucoup moins de difficultés à partir poursuivre sa carrière ailleurs.

Au cours des dernières semaines, elle avait commencé à tomber amoureuse de lui ou, plus exactement, elle *était* tombée *éperdument* amoureuse de lui. Elle avait beau se dire qu'elle n'y pouvait rien, c'était tout de même stupide… et dangereux. D'autant plus s'agissant d'un homme comme lui.

— Si cet emploi ne correspond pas à tes attentes, rien ne t'oblige à le prendre, déclara-t-il. Tu as encore du temps devant toi. Par ailleurs, j'ai dans mon carnet d'adresses plusieurs contacts haut placés susceptibles de t'intéresser.

Elle sentit sa gorge se serrer. Une telle sollicitude ne faisait que renforcer les sentiments qu'elle éprouvait pour lui.

Il ne cherchait pas à se débarrasser d'elle en usant de sa position sociale ; il souhaitait sincèrement l'aider à progresser professionnellement et contribuer ainsi à son équilibre personnel.

— Je te remercie, murmura-t-elle. Tu as déjà tant fait pour moi que je me refuse à t'en demander davantage.

— Dommage, rétorqua-t-il avec un sourire qui lui chavira le cœur.

Malgré la beauté du panorama, Sebastian avait du mal à détacher son regard de son invitée. Julia était particulièrement ravissante ce soir, dans sa robe toute simple. La lueur dansante des flammes éclairait son profil parfait, soulignant la finesse de ses traits et l'expressivité de ses yeux.

Il adorait partager ses soirées avec elle et n'avait pas l'intention d'y renoncer, à moins qu'elle n'en décide autrement.

Il avait conscience de s'attacher à elle chaque jour un peu plus. Ce constat aurait dû l'inquiéter, lui, le célibataire endurci qui accumulait les conquêtes féminines comme d'autres collectionnent les papillons. Cependant, il avait foi en sa capacité à fuir tout engagement trop personnel. Pas une seule fois dans sa vie, le contrôle de ses émotions ne lui avait échappé, et il n'y avait aucune raison pour qu'il n'en aille pas de même aujourd'hui.

En la voyant frissonner, il sortit du panier un châle en cachemire qu'il avait acheté pour elle en rentrant d'une visite à son père.

— Approche-toi, Jules.

Elle se pencha en avant afin qu'il puisse draper le vêtement autour de ses épaules.

— Quelle merveille ! s'exclama-t-elle en caressant la précieuse étoffe.

— Je me réjouis qu'il te plaise… car il est pour toi.

— Pour moi ? s'écria-t-elle, incrédule. Tu l'as choisi tout seul ?

— Presque, mais je ne te divulguerai pas mes sources.

Elle éclata de rire devant sa mine de conspirateur.

— Allez, ne m'oblige pas à te supplier ! Qui t'a soufflé cette excellente idée ?

— Mon père, finit-il par avouer. Il m'a traité d'esclavagiste. A l'en croire, tu travailles trop dur et tu méritais une soirée distrayante et un cadeau. C'est aussi sa manière de te remercier de toutes ces gentillesses que tu lui prodigues, notamment de lui avoir permis de ne rater aucun match de polo depuis le début du tournoi. Grâce à toi, il se sent moins exclu.

Elle avait, en effet, suggéré à Sebastian de faire jouer ses relations dans le monde des médias pour mettre en place un mini-réseau par satellite entre Seven Oaks Farm et la maison de convalescence où séjournait Christian. Ainsi, ce dernier avait pu suivre l'ensemble des rencontres, y compris l'entraînement des chevaux du cheikh auxquels il vouait une admiration sans bornes.

— Tu as vu la prestation de Nicolas, aujourd'hui ! Je n'y connais pas grand-chose, mais, à mon avis, il est le meilleur joueur du moment.

— Sans aucun doute, renchérit-il. Il se donne à fond dans ce qu'il fait.

« Non seulement sur le terrain, songea-t-il avec une pointe d'amertume, mais aussi en dehors. »

Car, dans les tentes VIP aussi, il jouait les stars. Surtout auprès d'une meute de jeunes filles qui accouraient, de plus en plus nombreuses, espérant obtenir une faveur de l'idole du polo.

— Je m'inquiète un peu pour Vanessa, ajouta-t-il. Elle m'a interrogé à son sujet et je redoute qu'elle ne commette de nouveau l'erreur de succomber à son charme. Elle a assez souffert la première fois.

— Tu n'as pas de craintes à avoir, répondit-elle, se voulant rassurante. Bien qu'un peu fantasque parfois, Vanessa a la tête sur les épaules. Elle saura se protéger.

— Souhaitons que l'avenir te donne raison, soupira-t-il.

Tandis qu'il activait le feu puis rangeait leurs verres et leurs assiettes vides dans le panier en rotin, une évidence s'imposa à elle.

Elle-même se considérait comme une personne réfléchie. Pour autant, sa sacro-sainte raison ne l'avait pas empêchée de tomber follement amoureuse d'un don Juan, qui plus est, son patron et d'un milieu social à des années de lumière du sien… ce qui, elle devait bien l'admettre, n'avait rien de raisonnable !

— Pourquoi m'avoir invitée, ce soir ? s'enquit-elle.

— Je te l'ai dit : pour te remercier.

— Pourtant, je n'ai rien fait de spécial cette semaine par rapport aux précédentes qui puisse me valoir cet honneur.

Voilà une qualité qu'il appréciait particulièrement chez elle : son honnêteté intellectuelle. Elle ne se contentait pas, comme la plupart des femmes qu'il fréquentait, d'une réponse évasive. Elle exigeait de l'authenticité et ne lui laissait rien passer.

— Avant, je n'avais pas conscience de ma chance, déclara-t-il, après un moment d'hésitation. Pour moi, ta présence allait de soi. Depuis quelques semaines, tu prends de plus en plus d'importance dans mon existence… bien plus que je ne l'aurais imaginé.

— Toi aussi, tu comptes de plus en plus dans la mienne, avoua-t-elle en le regardant droit dans les yeux, ce qui, curieusement, le déstabilisa.

— Vraiment ?

— Oui. Après avoir constaté le caractère éphémère de tes liaisons amoureuses, crois-moi, j'ai lutté contre mes sentiments. J'ai néanmoins l'impression qu'entre nous, il se passe quelque chose de différent.

— Parce que tu ne ressembles à aucune autre.

Elle se souciait de son entourage. Elle ne manquait jamais de témoigner son soutien à ceux qui en avaient besoin. Son optimisme et sa patience commençaient à influer sur son comportement à lui, à modifier ses priorités. Il éprouvait moins le besoin de se mesurer au monde, de relever les défis les uns après les autres ; il avait envie de prendre le temps de vivre.

— Probablement. Beaucoup d'autres à ma place auraient déjà accepté la proposition de John tandis que moi, j'hésite.

— Pourquoi ?

— Je pensais que nous pourrions peut-être continuer à travailler ensemble, si je n'étais plus ton assistante. Il suffirait que tu me confies davantage de responsabilités. Nous formons une bonne équipe tous les deux.

— Excellente, renchérit-il.

En revanche, compte tenu de l'évolution de leurs relations, il ne trouvait pas l'idée si judicieuse. Lorsqu'elle était présente, il n'arrivait pas à se concentrer. Le besoin de la serrer contre lui et de lui faire l'amour le prenait n'importe quand dans la journée, ce qui, une fois de retour au siège de Manhattan, pourrait poser quelques problèmes.

Il lui avait promis de l'aider à se trouver un poste qui corresponde à ses aspirations et à ses compétences, et il tiendrait parole. Toutefois, la perspective de cette séparation inévitable lui nouait l'estomac. Il lui était devenu nécessaire de la voir tous les jours.

*Indispensable.*

« Bon sang, songea-t-il, à quel moment a-t-elle réussi à franchir mes défenses ? »

— Sebastian ?

— Oui ?

— Que dis-tu de ma suggestion ?

Elle avait manifestement envie d'en discuter, mais il ne se sentait pas prêt à aborder ce sujet. D'ordinaire, il savait se sortir de n'importe quelle situation délicate grâce à son éloquence. Avec elle cependant, il refusait d'utiliser ses talents d'orateur pour enrober la vérité.

Sebastian Hughes que rien ni personne n'effrayait avait tout à coup peur de perdre cette femme.

— Allons nous promener, déclara-t-il, après un long silence. Je voudrais te montrer quelque chose.

Il lui tendit la main pour l'aider à se lever, mais elle demeura assise, le fixant d'un regard inquisiteur.

— Je suppose qu'il s'agit de ta réponse, murmura-t-elle en se redressant.

Comme elle s'apprêtait à partir, il la retint par le bras.

— Attends ! Je suis désolé, mais comprends que je n'ai pas encore la solution. Je n'ai jamais été très doué pour décrire ce que je ressens. Les mots me manquent. Tu occupes une place importante dans ma vie, sache-le. En revanche, je ne suis pas sûr que ce soit une bonne idée de continuer à travailler ensemble.

— Tu y réfléchiras ? insista-t-elle.

— Je ne veux pas te perdre, Julia, chuchota-t-il en acquiesçant d'un hochement de tête.

Emue, elle vint se blottir contre lui.

— J'éprouve le même sentiment, avoua-t-elle. En fait, je crois même que… je suis amoureuse de toi.

Là encore, il ne répondit rien.

Il n'avait qu'une seule certitude : quand il la tenait dans ses bras, le monde lui paraissait soudain parfait.

Une merveilleuse sensation de bien-être et d'optimisme l'envahissait.

Mais il avait beau essayer, il ne parvenait pas à le lui dire.

Le lendemain matin, elle choisit sa tenue avec un soin particulier. Elle avait un planning chargé et devait rencontrer plusieurs personnalités importantes. A son réveil, Sebastian était déjà parti, mais il lui avait laissé un mot sur la table avec une invitation à dîner pour le soir même.

Elle songea que leur soirée de la veille avait fait évoluer leur relation. Avec un peu de chance, leur histoire durerait plus que l'espace d'un été. Mieux valait, néanmoins, ne pas s'enthousiasmer trop vite, car tout dépendrait de lui.

Sur le chemin du bureau, elle croisa les poneys en plein entraînement. Elle prit soudain conscience qu'elle aimait cet endroit, la vie qu'elle y menait, et qu'elle avait désespérément envie d'y rester. Fallait-il vraiment sacrifier tout cela au nom de son ambition professionnelle ?

Partir signifiait dire adieu à Sebastian, à leurs nuits passionnées et à leurs discussions animées, aux instants de complicité avec Christian ainsi qu'à ce travail qui lui plaisait tant. Elle avait appris tous les arcanes de ce milieu et connaissait cet univers mieux que quiconque. Pourquoi ne pas capitaliser sur cet acquis plutôt que de s'attaquer à un nouveau défi ? Par ailleurs, si elle rejoignait l'équipe de direction de Clearwater Media, elle serait forcément amenée à revoir Sebastian, ce qui, en cas de rupture, lui semblait une très mauvaise idée.

Elle s'assit à sa table de travail, tria les télécopies, puis passa en revue les menus du jour et le programme des événements de la journée.

Grant Vineyards & Wines sponsorisait un cocktail

auquel le cheikh assisterait. Malgré son récent mariage, Adham Al Ferjani demeurait la cible de nombreuses starlettes à la plastique parfaite qui virevoltaient autour de lui dans l'espoir d'attirer son attention. Julia n'enviait pas la jeune mariée. A sa place, elle n'aurait guère apprécié cette horde de concurrentes, prêtes à tout pour attirer son attention.

Toutefois, d'après la rumeur, le cheikh était très épris de sa nouvelle épouse, ce qui la rendait un peu jalouse. Elle aurait tant voulu que Sebastian éprouve ce genre de sentiments à son égard !

— Cesse de jouer les midinettes, dit-elle à voix haute, certaine que personne ne l'entendrait. Est-ce *vraiment* ce que tu souhaites ?

Elle alla se planter devant la baie vitrée pour réfléchir.

Oui, elle en rêvait. Inutile de chercher à fuir la vérité : elle était tombée amoureuse de son patron, qui deviendrait bientôt son ex-patron. Et il était facile de comprendre pourquoi. Depuis qu'ils avaient décidé de mettre un terme à leur collaboration, il avait baissé sa garde. Il se comportait avec beaucoup plus de décontraction et leurs rapports de travail avaient changé. Il multipliait les attentions vis-à-vis d'elle, usant et abusant de son charme légendaire. Ils avaient appris à se connaître sur un plan autre que professionnel.

Elle se mordilla nerveusement la lèvre.

Les choses avaient seulement commencé à changer entre eux à partir du moment où il avait su qu'elle partirait. Fallait-il y voir un mauvais présage ?

La sonnerie du téléphone la tira de ses sombres pensées. Sur l'écran s'affichait le numéro de téléphone de Sebastian.

Après une seconde d'hésitation, elle préféra ne pas

décrocher. Elle avait besoin d'un peu de temps pour se ressaisir avant de lui parler.

Hors de question qu'elle finisse comme toutes celles qui traversaient sa vie à la vitesse de l'éclair, seule, assise à une table, n'osant pas ouvrir le coffret de chez Tiffany placé devant elle. Elle imaginait déjà son téléphone sonner et, à l'autre bout du fil, une assistante nouvellement recrutée lui annoncer leur rupture.

Elle savait que lorsque Sebastian avait l'impression de ne plus maîtriser l'intensité de ses émotions, il se dérobait. Elle l'avait déjà vu fuir plusieurs fois en pareilles circonstances. Pourquoi agirait-il différemment avec elle ? D'autant plus après qu'elle lui avait annoncé son désir de rester travailler à ses côtés et réclamé une promotion !

Elle avait la franchise des filles du Texas, pas l'habileté des intrigantes. Sans doute n'était-elle pas de taille à négocier avec un homme de la stature de Sebastian Hughes, un homme à qui elle n'aurait jamais dû ouvrir les portes de son jardin secret.

La sonnerie du portable résonna de nouveau. Cette fois, elle répondit.

— Oui ?

— Tout va bien ? Je t'ai appelée, il y a cinq minutes. Je t'ai d'ailleurs laissé un message.

— Désolée, je n'ai pas décroché assez vite. Que puis-je pour toi ?

— J'essaye de joindre Richard sans succès depuis une heure. Pourrais-tu, s'il te plaît, aller faire un tour du côté des écuries ? Il y passe sa vie. Si tu l'y rencontres, dis-lui que j'ai besoin de lui parler au sujet d'Henderson. C'est assez urgent.

— Je m'en charge.

— Merci. Je ne repasserai pas au bureau, car j'ai

prévu de rendre visite à mon père, puis d'aller chercher le sénateur à l'héliport.

— Entendu. Richard doit-il te contacter sur ton portable ?

— Absolument.

— Je lui transmets ton message.

— Merci, Julia. Et n'oublie pas notre dîner de ce soir. Il faut que nous parlions.

— Je n'oublierai pas, marmonna-t-elle, sentant un nœud se former dans sa gorge.

Il mit fin à leur entretien téléphonique et elle resta assise, le regard dans le vague.

Cet échange, d'ordre strictement professionnel, ressemblait aux milliers d'autres qu'ils avaient eus. Alors, comment expliquer cette sensation qu'une catastrophe se préparait ? Qu'avait-il de si important à lui dire ?

« Tu es ridicule avec tes états d'âme, songea-t-elle. Si tu continues sur cette pente, tu vas devenir le portrait craché de la maîtresse qui s'accroche désespérément à son amant. »

Elle bascula sa ligne de téléphone fixe sur la messagerie vocale et se rendit directement aux écuries où, à défaut de Richard, elle trouva deux palefreniers qui n'avaient rencontré personne.

Le cheval préféré du cheikh tendit la tête au-dessus de la porte de son box. Elle s'approcha de l'animal à la robe luisante, d'un noir de jais, et au port de tête altier. L'expression de détermination qu'elle lut dans le regard de l'étalon lui rappela celle de Sebastian. Ces deux êtres avaient un trait de caractère commun : une volonté farouche de forger leur destin.

Elle s'apprêtait à ressortir lorsqu'elle entendit le claquement de sabots. En se retournant, elle découvrit

Catherine qui rentrait d'une séance d'entraînement. Elle menait par la bride un bel alezan.

— Bonjour, Julia ! Comment allez-vous ?

— Bien, merci. En fait, je cherche M. Wells. L'auriez-vous vu, par hasard ?

— Non, pas ce matin.

— Si jamais vous le croisez, pourriez-vous lui demander d'appeler immédiatement Sebastian, s'il vous plaît ?

— Bien sûr. Comptez sur moi.

Elle repartit en quête de Richard. Elle ne pouvait chasser la tension qui l'avait envahie depuis son entretien téléphonique avec Sebastian. Pourtant, cette journée aurait dû figurer parmi les plus belles de sa vie : elle venait de se rendre compte qu'elle était amoureuse.

Elle ne se serait jamais cru capable d'aimer avec une telle force. Or l'homme qu'elle avait choisi n'était pas connu pour la longévité de ses liaisons amoureuses…

# 7.

Sebastian ne mit pas les pieds au bureau de la journée. La veille au soir, pour la première fois de son existence, il avait éprouvé une sourde angoisse. Il ne pouvait pas continuer dans cette voie ; il devait rompre avec Julia.

Elle devenait peu à peu son talon d'Achille. Or il s'était juré de toujours combattre ses faiblesses et de demeurer un roc en toutes circonstances, du moins en surface. Construire sa vie avec elle, à la fois personnellement et professionnellement, risquait de mettre en danger son équilibre, d'ébranler le rempart qu'il avait érigé pour se protéger dès sa plus tendre enfance.

Aussi avait-il commandé au chef cuisinier un dîner pour deux qu'ils partageraient dans l'un des petits salons de la résidence principale. Il avait aussi acheté un bijou chez Tiffany. Tandis qu'il préparait cette soirée de rupture, il se faisait l'effet d'un traître. Pourtant, n'était-ce pas la seule solution pour les préserver l'un et l'autre ?

Il n'avait aucune idée de ce que supposait une liaison durable, mais cette perspective l'effrayait au plus haut point. En règle générale, il ne restait pas plus de cinq à six mois avec la même personne. Par ailleurs, s'il ne lui accordait pas de promotion, elle le quitterait de toute façon. Elle n'aurait pas le choix. Comment rester avec un homme qui ne tenait pas ses promesses et ne la respectait pas assez pour lui proposer un poste à la hauteur de ses compétences ?

Perplexe, il hocha la tête. Peut-être agissait-il ainsi par amour-propre ? De crainte qu'elle ne le quitte, il prenait les devants et précipitait la séparation. Pathétique, sans doute, mais c'était ce même amour-propre qui lui insufflait son énergie, qui lui donnait la force de mener de front le club de polo fondé par son père et ses propres affaires à Manhattan. Or, malgré la maladie de Christian, Seven Oaks Farm connaissait une croissance constante.

Il aurait volontiers sollicité l'avis de l'un de ses amis. Malheureusement, Richard, englué dans ses problèmes conjugaux, ne lui serait d'aucune aide et Geoff avait regagné Londres avec son épouse. Or il lui paraissait inenvisageable de discuter de ce type de questions au téléphone. Il se retrouvait donc seul, face à l'un des problèmes de conscience les plus épineux qu'il ait eu à traiter.

Nerveux, il se mit à faire les cent pas dans le petit salon tandis que les pensées les plus contradictoires se bousculaient dans son esprit.

Au cours de ces dernières semaines, Julia lui avait apporté plus qu'aucune autre femme avant elle, plus qu'il n'aurait osé espérer recevoir. Il n'aimait pas seulement partager ses nuits — dont le seul souvenir suffisait à l'exciter —, mais aussi des soirées paisibles autour d'un verre, à discuter de tout et de rien. Il adorait aussi la regarder discrètement durant un match de polo et la voir lui sourire en retour.

S'il avait été moins agrippé à sa sacro-sainte liberté, il aurait probablement réussi à trouver le moyen de résoudre son dilemme sans en arriver à une séparation. Cependant, la peur de l'engagement l'emportait sur tout le reste.

Une toux discrète interrompit le cours de ses tergiversations. Il se retourna et surprit Marc sur le seuil de la porte, en train de l'observer.

— Je venais juste vérifier avec vous le déroulement du dîner, dit le chef cuisinier.

— Nous prendrons l'apéritif à table… seuls. J'appellerai le serveur quand nous serons prêts à attaquer les entrées.

— Entendu, répondit Marc en se retirant.

De plus en plus fébrile, Sebastian se remit à arpenter la pièce lambrissée de noyer. Chaque fois qu'il posait les yeux sur le petit coffret bleu trônant dans l'assiette en face de la sienne, il se sentait assailli par le doute. Comment la jeune femme allait-elle réagir en l'apercevant ? S'il s'agissait du même emballage, le contenu était différent de ce qu'il offrait d'ordinaire en cadeau d'adieu. Pour Julia, il avait choisi un bijou plus précieux qui s'harmoniserait parfaitement à sa montre Cartier.

Il s'arrêta un instant devant le portrait de son père. Réalisé par un artiste américain de renom, le tableau datait de la fondation du club. Cette même année, Christian avait aussi rencontré Lynette et commencé à la courtiser.

Son père avait alors une chevelure abondante et ses traits ne portaient pas encore les stigmates du temps ni des soucis. L'expression de son visage trahissait une volonté farouche de conquérir le monde. Son regard, d'une étrange jeunesse, semblait, aujourd'hui, vouloir transmettre un message à son fils. Lequel ?

Christian avait épousé Lynette pour sa beauté et les relations influentes de ses parents. Il ne s'agissait pas d'un mariage d'amour, mais d'intérêt. Placés aux premières loges, lui et Vanessa avaient assisté, impuissants, au naufrage du couple de leurs parents.

Il s'était juré de ne pas répéter l'erreur paternelle. Hors de question pour lui de se laisser piéger dans une union basée sur les convenances. Mieux valait vivre seul que mal accompagné !

Oui, mais ne précipitait-il pas les choses en rompant avec Julia, ce soir ? D'autant plus qu'au fond de lui, il n'en avait absolument aucune envie.

Il sursauta presque en entendant la porte s'ouvrir. Ce n'était que le serveur apportant une bouteille de vin blanc mise à rafraîchir dans un seau à glace, et une assiette de canapés.

Il avait les nerfs à vif et s'exhorta au calme.

Après tout, il avait rompu des dizaines de fois et avait toujours su éviter les mélodrames. Il n'y avait aucune raison pour qu'il en aille autrement avec Julia.

Peut-être ne retrouverait-il jamais une femme réunissant autant de qualités et peut-être ne se marierait-il jamais ? Parmi toutes ces interrogations, il avait néanmoins une certitude : elle soulevait en lui une tempête d'émotions qui menaçait dangereusement son équilibre. Il ne pouvait se permettre de continuer ainsi.

Un coup léger frappé à la porte le fit se retourner.

Le sourire aux lèvres, elle entra et s'avança vers lui. Elle portait une robe de cocktail d'une élégante simplicité, dont le gris rehaussait le teint clair de sa peau. Ses longs cheveux flottaient librement sur ses épaules menues et un *gloss* légèrement rosé mettait en valeur la sensualité de sa bouche naturellement pulpeuse.

Il avait l'impression de vivre son premier rendez-vous amoureux tant son cœur battait fort dans sa poitrine. Incapable de résister davantage, il l'attira dans ses bras et, la serrant contre lui, l'embrassa avec la passion désespérée du dernier baiser…

A bout de souffle, il releva la tête et plongea son regard dans celui de la jeune femme.

— Tout va bien ? s'inquiéta-t-elle.

— Oui… Maintenant, oui.

Il avait pris sa décision. Il ne la quitterait pas ; il en était incapable. Quel que soit le sentiment qu'elle lui inspirait — il refusait encore d'admettre qu'il puisse s'agir d'amour —, il irait jusqu'au bout de leur histoire. Il verrait bien ce que l'avenir leur réserverait.

— Viens. Allons nous asseoir. J'ai beaucoup de choses à te dire, ce soir.

Un bras autour de sa taille, il guida Julia jusqu'à la table. En approchant, la jeune femme se figea. Elle venait d'apercevoir le coffret de chez Tiffany posé au centre de son assiette.

— Sebastian ! Ce n'est pas possible !

Abasourdie, Julia ne pouvait détacher son regard de la petite boîte bleue qui la narguait. Dans son esprit et dans son cœur, la colère le disputait à la peine. Pourquoi Sebastian l'avait-il littéralement happée dans ses bras et embrassée avec une telle fougue, s'il comptait se débarrasser d'elle ?

— Je n'arrive pas à le croire, murmura-t-elle.

— Ce n'est pas ce que tu imagines. S'il te plaît, assieds-toi. Je vais t'expliquer…

— M'expliquer ? Il n'y a rien à expliquer ! Le message est tout à fait clair… Je pensais que tu avais changé, mais cette… cette *chose*, ajouta-t-elle en désignant l'écrin, prouve que je me trompais : tu es, et tu resteras, l'homme capable de demander à son assistante de rompre à sa place avec sa petite amie.

— Tu me juges sans savoir, protesta-t-il. Tu ignores tout de mes sentiments.

— Tu as raison, lança-t-elle, luttant contre une furieuse envie d'éclater en sanglots. Et moi qui me figurais avoir découvert le vrai Sebastian Hughes, celui qui se cache sous le masque du patron autoritaire à qui rien ne résiste.

— C'est le cas, je t'assure.

Il tendit la main vers elle, mais elle recula aussitôt.

— Ne me touche pas !

— Ne te fie pas aux apparences, *s'il te plaît*.

L'espace d'une seconde, elle fut tentée de le croire. Toutefois, elle avait assez souvent expédié ce genre de cadeau pour en connaître la signification.

— Cela suffit ! Je ne me contenterai pas des miettes d'affection que tu daignes me jeter. Je pense mériter mieux que cela.

— Tu mérites bien mieux, en effet, murmura-t-il, en se massant les tempes.

Devant son air sincèrement malheureux, elle songea qu'il devait malgré tout avoir quelque sentiment pour elle. Elle voulut en avoir le cœur net.

— Je ne comprends pas à quoi rime cette mise en scène. Est-ce en réaction à ma suggestion d'hier soir ? Crains-tu que je n'envahisse ton territoire, que je ne m'immisce trop dans ta vie ? Crains-tu que je ne sache pas garder mes distances si tu me confies davantage de responsabilités ?

— Ne me dis pas que cette situation ambiguë te convient et que tu envisageais de continuer ainsi, sans rien changer !

— Eh bien si, justement ! Oh ! Et puis à quoi bon tourner autour du pot ? Je n'ai aucune envie de partir d'ici, et encore moins de te quitter, Sebastian.

— Je ne pense pas que nous puissions continuer à travailler ensemble, décréta-t-il.

Ces paroles lui confirmèrent ce qu'elle savait déjà. Il souhaitait qu'elle le débarrasse de sa présence sans faire de vagues, qu'elle sorte de son univers.

Autant dire qu'elle ne pouvait pas non plus accepter le poste chez Clearwater Media. La meilleure solution consisterait, probablement, à rentrer au Texas où elle mènerait une existence paisible et monotone loin de Bridgehampton Polo Club et du monde à paillettes des gens riches et célèbres.

Toutefois, avant de partir, elle tenait à comprendre le revirement soudain de Sebastian.

— Ne t'imagine surtout pas que je doute de ton potentiel. Je ne demanderais pas mieux que d'avoir quelqu'un de ton calibre pour me seconder. Le problème, vois-tu, c'est qu'avec toi à mes côtés, je me trouve dans l'incapacité de me concentrer. Je ne pense plus qu'à une chose : te serrer dans mes bras. Ni toi ni moi ne pouvons accepter que cette situation s'éternise.

« Parle pour toi ! » songea-t-elle.

Elle s'était mise à aimer ces moments volés où, à l'abri des regards, il la serrait contre lui et l'embrassait avec passion en lui promettant de venir la retrouver le soir. Elle adorait les coups d'œil complices qu'ils échangeaient durant la journée, à l'insu de tous, sachant l'un et l'autre qu'ils passeraient la nuit ensemble.

Oui, partager chaque heure de sa vie la comblait de bonheur. Un bonheur dont, manifestement, il s'était lassé.

— Tu as peur, n'est-ce pas ?

— Oui, je l'admets. Personne avant toi n'a eu une telle emprise sur moi et je crains de commettre une erreur que je regretterais le restant de mes jours. Tu m'as interrogé une fois au sujet de ma mère. En réalité, papa l'a épousée pour sa beauté et elle, pour son argent. Il n'y a jamais eu d'amour entre eux… seulement deux enfants.

— Je suis désolée d'apprendre que Christian a fait le choix de continuer à vivre avec une femme qu'il n'aimait pas. Toutefois, son histoire et la tienne n'ont rien à voir.

Ce qui s'est produit pour tes parents ne t'arrivera pas forcément.

— J'en ai conscience. Je m'efforce simplement d'anticiper. Je me suis toujours juré de privilégier mon indépendance. Je ne veux ni me sentir pris au piège, ni priver qui ce que ce soit de sa liberté. Jusqu'à ce que je te rencontre, je me débrouillais plutôt bien.

— Et maintenant ?

— Je ne sais plus où j'en suis. Je t'avais invitée ce soir pour t'annoncer que je te quittais. Voilà deux heures que j'arpente cette pièce de long en large, essayant d'y voir clair. Plus je réfléchissais en t'attendant, moins je pouvais me résoudre à me séparer de toi.

N'osant croire à ce qu'elle entendait, elle plongea son regard dans le sien pour y chercher une confirmation. Ce qu'elle y lut la conforta.

— Qu'essayes-tu de me dire ?

— Je t'aime, Julia Fitzgerald, déclara-t-il simplement en lui prenant la main.

Comme elle ouvrait la bouche pour parler, il posa un doigt sur ses lèvres.

— Chut ! Laisse-moi terminer. Cet amour s'avère l'expérience la plus belle, mais aussi la plus angoissante qui me soit arrivée jusqu'à présent. J'ai l'impression de ne plus rien maîtriser. J'ai beau tourner et retourner le problème dans tous les sens, je n'arrive pas à trouver une solution à la fois bonne pour toi et pour moi.

— Je pense qu'il nous appartient d'en décider ensemble, murmura-t-elle.

— Comment cela ?

— Moi aussi, je t'aime, Sebastian. J'ai tenté de te le faire comprendre à plusieurs reprises, mais je ne parvenais pas à trouver les mots justes pour t'avouer mes sentiments. Je ne veux pas m'éloigner de toi. Je ne *peux pas* vivre sans toi.

Avec une expression de pur bonheur sur le visage, il l'attira contre lui et l'embrassa avec une infinie douceur.

« Pourvu que tout cela ne soit pas qu'un rêve ! » songea-t-elle en s'abandonnant avec délice.

Le lendemain matin, en se réveillant dans ses bras, elle sut qu'elle n'avait pas rêvé.

Fidèle à son habitude, il ne voulut pas perdre une seconde et l'entraîna, dès l'ouverture, chez Bridgehampton Jewelers pour y choisir une magnifique bague de fiançailles.

— Et si nous allions en parler à mon père ?, demanda-t-il en sortant de la bijouterie.

— Tu crois ? Dès qu'il aura appris la nouvelle, Christian ne manquera pas d'en informer la terre entière !

— Cela nous évitera d'avoir à nous en charger ! s'exclama-t-il en éclatant de rire.

Quand ils entrèrent dans la chambre, Julia avec un sourire radieux et Sebastian la couvant du regard, Christian suivait la rediffusion d'un match de polo.

— Hum, je constate que mon fils a fait de vous une femme comblée, déclara-t-il joyeusement.

— J'ai bien l'intention de la rendre encore plus heureuse, papa. Nous sommes venus t'annoncer que nous allons nous marier.

— Ah, ce n'est pas trop tôt ! bougonna Christian, cherchant à cacher son émotion. Je me demandais combien de temps il vous faudrait pour ouvrir les yeux. Je vous donne ma bénédiction, mes enfants !

CATHERINE MANN

# Défi pour un séducteur

éditions HARLEQUIN

*Cet ouvrage a été publié en langue anglaise*
*sous le titre :*
PREGNANT WITH THE PLAYBOY'S BABY

*Traduction française de*
MARIE VILLANI


83-85, boulevard Vincent-Auriol, 75646 PARIS CEDEX 13.
Service Lectrices — Tél. : 01 45 82 47 47
www.harlequin.fr

# Prologue

*Ferme équestre de Seven Oaks,*
*Bridgehampton, New York*

— Bon sang, je vous avais pourtant dit de ne plus vous approcher de ma sœur !

Grondante, la menace tonna aux oreilles de Vanessa Hughes une seconde avant que son amant argentin ne bloque le premier coup de poing de son frère en direction du menton.

Seigneur ! Droit dans le pétrin, une fois de plus ! Rien d'étonnant, puisqu'elle avait toujours été la tête brûlée officielle de la famille. Et voilà qu'elle entraînait le joueur de polo argentin Nicolas Valera dans son chaos, pour la seconde fois en moins d'un an !

— Laissez tomber, Hughes ! gronda Nicolas avec un accent plus prononcé que jamais.

Sueur et désir mêlés luisaient encore sur la peau de Vanessa après leur brûlante étreinte. Heureusement qu'ils avaient eu la présence d'esprit de se rhabiller juste après, plutôt que de risquer d'être vus ensemble en peignoir ou en serviette !

Nicolas la plaça à l'abri derrière lui, puis refit face à la fureur de Sebastian qui, allez savoir comment, venait de les surprendre dans ce tête-à-tête inopiné. Une coïncidence improbable, dans la mesure où ni Nicolas ni elle n'avaient prévu de tomber l'un sur l'autre dans le sauna du luxueux complexe sportif de la ferme de Seven Oaks !

Et encore moins d'y basculer ensemble pour des retrouvailles aussi brûlantes qu'impulsives !

Dieu merci, le lieu était désert : tous les convives étaient réunis au gala de bienfaisance, auquel Sebastian aurait dû être lui aussi. Elle-même s'en était discrètement éclipsée afin de venir ici, pour s'apercevoir que Nicolas avait eu la même idée !

Sebastian s'avança. D'un regard dur, il détailla leur apparence un rien désordonnée et un muscle joua dans sa mâchoire.

— Certainement pas tant que vous tournerez autour de ma sœur ! répondit-il.

— Nicolas, attention ! cria Vanessa.

Une fraction de seconde plus tard, Nicolas levait l'avant-bras pour parer une deuxième attaque.

Comment blâmer Sebastian ? Il était dans le vrai. Nicolas et elle venaient précisément de faire ce qu'il suspectait et ce, bien qu'ils aient amèrement — et publiquement — rompu un an plus tôt.

Sa propre faute, cette fois encore. Son gâchis à elle.

Pivotant, Nicolas plaqua Sebastian contre la paroi de bois avec la rapidité et l'agilité que l'on pouvait attendre d'un champion international de polo. Il le maintint prisonnier d'un bras en travers de la poitrine, mais sa supériorité d'athlète ne le servirait pas indéfiniment. Sur le front de Sebastian, une veine pulsait.

— Calmez-vous, Hughes, répéta Nicolas d'un ton posé.

Jamais il ne perdait le contrôle. Hormis pendant l'amour.

— Nous ne voulons ni l'un ni l'autre d'esclandre ici, et encore moins autour de votre sœur. Vanessa, va fermer la porte, s'il te plaît.

Vanessa obtempéra.

Dans la mesure où le club de polo de Bridgehampton, dont sa famille était propriétaire, sponsorisait chaque année la saison de polo de Seven Oaks, il n'était pas très bien vu que la jeune femme fréquentât les joueurs. Or, si elle avait déjà commis bien des bévues dans sa vie, elle ne s'était rendue coupable de celle-là qu'une seule fois, et c'était avec Nicolas Valera.

Après leur rupture de l'an dernier, elle s'était juré de ne plus recommencer. Jusqu'au moment où elle l'avait revu, ce soir. Le soir du pire jour de sa vie, alors qu'elle était au plus bas. Mais il était vrai que, même dans ses meilleurs jours, elle ne brillait pas par sa sagesse !

Son frère foudroyait Nicolas du regard avec une détermination d'acier. Sebastian et elle étaient au moins semblables en cela ; sur le plan physique, ils n'avaient rien en commun, puisqu'elle était la seule blonde aux yeux bleus de la famille. Et, Seigneur, comme il lui était douloureux d'y penser ! Comme il lui était douloureux de savoir que ses parents lui avaient menti…

Sebastian se libéra abruptement, sa cravate de soirée toute de guingois, et les deux hommes se toisèrent encore, menaçants.

— Restez loin de ma sœur, Valera, ou je vous jure que je vous ferai mordre la poussière ! lança Sebastian.

Retenant ses larmes, Vanessa se glissa entre les deux paquets de pure testostérone en ébullition.

— Oh ! arrête de dramatiser, Seb ! Aucune loi ne m'empêche de le voir ! Et puis, à vingt-cinq ans, je suis tout de même libre de fréquenter qui je veux, non ? Je n'apprécie vraiment pas que tu m'espionnes comme si je n'étais qu'une gamine de seize ans !

Alors qu'elle tapait du pied, elle se prit dans la serviette négligemment abandonnée au sol par Nicolas.

Sebastian lui agrippa le bras avec un juron.

— Il y a des tas de choses qui sont légales, mais que tu n'as pas le droit de faire, Nessa ! Avec tes imprudences, tu m'obliges à intervenir, tu ne me laisses pas le choix, et tu sais que c'est pour ton propre bien ! Allez, viens, je te ramène à la maison…

— Hugues…, gronda Nicolas, le torse en avant, contemplant son adversaire de ses yeux d'onyx étrécis. N'espérez pas me planter là sans que je sois certain que Vanessa ne risque rien. Alors lâchez-la !

Vanessa grimaça. Si ça, ce n'était pas jeter de l'huile sur le feu dans une pièce déjà étouffante ! Elle doutait de pouvoir en supporter davantage, déjà déstabilisée qu'elle était par son face-à-face imprévu avec Nicolas ce soir-là, alors même que son odeur persistait autour d'elle et que le souvenir de leur étreinte demeurait brûlant sur sa peau !

Sebastian toisa son interlocuteur d'un regard dur.

— Ne vous risquez plus à insinuer que je puisse lui faire du mal ! C'est vous qui lui causez du tort, à réapparaître ainsi dans sa vie tout en sachant pertinemment que vous n'avez aucune intention d'y rester !

Il avait raison, mais assurer de manière aussi désinvolte que nul homme ne pouvait aspirer à se lier à elle sur le long terme était vexant. Bâillonnant sa susceptibilité froissée, Vanessa se concentra sur la situation explosive du moment. Personne n'était encore venu s'inquiéter des éclats de voix, mais cela n'allait pas tarder. Il lui fallait mettre un terme à cette confrontation.

Les yeux braqués sur Nicolas, elle le vit réprimer l'envie de provoquer la bagarre. Un bref éclair d'émotion marqua le visage masculin, puis il retrouva son impassibilité.

— Votre sœur et moi, nous avons encore des choses à nous dire et nous sommes adultes l'un comme l'autre, déclara-t-il, avant de désigner la porte d'un geste. Si vous voulez bien sortir…

Sebastian n'obéit pas. Au contraire, il contourna Vanessa et vint se poster devant elle.

— Ma sœur a beau avoir vingt-cinq ans, elle ne s'est jamais, en aucune manière, comportée en adulte !

— Je te signale que ta sœur est là, juste devant toi, au cas où tu ne l'aurais pas remarqué ! s'écria Vanessa, blessée dans son amour-propre.

— Oh que si, je l'ai remarqué, crois-moi !

Elle s'efforça de reprendre son sang-froid, consciente qu'il fallait calmer les esprits.

— Remettons cette conversation à plus tard, veux-tu ? suggéra-t-elle d'un ton apaisant. J'aimerais dire au revoir à Nicolas sans me sentir fusillée du regard à chaque instant.

Pour la première fois, les traits de son frère se détendirent. Il lui saisit le coude.

— Après la scène que vous avez causée tous les deux l'an dernier, ne crois-tu pas que tu as assez joué avec le feu ?

Elle ne lui serra affectueusement le bras que pour atténuer le tranchant de sa réponse :

— Ce n'est pas à toi d'en décider.

En découvrant la liaison de Nicolas Valera avec la femme extravagante qu'était Vanessa, l'univers du polo avait été abasourdi. Le champion que Vanessa s'était choisi comme amant était réputé pour son flegme et sa parfaite maîtrise de soi, que ce soit sur le terrain ou devant les caméras. Elle, de son côté, était tout, sauf flegmatique et maîtresse d'elle-même.

Les traits de son frère se durcirent de nouveau, pour arborer le masque calculateur de l'homme d'affaires qu'il était.

— Tant que tes actes affecteront notre père et la

réputation du club de polo de Bridgehampton, ça me concerne. Désormais, je te rappelle que c'est moi qui veille aux intérêts de la famille et, par conséquent, c'est également moi qui devrai gérer les conséquences de tes dérapages éventuels !

Vanessa tressaillit sous ce coup bas et le sang reflua de son visage en feu. Atteint d'un cancer, leur père était mourant. Elle avait beau être la reine du mélodrame dans le clan Hughes, elle avait déjà eu plus que sa part d'émotions ce jour-là. Elle vacilla, prise d'un étourdissement.

Nicolas lui cfflcura lc dos d'une main à la fois apaisante et excitante.

— Personne ne tient à subir les conséquences d'une scène, ni maintenant ni plus tard, affirma-t-il. La réputation de votre famille ne sera pas ternie, votre père n'a pas à s'inquiéter.

Il avait prononcé ces mots sans que la jeune femme décelât en lui la moindre trace d'émotion. La passion qui prévalait entre eux quelques minutes plus tôt à peine avait disparu. Cette constatation, qui n'aurait pas dû l'affecter, la blessa pourtant profondément.

Vanessa se tourna de nouveau vers son frère.

— Nicolas et moi, déclara-t-elle, nous avons rompu il y a un an et rien de ce qui vient de se produire n'y changera quoi que ce soit, rassure-toi.

Sebastian la scruta avec intensité, sans doute pour déterminer son degré de sincérité. Elle avait trop souvent menti dans sa vie, désireuse de contourner les contraintes des règles familiales, pour qu'il la croie sur parole. Puis il hocha brièvement la tête et rajusta son nœud de cravate.

— Je vous ai dit ce que j'avais à vous dire, Valera. Quant à nous, Nessa, nous en reparlerons demain, quand les choses se seront apaisées. Notre père mérite que tu ne le perturbes pas, cet été.

Comment pouvait-il avoir l'arrogance de lui conseiller de ménager leur père ? Elle se hérissa et s'apprêta à lui signifier vertement qu'il n'avait pas à lui parler ainsi, mais se ravisa : il avait déjà tourné les talons, et colère et vexation refluèrent avec lui. La fureur de la jeune femme retomba alors suffisamment pour qu'elle s'avise qu'il avait raison. Elle ne pouvait se permettre de laisser libre cours à ses impulsions, comme en temps normal. Elle ne pouvait plus faire fi du qu'en-dira-t-on et se comporter en enfant gâtée régulièrement épinglée dans les gros titres de la presse à sensation. Plus maintenant.

Quels qu'aient été les mensonges de son père, ce dernier n'en était pas moins, pour elle, un point d'ancrage depuis vingt-cinq ans. Elle lui devait bien une saison sans esclandre.

L'écho de la porte sèchement refermée retentit. Sebastian parti, elle se retrouvait seule avec Nicolas dans le Spa.

De l'autre côté de la porte vitrée, le banc de bois la narguait, et le souvenir de leur étreinte l'assaillit. Elle avait de nouveau fait l'amour avec lui — cela avait été brûlant, impulsif, et elle en restait pantelante et un rien atterrée. D'autant qu'elle n'avait pas la moindre idée de ce qu'il éprouvait de son côté. Sur ce plan-là, d'ailleurs, rien n'avait changé.

Qu'allait-il se passer, maintenant ?

Nicolas fourra les mains dans ses poches. Ses yeux étaient aussi sombres que les vêtements noirs qu'il portait toujours.

— Je suis désolé, pour ton père…

Plutôt que de répondre, elle s'autorisa à observer longuement son énigmatique amant. Elle n'avait pas pris la peine de le faire tout à l'heure, impatiente qu'elle était alors de le toucher, de le goûter, de s'en griser. *Nicolas…*

A trente-deux ans, il était de sept ans son aîné et, à en

croire les tabloïds, bien plus mature qu'elle. Athlétique, avec des épaules et des bras musclés, il semblait remplir la pièce, aussi bien par sa ténébreuse beauté que par son impressionnante carrure. Sa peau hâlée attestait des nombreuses heures passées en plein air, à cheval et en entraînements. D'un noir de jais, ses cheveux bouclés n'étaient pas assez longs pour être rassemblés en catogan. Ils retombaient donc sur ses épaules, comme nonchalamment décoiffés. D'un mouvement de tête, il les chassa de son front, puis tourna les talons.

Quoi, il s'en allait, juste comme ça ? Décidément, avec Nicolas Valera, le sens de l'adjectif « mystérieux » prenait une dimension sans précédent !

Déjà, il saisissait la poignée de la porte. Estomaquée, Vanessa ouvrit la bouche, puis la referma, avant d'articuler :

— Et c'est tout ?

Rage et frustration bouillonnaient en elle, tandis qu'avec humeur, elle écartait du pied leurs serviettes tombées à terre.

— Tu pars comme ça après ce qui vient de se passer ?

Il se retourna lentement et elle refusa de se laisser distraire par l'exquise manière dont sa chemise noire soulignait ses superbes épaules.

Il écarta les mains en un geste d'impuissance. Au passage, elle aperçut ses paumes et ses doigts devenus calleux au contact avec les chevaux et les manches de maillet.

— Qu'espères-tu, Vanessa ? Tu viens d'affirmer à ton frère que plus rien ne nous lie. Notre rencontre de ce soir était un pur hasard, et nous avons dérapé, cédé à un accès de nostalgie, certainement. Je n'ai pas oublié comment, l'an dernier, tu as claironné devant le monde entier, et même sur les chaînes nationales, que nous n'étions plus ensemble ! Non sans m'accuser au passage de t'avoir trompée, ce qui, nous le savons tous les deux, était faux.

Au souvenir de la scène qu'elle avait provoquée pendant un match, plus précisément à la mi-temps, alors que le public, comme il était de rigueur, descendait sur le terrain piétiner les mottes de gazon pour les aplanir, Vanessa grimaça. Les réseaux sociaux en avaient ensuite fait leurs choux gras, avec force commentaires et clichés. Le couple qu'ils formaient avait même fait la une d'une célèbre émission *people* du câble ! Elle en avait été affolée et, à présent, la même peur lui nouait le ventre, la peur de constater le pouvoir qu'avait cet homme-là de l'affecter, de la blesser. A l'époque, elle avait préféré fuir plutôt que de prendre le risque de souffrir. Qu'allait-elle faire, aujourd'hui ?

— Je n'ai jamais pu me contrôler avec toi, avoua-t-elle dans un souffle. Alors, après une journée comme celle-ci…

Une ride se creusa sur le front de Nicolas, premier réel signe d'émotion depuis qu'il avait enfoui le visage dans son cou, tandis que les spasmes de l'orgasme refluaient.

— Une journée comment ?

Elle hésita une fraction de seconde : non, il ne devait pas savoir. Personne ne devait savoir que, ce jour-là, elle avait appris qu'elle était une enfant adoptée.

C'était à peine si son esprit parvenait à le concevoir. Comment ses parents avaient-ils pu garder ce secret pendant vingt-cinq ans ? Elle aurait pu continuer à l'ignorer éternellement si le hasard ne s'en était pas mêlé : elle l'avait découvert au cours d'une conversation destinée à déterminer si son frère était un donneur de sang compatible pour son père en cas d'urgence opératoire. Au début, elle n'y avait guère prêté d'attention, dans la mesure où ses injections d'insuline la rendaient, quant à elle, inéligible. Cependant, en entendant citer les différents groupes sanguins de la famille, elle s'était aperçue que quelque chose clochait. Une fois l'interrogation soulevée, elle avait ressenti le besoin d'aller jusqu'au bout.

Sans trop tarder, car son père n'avait peut-être plus beaucoup de temps devant lui…

En secret, elle avait engagé un détective privé pour vérifier ses doutes. C'était lui qui, le matin même, lui avait livré les fruits de son enquête : non, elle n'était pas la fille biologique de ses parents, elle avait été adoptée…

Eperdue, elle avait couru se réfugier dans le Spa pour tenter de surmonter sa confusion et ce sentiment qu'elle avait d'avoir été trahie. Et elle s'était alors retrouvée nez à nez avec Nicolas, tout juste débarqué de l'avion pour participer aux matchs d'avant-saison. Alors, inéluctablement, tous deux étaient retombés dans leurs vieilles habitudes…

Elle réprima la folle impulsion de l'entraîner de nouveau vers le banc du sauna, histoire de ne plus penser pendant la demi-heure suivante.

— J'ai eu une mauvaise journée, c'est tout… Mais quelle importance ?

— Qu'est-ce qui ne va pas ?

L'insistance faisait encore ressortir son accent. Nicolas était un homme déterminé qui, sur le terrain, n'abandonnait jamais. L'an dernier, en revanche, il n'avait pas perdu de temps pour tourner le dos à Vanessa, ne tenant aucun compte de ses excuses.

— Laisse tomber, Nicolas. Parler du quotidien, ce n'est pas notre truc, si tu t'en souviens bien. Nous deux, cela a toujours été sans engagement et sans complication. Et Dieu sait que nous n'avons pas besoin d'un nouveau scandale !

Elle prit une inspiration tremblante, puis conclut :

— Je ne veux pas risquer de perturber mon père, et je sais que toi, tu ne veux pas risquer de compromettre ta carrière.

— Ce risque-là, je viens de le prendre ici avec toi ce soir, objecta-t-il. Comme tu le dis, nous n'avons jamais su nous contrôler quand nous étions en présence l'un de l'autre.

D'une main, il lui caressa les cheveux, avec lenteur, comme contre son gré.

— Apparemment, cela n'a pas changé depuis l'année dernière.

Elle leva les yeux vers son visage comme il se penchait vers elle, plus grand d'une bonne trentaine de centimètres. Elle lut dans le brûlant regard d'onyx le même désir que celui qui lui consumait les entrailles. Puis leurs lèvres s'unirent. La chaleur l'envahit, accompagnée d'un déferlement de souvenirs — les intenses, incandescents souvenirs de toutes les manières dont ils s'étaient offert mutuellement du plaisir l'année précédente, puis, de nouveau, ce soir-là.

Elle enfouit les doigts dans les boucles brunes et s'agrippa à Nicolas. Le désir qu'elle avait de lui s'exhala alors en une plainte sourde contre sa bouche. En cet instant, tout comme à l'époque, il lui faisait oublier tout ce qui n'était pas l'audace de sa langue, l'empressement de ses mains pour l'attirer à lui. Elle se laissa glisser dans la confortable amnésie qu'il lui offrait. Imprudente, mais, hélas ! irrésistible.

Il s'écarta.

— Vanessa, nous ne pouvons pas. Pas ici.

Il avait raison, elle le savait bien, mais la seule perspective de le lâcher la fit frissonner tout entière. Serait-elle jamais capable de résister à cet homme ? Comment allait-elle pouvoir assister aux matchs de la saison, le regarder, *lui*, et tenir sa promesse de ne causer aucune contrariété à son père ?

Son père…

La colère enfla de nouveau en elle au souvenir de toutes les trahisons, de tous les mensonges réitérés chaque fois qu'elle demandait à qui elle ressemblait, elle qui n'avait rien en commun avec père, mère ou frère. Impossible de se tourner vers sa mère aujourd'hui, puisque Lynette était morte dans un accident de voiture quelques années plus tôt.

Evidemment, rien n'était plus facile que d'envoyer au diable les règles de bienséance et le qu'en-dira-t-on, mais c'était tout aussi impossible alors qu'elle savait son père si proche de la fin. Il devait cependant y avoir un moyen de maintenir un semblant d'équilibre sans que tout explose…

— Vanessa ? Tu m'écoutes ?

Troublant, l'accent de Nicolas la caressa telle une sensuelle, secrète promesse.

Et c'est alors que l'illumination lui vint, le plan parfait pour conserver la paix en public tout en se purgeant au bout du compte, *enfin*, de sa soif inextinguible de Nicolas Valera.

Elle s'abandonna contre lui, plaquant les courbes de son corps contre celles, fermes et familières, de Nicolas. Le désir, sourd et palpitant, se concrétisa aussitôt en une sensation de liquéfaction.

— Oui, oui, je t'écoute…, affirma-t-elle. Et tu as raison : on ne peut pas continuer. Pas ici, en tout cas. Mais… si nous décidions d'un autre endroit et d'un autre moment pour que tu… pour que tu me courtises ? Cela restera entièrement secret… personne d'autre ne le saura. Et donc, personne n'en souffrira.

Alors qu'elle attirait de nouveau la tête de son amant

à elle, elle croyait presque à ses paroles. Personne n'en souffrirait…

Nicolas s'immobilisa à quelques centimètres à peine de ses lèvres.

— Serais-tu en train de suggérer que nous ayons de discrets rapports sexuels tout au long de l'été ?

Son érection palpita plus fort contre l'abdomen de Vanessa.

— Pas exactement, répondit la jeune femme dans un souffle.

Des dents, elle lui taquina la lèvre inférieure, tandis que ses doigts s'égaraient langoureusement sur le torse puissant.

— Ce que je suggère, c'est que, pendant la saison, tu essaies de me convaincre, en privé, de refaire l'amour avec toi. Si tu n'y parviens pas, nous en resterons là. Pas de dégâts, pas de coupable. Nous saurons que désormais, nous sommes capables de résister à nos hormones. Et si tu y parviens…

Avec une exquise lenteur, elle traça de la langue le contour de sa bouche.

— … alors nous nous accorderons une toute dernière nuit, histoire d'éteindre une fois pour toutes ce brasier.

# 1.

*Deux mois plus tard.*
*Ferme équestre de Seven Oaks,*
*Bridgehampton, New York*

Vanessa Hughes s'était brûlée, et cela n'avait rien à voir avec l'implacable soleil d'été qui brillait au-dessus du terrain de polo, alors que, de la ligne de touche, elle suivait le match en cours. Martelée par les sabots, la terre vibrait sous ses talons aiguilles.

Le calendrier ne mentait pas. Elle était en retard. Affreusement en retard. Peut-être même en retard au point d'être enceinte…

Elle était en outre au bord de la nausée. Elle s'était forcée à manger, car, avec son diabète, elle devait réguler son taux de sucre, mais son estomac menaçait à tout instant de se soulever. La peur, sans doute… Plaquant une main sur son chapeau à large bord, elle riva son regard protégé derrière ses lunettes de soleil extra-larges sur un joueur précis, tout de noir vêtu, monté sur un alezan clair.

Ces deux mois à être courtisée par l'intense et passionné Nicolas Valera avaient été magiques, apaisants et exaltants à la fois. Bien qu'ils n'aient pas refait l'amour depuis l'incident du sauna, il lui avait offert une diversion plus que bienvenue après la confusion éprouvée quand elle avait appris son adoption. Etre discrètement emportée dans une limousine, trouver des fleurs anonymes sur son oreiller ou voler quelques baisers dans une arrière-cuisine l'avaient aidée à tenir. Elle avait cru que c'était la solution parfaite, au point même d'envisager de céder à la tentation et de s'autoriser quelques écarts purement sexuels, sans aucune complication.

Impossible, à présent. N'était-elle pas certaine à quatre-vingt-dix-neuf pour cent qu'elle était enceinte ? Cette éventualité suffisait à la faire vaciller sur ses talons. Il ne lui restait plus qu'à rassembler assez de courage pour effectuer le test de grossesse qu'elle dissimulait au fond de son volumineux sac à main. Elle le ferait. Après le match.

Dieu merci, grâce à ses lunettes de soleil, rien ne filtrait de ses appréhensions. Sous la vaste tente blanche où se pressait la foule — l'élite des vieilles fortunes new-yorkaises, quelques Européens, plusieurs artistes cotés et une ou deux célébrités hollywoodiennes —, nul ne pouvait deviner l'angoisse qui la tenaillait, pas même sa voisine immédiate, Brittney Hannon, fille d'un influent sénateur.

Vanessa s'éventa à l'aide du programme. Ses verres fumés lui permettaient d'observer, à l'insu de tous, Nicolas qui galopait sur le terrain, maillet en main.

La robe de Maximo luisait dans le soleil. Nicolas adorait ce poney, croisement d'un criollo argentin et d'un pur-sang anglais. Quoiqu'un peu massif, Maximo était intrépide.

Tout comme Nicolas.

Comment réagirait-il lorsqu'elle lui annoncerait la nouvelle ? Ce n'était pas comme s'ils entretenaient, au-delà de leur attirance physique mutuelle, une véritable relation. A vrai dire, ils se parlaient à peine. Or elle n'était pas certaine de pouvoir supporter davantage de bouleversements.

Son cœur se brisait chaque fois qu'elle songeait aux mensonges de son père sur ses origines. Jusqu'ici, ce dernier avait toujours été là pour elle, contrairement à sa mère, qui ne se préoccupait pas d'elle, sauf quand elle avait un intérêt à le faire. Certes, il n'était pas très charitable de penser du mal des morts, mais Vanessa n'avait guère d'expérience pour ce qui était de tempérer ses pensées et ses émotions. Cette fonction de « petite fille modèle » était entièrement nouvelle pour elle.

Par égard pour son père, elle avait fait de son mieux pour bien se tenir pendant tout l'été. Plus d'écarts de conduite, plus de caprices de riche héritière en public.

En revanche, les complaisances *privées* étaient une tout autre affaire. Rester à distance de Nicolas était au-dessus de ses forces, et cela risquait de lui coûter cher. Dès que la grossesse deviendrait visible, il ne pourrait plus être question de secret. Derrière l'écran protecteur des verres teintés, elle fulmina contre les omniprésentes caméras.

— Fichus paparazzi ! marmonna-t-elle en rajustant ses lunettes noires.

Un sourire photogénique aux lèvres, Brittney glissa un bras sous celui de la jeune femme et commenta :

— Comme je l'ai appris à mes dépens, la presse va de pair avec la notoriété. Alors, ne laisse pas les journalistes te gâcher le match.

Vanessa se tourna vers la fille du sénateur. Celle-ci avait, au début de l'été, essuyé sa part de scandale. Très conservatrice, Brittney avait la réputation d'être l'antithèse de sa très médiatique mère. Qui eût cru que Vanessa trouverait l'âme sœur auprès d'elle ?

— Tu n'en as pas par-dessus la tête, toi ? s'énerva Vanessa.

De très piquantes photos de Brittney en compagnie d'un célèbre play-boy avaient fait la une des journaux à sensation, de sorte qu'elle avait dû annoncer officiellement ses fiançailles avec l'intéressé.

— Tu n'as jamais envie d'avoir un peu d'intimité ? insista Vanessa. Ce n'est pas comme si nous avions demandé à être nées là-dedans !

Brittney cligna des yeux, visiblement surprise, ce qui n'avait rien d'étonnant : Vanessa était connue pour aimer les projecteurs. Il n'y avait pas si longtemps, il ne lui serait jamais venu à l'idée de les fuir !

La fille du sénateur haussa les épaules d'un mouvement élégant.

— Mon père a la chance de pouvoir être vraiment utile à notre pays. En contrepartie, il subit beaucoup de pressions et la moindre des choses que je puisse faire pour lui, c'est de filer droit et de sourire aux paparazzi. Et puis, dis-toi que rien de tout ça n'est réel ! Ce n'est que du cinéma !

Sur ces paroles, la jeune femme d'apparence très réservée adopta délibérément la pose devant les objectifs, de jolies fossettes au creux des joues, tout en ajoutant dans un murmure :

— Et quand je suis loin de tout ça, je savoure d'autant plus le bonheur que j'ai.

Vanessa n'était pas certaine de connaître la signification exacte du mot « bonheur ». Ce qui s'en rapprochait le plus, songea-t-elle, c'était l'exaltation qu'elle éprouvait en présence de Nicolas, mais même cela lui laissait un vide à l'intérieur, après. Une sorte de manque, l'impression qu'elle ratait quelque chose.

Brittney lui tapota le bras.

— Tu as de la terre au bas de ta robe, lui souffla-t-elle.

Contrariée, Vanessa abaissa les yeux sur sa très simple

et virginale création Valentino Garavani, puis se tordit le cou pour regarder en arrière.

— Vraiment ? Où ça ?

— Je te taquine pour te dérider un peu. Tu es toujours immaculée. Allez, souris !

S'ensuivirent quelques crépitements de flashes, après quoi la mi-temps fut annoncée. Enfin, elle allait pouvoir approcher Nicolas !

Ouvrant sa besace de cuir, elle en sortit une paire de ballerines, qu'elle chaussa à la place de ses escarpins. Puis elle prit congé de Brittney d'un signe de la main et s'éloigna, ses sandales à hauts talons rangées dans le large fourre-tout.

Le moment était venu d'aller aplanir le terrain. L'un de ses plus anciens souvenirs était celui où, agrippée à la main de son père, elle piétinait les mottes de gazon déplacées par les sabots des chevaux. Elle sautait, et sautait, et sautait encore, jusqu'à en maculer de boue sa salopette.

Sa mère détestait la voir rentrer crasseuse et sa barrette de travers. Elle réprima une grimace. Elle haïssait, elle, ces barrettes qui pesaient une tonne et tiraient tant les cheveux qu'elle en avait des migraines à la fin de la journée.

*Souris à l'objectif, Nessa. Quelle adorable petite fille !*

La seule manière d'obtenir l'attention de sa mère était de l'accompagner dans les boutiques ou de se laisser sagement coiffer. Lynette ne la touchait qu'au cours de ces interminables séances où elle l'apprêtait avec soin, ou lorsqu'elle la positionnait devant les objectifs.

Lorsqu'elle s'était enfin dégagée de la tyrannie fashionista de sa mère, Vanessa n'avait plus porté que du blanc. De jour comme de nuit, en permanence, tant elle avait l'impression d'avoir déjà vécu deux vies entières devant un miroir à trois pans pour que Lynette Hugues puisse assortir à la perfection les couleurs des tenues de sa fille !

Finis les pinaillages, finis les choix ! Désormais, ses cheveux détachés volaient au vent, quand elle ne les rassemblait pas simplement en queue-de-cheval. Et elle protégeait toujours ses yeux derrière des lunettes teintées, afin de ne plus être éblouie par les flashes.

On la taxait d'extravagante. Elle était, tout simplement, fatiguée de jouer les *baby dolls*.

*Baby ?*

Son esprit accrocha sur le mot et son souffle s'étrangla dans sa gorge à la perspective de devoir l'annoncer à Nicolas, et de briser ainsi leur trêve fragile et exaltante. Son regard se reporta aussitôt sur le seul géniteur possible de son enfant, pour peu qu'elle soit bel et bien enceinte.

Nicolas se mêlerait bientôt aux piétineurs de la mi-temps, afin de signer quelques autographes ici et là sur des balles de polo. Après tout, c'était un joueur de renom, de handicap six, l'un des plus doués de la planète. Même si, en présence de ses fans, et de Vanessa, il restait comme toujours sur sa réserve.

Selon les règles de leur petit jeu de séduction estival, ils ne se parlaient pas. En temps normal, elle se faisait une joie de cette mascarade, mais pas ce jour-là. Elle dut résister plusieurs fois à l'envie de consulter sa montre. Combien de temps s'écoulerait-il encore avant qu'elle puisse décemment s'éclipser et faire enfin ce test caché dans son sac ? Certes, elle appréhendait le verdict, mais elle ne pouvait pas se permettre d'attendre plus longtemps, surtout avec ses problèmes de santé. Son diabète pouvait les placer, le bébé et elle, en danger. Animée d'un peu plus de dynamisme que nécessaire, elle piétina une autre motte de gazon, non sans regretter de ne pouvoir dompter aussi aisément ses craintes.

Des fourmillements remontèrent le long de ses bras comme Nicolas arrivait derrière elle. Elle sentait sa présence, et pouvait même en humer les effluves, mélange de savon et d'eau de toilette au laurier. Il était tout près. Ne l'eût-elle pas su par l'odeur, elle eût pu le deviner par la réaction des gens autour d'elle. Certains s'immobilisèrent, leurs yeux rivés sur elle dans l'attente de sa réaction.

Il s'arrêta à son niveau, presque épaule contre épaule. Craintes et sensations luttèrent en elle au point qu'elle manqua de perdre l'équilibre. De sa botte, il pressa une motte juste devant elle, puis repartit, non sans lui avoir effleuré la main d'un geste imperceptible. Pas une seule fois il ne la regarda ni ne manqua une foulée, alors même que ce seul contact avait suffi à enflammer les sens de Vanessa.

Elle referma le poing sur le morceau de papier qu'il venait de glisser dans sa paume. Elle avait beau ne pas connaître les détails de ce qu'il avait écrit, elle savait, sans doute aucun, qu'elle le verrait bientôt, seule à seul.

Sur ce papier était inscrit le lieu de leur prochain rendez-vous secret.

Six heures plus tard, Nicolas ajoutait un zeste de citron à son eau gazeuse. Il ne boirait rien de fort ce soir. Il ne buvait jamais pendant la saison des matchs.

Même si les circonstances avaient été différentes, il lui fallait de toute manière garder l'esprit clair. Son instinct lui soufflait qu'il était sur le point d'atteindre son objectif : ramener Vanessa dans son lit. Certes, il n'ignorait pas qu'un unique faux pas pourrait lui coûter la partie, mais il avait bon espoir.

Il jeta un coup d'œil à sa Rolex — encore trente

minutes à tuer avant de s'éclipser pour aller la rejoindre au hangar à bateaux de Seven Oaks.

Les soirées de la saison de polo de Bridgehampton étaient toujours très courues. L'élite de la haute société remuait ciel et terre pour divertir amis et célébrités au cours de l'été. Toute cette extravagance était à mille lieues de son enfance spartiate en Argentine, et son village eût pu se nourrir un mois entier avec l'abondance de nourriture présentée aux innombrables buffets. La plupart de ces rassemblements étaient des collectes de fonds, ce qui émoussait un peu le tranchant de toute cette décadence. Entre ses gains au polo et ses cachets publicitaires, son compte en banque égalait celui de la plupart des convives et, pourtant, il n'oublierait jamais d'où il venait, se jura-t-il pour la énième fois tout en vidant la moitié de son verre.

Le bénéficiaire, ce soir, serait la Société protectrice des animaux. La star hollywoodienne Bella Hudson était venue par avion de la côte Ouest pour la parrainer, en compagnie de son mari, magnat de l'hôtellerie de luxe, et de leurs cinq chiens. Bella discutait avec une consœur, l'actrice Carmen Atkins. Pour l'instant, les deux célébrités accaparaient l'attention de la presse, aussi profita-t-il de ce rare moment de liberté pour chercher Vanessa des yeux.

Elle était jeune, si jeune, avec sa vie d'enfant gâtée ! Et pourtant, elle l'ensorcelait. La presse à scandale la dépeignait comme une fêtarde écervelée, et il ne s'était pas donné la peine de chercher plus loin l'an dernier. Une seule pensée occupait son esprit alors : celle de leur prochaine étreinte. Mais au cours des deux derniers mois, il s'était aperçu que Vanessa Hughes était aussi une femme intelligente, pleine d'esprit et de sensibilité.

Leur rupture de l'été dernier avait été tumultueuse. Et

douloureuse. Jamais il n'eût cru pouvoir désirer quelqu'un à ce point. Et aujourd'hui ? Il n'arrivait même pas à détacher le regard de la jeune femme, encore moins à tourner les talons ! Une impressionnante énergie irradiait de la frêle silhouette, à peine haute d'un mètre cinquante-sept, et encore… Elle portait toujours de très hauts talons et, malgré tout, elle lui arrivait à peine au menton.

Ce soir, vêtue d'une robe de satin blanc, elle était l'incarnation même de la riche héritière parfaitement apprêtée pour attirer les objectifs des journalistes. Pour une raison qu'il n'avait jamais découverte, elle ne s'habillait qu'en blanc et réussissait miraculeusement à demeurer immaculée, même lors des matchs de polo ou sous la vaste tente d'un gala caritatif au profit de la Société protectrice des animaux, avec une multitude de chiens en laisse autour d'elle. Le soleil étant très bas sur l'horizon, il pouvait voir sans protection ses yeux, d'un bleu pâle qui virait presque au gris lorsqu'il lui faisait l'amour.

A cette seule pensée, son corps réagit vivement. Leur liaison secrète le mettait au supplice et, en ce moment même, il n'aspirait qu'à l'entraîner dans la pièce déserte la plus proche. Si ce n'est qu'il ne pouvait se permettre de la laisser réitérer la scène de l'an dernier. Il lui fallait projeter une image professionnelle, cruciale pour son rêve de lancer son propre camp d'entraînement, et peut-être même, un jour, de posséder sa propre équipe de polo.

Les yeux posés sur le buffet recouvert de nappes blanches, il s'approcha d'elle et feignit de se saisir d'une serviette en papier, gardant résolument son regard devant lui. Puis il lui glissa à voix basse, derrière le verre qu'il porta à ses lèvres :

— As-tu aidé à la décoration ?

— Qu'est-ce qui te fait dire ça ? s'étonna-t-elle,

sans regarder une seule seconde dans sa direction, un verre d'eau gazeuse avec zeste de citron à la main, tout comme lui.

Il esquissa un discret mouvement de tête en direction des vaporeux rideaux de gaze de la tente.

— Tout est blanc.

Des hortensias blancs trônaient dans des coupes de cristal et les arrangements floraux qui ornaient le sommet des piliers étaient d'un blanc virginal. Au moins le quart des invités étaient venus avec leurs animaux domestiques et, pourtant, pas même une vague empreinte de patte n'entachait le décor.

Un léger sourire aux lèvres, Vanessa prit une inspiration.

— J'adore les lis et les stephanotis.

Un serveur en livrée passa, porteur d'un plateau d'argent de hors-d'œuvre. Nicolas se saisit d'un canapé au saumon qu'il avala aussitôt, tandis que Vanessa tendait la main vers une bruschetta aux champignons et aux herbes. Une main tremblante.

Curieux.

Il releva les yeux de son bras à son visage pâle.

— Est-ce que ça va ?

— Tu as bien joué aujourd'hui.

Ignorant sa question, elle tamponna le coin de ses lèvres, laissant des traces de rouge sur sa serviette.

Tout l'été, elle s'était amusée à déposer secrètement sur son corps des traces de rouge à lèvres, qu'il découvrait lorsqu'il se douchait. Sans même qu'il ait encore atteint l'objectif ultime.

Seigneur, comme il était impatient de se retrouver seul avec elle dans le hangar à bateaux ! Plusieurs surprises y attendaient Vanessa. Il consulta sa montre. Encore vingt-sept interminables minutes.

Au moins pouvait-il lui parler, à présent. Le bouillonnement de la fontaine à champagne d'un côté et, de l'autre, celui de la fondue de chocolat blanc étouffaient leurs voix.

Elle sirota une gorgée d'eau gazeuse, puis annonça, alors que l'orchestre remontait sur l'estrade après une brève pause :

— Je ne peux pas venir ce soir.

La surprise, puis la déception le cinglèrent.

— Tu n'as pas d'engagement après celui-ci, je le sais.

— Tu m'espionnes ?

— Non, je sais seulement écouter autour de moi.

— Eh bien, dit-elle en posant son verre sur le buffet, sache que je ne peux pas toujours être à ton entière disposition !

La surprise céda place à l'irritation et il rétorqua :

— C'est toi qui as établi les règles du jeu, non ?

— Parfois, les règles doivent changer, parce que…

La jeune femme se mordit la lèvre comme un autre serveur passait. Depuis le début de l'été, ils se frôlaient du coude aux cocktails, garden-parties, tournois de soft-ball et festivals musicaux et, alternativement, s'ignoraient ou prétendaient se haïr, pendant qu'il s'évertuait à inventer moyen après moyen de lui faire parvenir par message les heures et lieux de leurs rendez-vous. Un jour, par de simples instructions chuchotées, un autre, par une note griffonnée sur une serviette en papier glissée dans son sac…

Et cette anticipation, elle l'avait elle-même créée jour après jour. Le désir qu'il avait d'elle… il n'y avait pas de mots pour en exprimer l'exquise torture. Mais qu'elle lui coupe l'herbe sous le pied maintenant ? A quel jeu jouait-elle, à présent ?

Certes, depuis peu, Vanessa s'efforçait de bien se tenir

en public pour la première fois de sa vie, mais en privé, elle personnifiait toujours l'imprévisibilité.

Peut-être était-il temps pour lui de retourner la situation. Il jeta un coup d'œil autour d'eux, constata que tous les convives s'étaient rassemblés près de l'estrade pour danser et entonner en chœur une reprise de *Who Let The Dogs Out* ?, autrement dit « Qui a laissé sortir les chiens ? ».

Agrippant un poignet de la jeune femme, il l'entraîna promptement derrière les rideaux de gaze, puis l'attira à lui pour l'embrasser. Elle eut un hoquet de saisissement, mais ne le repoussa pas, lui nouant au contraire les bras autour du cou. Une plainte sourde au fond de la gorge, il plongea dans sa bouche, goûta les vestiges de citron de sa boisson. Après quoi il l'entraîna jusqu'au verger de pêchers qui, jouxtant la tente, s'étendait jusqu'à la ferme. Cette rencontre-là n'était pas planifiée, aussi suivit-il son instinct et ce dont il se souvenait du domaine d'après les galas donnés l'année précédente.

Elle lui mordilla la lèvre inférieure, apaisa la morsure d'un sensuel coup de langue, puis objecta :

— Nous ne devrions pas. Si quelqu'un nous surprenait ?

— Personne ne nous surprendra. Ils sont tous en train de danser, et il fait sombre ici.

Il l'entraîna plus loin encore, sous les bruissantes frondaisons de pêchers, puis poursuivit :

— Tu dis que tu ne peux pas me rejoindre ce soir, alors profitons un peu l'un de l'autre maintenant !

Il avait eu à l'esprit bien plus que quelques baisers volés pour cette soirée, mais si c'était tout ce qu'ils pouvaient avoir, il allait au moins lui rappeler à quel point les choses pouvaient être agréables entre eux…

Elle haletait légèrement dans son cou, le doux renflement de ses seins palpitant de plus en plus vite contre son torse.

— Nous ne pouvons pas aller jusqu'au bout, Nicolas, pas ici. Le risque est trop grand !

Le désir pulsa dans les veines de Nicolas, plus fort, plus vite, plus exigeant.

— Jusqu'au bout ?

Elle secoua la tête. Ses longs cheveux lâchés sur ses épaules étincelaient au clair de lune.

— Ce n'est pas ce que je voulais dire. Nom d'un chien, Nicolas, tu m'embrouilles l'esprit !

— Viens plus près, susurra-t-il en plaquant les hanches de la jeune femme contre les siennes, et je vais remédier à la situation !

— Que tu es arrogant !

— Et pourtant, tu es encore là.

Nicolas inclina de nouveau la tête, immobilisa sa partenaire à quelques centimètres à peine de lui, puis attendit.

Des ombres traversèrent le regard bleu, illuminées par les rayons de lune que laissaient filtrer les frondaisons. Elle cligna des paupières, déglutit, puis s'arqua à la rencontre de sa bouche avec une ardeur décuplée.

L'adrénaline courait encore dans les veines de Nicolas. Celle du match, de la compétition, des buts marqués. Et, plus que tout, de Vanessa. L'embrasser valait bien l'exaltation de trois buts marqués sous la pluie sur un terrain boueux. L'effort, l'endurance, la tension presque douloureuse, tout en valait la peine. Cette femme l'embrasait littéralement.

Elle ne lui ressemblait pourtant pas du tout, avec ses origines privilégiées et son impulsivité, et elle était la seule personne capable de lui faire perdre son sang-froid. Il apprendrait, néanmoins, à la posséder tout en gardant le contrôle. Il ne manquait pas de détermination. Ne s'était-il pas hissé d'une enfance modeste au rang de joueur de haut niveau, n'était-il pas devenu l'un des athlètes les plus fortunés et les plus respectés du monde du polo ? Son père avait beau n'être qu'un fermier des abords de Buenos Aires, et leurs chevaux, de trop piètre qualité pour être dignes du polo, il avait très tôt compris quelle était sa vocation, quel serait son destin.

Il avait pourtant fallu que la chance s'en mêle au départ. Par le plus grand des hasards, il avait croisé la route d'une personne influente, qui l'avait remarqué alors qu'à l'âge de huit ans, il participait à une course équestre. A cet âge, il était déjà trop grand pour devenir jockey, mais… pourquoi pas le polo ? Le sport national de l'Argentine était parfait pour lui. Il lui avait suffi d'intéresser un sponsor…

Aujourd'hui, sa famille vivait confortablement dans la vaste propriété qu'il avait achetée pour elle.

Malgré sa belle réussite, il continuait à travailler dur, sans jamais oublier que c'était un caprice du destin, associé à la générosité d'une famille comme celle des Hughes, qui l'avait sorti du ruisseau.

Vanessa n'avait pas la moindre idée de ce que tout cela signifiait, mais rien n'y faisait : il ne parvenait pas à s'éloigner d'elle. Il savait pourtant que sa nature explosive pouvait lui attirer de nouveaux ennuis avec ses sponsors.

Ses mains descendirent plus bas pour mouler ses fesses et la plaquer davantage contre lui.

— Tu es une véritable drogue pour moi, murmura-t-il contre sa bouche.

Elle eut un petit rire tremblant et caressa sa mâchoire rugueuse du revers de l'ongle. Il glissa les doigts dans les soyeux cheveux qui tombaient en cascade sur les épaules de la jeune femme.

— Quand je te vois, quand je te sens bouger, j'ai l'impression d'être sous dépendance…

— Trêve de compliments éhontés ! s'exclama-t-elle en riant. Tu ne m'as pas vue de la journée !

— Je t'ai regardée du terrain…

Il la pressa contre lui, de sorte qu'elle ne puisse plus ignorer son érection. La proximité était telle que les souvenirs de ce que c'était d'être en elle le submergèrent, et son cœur s'emballa.

— Tu n'étais pas concentré sur le match ? le taquina-t-elle.

— Je suis expert pour ce qui est d'accomplir plusieurs tâches à la fois, affirma-t-il, remontant une main de la courbe des reins au visage de la jeune femme.

Elle oscilla dans sa direction, puis se figea et lui agrippa les poignets.

— Ecoute… je ne peux pas.

— Que veux-tu dire ?

— Je ne peux pas rester. Je…

De nouveau, des ombres passèrent dans le regard bleu ciel.

— J'ai quelque chose à faire ce soir.

Le pincement de la jalousie lui fit l'effet d'une morsure de cheval.

— Alors pourquoi es-tu venue à cette soirée ?

— Pour te le dire personnellement.

La raison se fraya un chemin au travers de la suspicion. Si Vanessa avait l'intention de fréquenter un autre homme que lui, elle ne serait pas là. Si impulsive soit-elle, elle avait toujours été honnête avec lui. Il pouvait compter au moins sur ça. Et si elle n'avait personne d'autre en vue, il n'imaginait qu'une seule autre raison pour l'inciter à manquer une excellente soirée.

— Tu es malade ? demanda-t-il, scrutant son visage à la faible clarté de la lune.

Elle écarquilla les yeux.

— Pourquoi me demandes-tu ça ?

— La saison bat son plein et tu es obligée d'y représenter ton père. Je te trouve pâle. Aurais-tu des soucis avec ton diabète ?

Peu de gens connaissaient ses problèmes de santé. Elle ne lui en avait rien dit l'an dernier, et ce n'était que le mois dernier qu'elle les lui avait avoués, alors qu'il la taquinait impitoyablement sur son refus de partager un dessert nappé de caramel dans un petit restaurant du Vermont où il l'avait emmenée dîner en jet privé. Dans ce lieu isolé, loin de l'agitation de Bridgehampton, ils avaient joui de l'anonymat nécessaire pour profiter au mieux de leur soirée.

Elle secoua la tête.

— Je sais comment surveiller ma glycémie, répondit-elle. Je le fais depuis l'âge de neuf ans.

Le sundae au caramel mis de côté, elle lui avait dit avoir appris à surmonter sa peur des aiguilles pour s'administrer ses propres injections d'insuline dès l'adolescence. Cela lui était moins douloureux, arguait-elle, que de voir son père grimacer en les lui faisant. Elle était très attachée à ce dernier, c'était évident, et la lutte qu'il menait contre le cancer devait être un enfer pour elle. Il n'était pas étonnant, dès lors, qu'elle soit d'humeur changeante.

Il appuya son front contre celui de Vanessa.

— Tu as eu un été éprouvant. Je veux juste m'assurer que tu vas bien. Tu sais, je… je tiens à toi.

C'était vrai. Au départ, cet attachement ne s'était exprimé que sous la forme d'un désir physique. Puis un jour, elle lui avait parlé de son père et s'était soudain mise à siroter son soda avec application pour dissimuler les larmes qui lui montaient aux yeux. Quelque chose avait alors remué en lui, une émotion qu'il n'attendait pas. Et voilà que cette émotion perturbante s'agitait de nouveau dans sa poitrine en cet instant même.

Elle crispa les doigts sur les pans de la veste de smoking, les sourcils froncés. A l'évidence, quelque chose lui pesait sur le cœur, une chose qui l'avait incitée à annuler leur rendez-vous nocturne.

— Nicolas, il faut que je te dise…

Un bruyant craquement retentit dans les broussailles, la faisant sursauter. Elle se tut, tandis que Nicolas pivotait pour la protéger des regards.

Car cela ne faisait à présent aucun doute : quelqu'un venait dans leur direction…

# 2.

Vanessa agrippa le bras de Nicolas. Son cœur cognait aussi sourdement que la pulsation de la basse de l'orchestre que l'on entendait au loin. Fébrile, elle scruta la clairière plongée dans l'ombre et les arbres alentour. Le craquement s'accentua, puis un chien hirsute bondit de derrière un pêcher.

Il fonça droit sur elle.

Réprimant un cri, elle se réfugia derrière Nicolas. Non qu'elle ait peur des chiens, mais l'animal arrivait à la vitesse de l'éclair, sa laisse rose flottant au vent derrière lui. Nicolas lui fit bouclier de son corps, fermement planté sur ses jambes, tandis qu'elle aspirait de brèves bouffées d'air nocturne, vif et riche du parfum des pêches mûres.

Le poil hirsute, l'animal, un caniche, se mit à bondir en tous sens autour d'eux, aboyant mais ne cherchant pas à mordre.

— Ouf, ce n'est qu'un chien !

Vanessa appuya sa joue contre le dos de Nicolas et une odeur de savon qu'elle connaissait bien lui évoqua de troublants souvenirs des douches prises avec lui l'été dernier. Bruyant et hargneux, l'animal venait de leur rappeler brutalement qu'ils pouvaient être surpris à tout instant. Or discuter de son éventuelle grossesse devait se faire en toute intimité.

— Nous parlerons plus tard, annonça-t-elle. Je vais ramener le chien avant que quelqu'un…

Un sifflement retentit au loin.

— Muffin ? cria une voix féminine dans la nuit. Muffin, viens, trésor ! Viens voir maman !

Les faux diamants de son collier réfléchissant les rayons de lune, le caniche pointa deux oreilles qui, telles des antennes paraboliques, s'orientèrent en quête d'une meilleure réception. C'était une ridicule petite boule de poils, bien insignifiante pour le bruit qu'elle faisait.

— Muffin ? répéta la voix féminine, plus forte, plus proche.

Nicolas se pencha pour saisir l'extrémité de la laisse, mais le caniche, agile, sauta prestement hors de portée. A quelques pas de là à peine, une branche remua.

— Flûte ! Trop tard !

Enlaçant Vanessa, Nicolas la guida derrière un arbre. Muffin les suivit. C'était tout juste s'il ne les désignait pas de la patte, et Vanessa sentit son estomac se nouer. Dire que, pendant tout l'été, ils avaient réussi à éviter la presse, sa famille, sans parler des Black Wolves, les indiscrets coéquipiers de Nicolas, et voilà qu'ils allaient peut-être être trahis ce soir par un ridicule caniche !

Elle chassa l'animal de la main.

— File !

— Chuuuut ! lui murmura Nicolas, les lèvres contre sa joue.

L'effleurement suffit à ce qu'elle s'abandonne entre ses bras, les genoux un rien flageolants.

Difficile, cependant, de rester calme alors que Nicolas appuyait une main possessive dans son dos et glissait les doigts dans l'échancrure très basse de sa robe de soie. L'air se fit plus épais et elle respira de façon si saccadée qu'elle craignit que la propriétaire du caniche ne l'entende.

Maudits soit cet homme et ses caresses insidieuses, qui la gélifiaient tout entière alors même qu'ils étaient à deux doigts d'être découverts !

Et c'était elle, l'impulsive ?

— Muffin ! répéta la femme tandis que, quelques mètres plus loin, des branches s'écartaient. Arrête de jouer ! Viens immédiatement !

Avec un soupir presque comique, le caniche se détourna, puis repartit en trottinant en direction de sa maîtresse, sa laisse traînant derrière lui tel un serpent dans la terre poussiéreuse.

— Ah, enfin ! s'exclama la voix. Tu es une vilaine fifille !

Alors que maîtresse et caniche s'éloignaient, Vanessa se laissa aller contre le tronc de l'arbre, sentant l'écorce rugueuse contre sa peau nue. Le sang pulsait encore à son pouls.

— C'était moins une !

— On a eu très chaud…

Rageur, le marmonnement de Nicolas lui remémora qu'ils jouaient à un jeu dangereux. Rendue publique, leur liaison ferait encore plus scandale après la manière dont ils avaient rompu. Son frère avait déjà suffisamment mal pris, l'été dernier, que les gens aillent jusqu'à contester l'impartialité des Hughes, sous prétexte que la fille de la famille s'était amourachée d'un joueur… Evidemment, Sebastian n'était pour rien dans cette affaire. Elle-même savait pertinemment quelles pouvaient être les conséquences de ses actes.

Et pourtant, voilà qu'elle était de nouveau là, dans les bras de Nicolas. En quoi s'était-elle améliorée depuis l'été dernier ? Hormis pour ce qui était de tricher ?

Nicolas reporta son attention sur elle.

— Ils sont partis, nous ne craignons plus rien. Qu'est-ce que tu voulais me dire ?

Un secret, qui donnerait du grain à moudre à la rumeur publique, répondit Vanessa en son for intérieur. Mieux valait attendre d'être sûre. A quoi bon perturber inutilement Nicolas ? Elle n'avait pas encore fait le test. Autant avoir la confirmation et décider ensuite quelle conduite adopter.

Elle lissa les pans de la veste de son amant. Sa chaleur, au travers du tissu, l'incitait à s'aventurer plus loin, et le désir crépitait tant en elle qu'elle eût pu jurer que ses cheveux se hérissaient sur sa tête sous l'effet de l'électricité statique, mais, pour une fois, elle s'obligea à résister et éluda :

— Je t'en parlerai une autre fois. Je n'ai plus les idées très claires, après toute une journée passée en plein soleil. J'aurais dû faire l'impasse sur cette soirée.

Et sur bien d'autres choses, cet été ! Mais, à voir le sombre regard de Nicolas fondre au-dessus d'elle telle l'onctueuse dose de chocolat qui lui était interdite, elle ne put s'illusionner : elle n'était pas plus résolue à lui résister aujourd'hui qu'auparavant.

Il esquissa un bref hochement de tête.

— Soit. Pas de hangar à bateaux ce soir. Mais repose-toi, parce que demain, j'aurai une idée encore plus alléchante, que tu ne pourras pas refuser, cette fois.

Sensuelles, les mains masculines passèrent du dos aux hanches de Vanessa, puis remontèrent sur les côtés pour s'arrêter juste au-dessous des seins.

— Nous serons bientôt de nouveau réunis, murmura-t-il avec assurance.

Tant d'arrogance aurait dû irriter la jeune femme, mais elle n'ignorait pas que sa capacité à résister à cet homme était sérieusement en danger. Cette fois, cependant, elle ne serait pas aussi impulsive que lors de leur dernière étreinte, sans parler de toutes celles de l'année précédente. Avec l'éventualité d'une grossesse imprévue qui planait telle une épée de Damoclès au-dessus de sa tête, elle ne pouvait plus se permettre de perdre le contrôle.

Vanessa referma avec tant de précaution la porte d'entrée de la maison de son enfance que c'est à peine si un imperceptible clic retentit sous la voûte du vestibule. Après des années de pratique, elle était très douée pour entrer et sortir à la dérobée.

Le manoir de style Tudor dégageait toujours la même froideur imposante, avec ses meubles massifs, ses épaisses tentures et sa pénétrante odeur de cire citronnée. Le vestibule au plafond cathédrale s'ouvrait sur le séjour, où son père n'avait touché à rien depuis la mort de son épouse.

Elle agrippa la rampe et la sensation familière du bois frais sous sa paume la saisit. De l'escalier déjà, elle pouvait voir, au-dessus du manteau de cheminée sculpté, l'immense portrait à l'huile d'elle-même et de Sebastian, enfants. Le reste de la décoration murale était centré sur le polo — poneys en action chevauchés par d'intrépides cavaliers, spectatrices en robes longues et ombrelles sur les lignes de touche. Elle se souvenait de s'y être faite remarquer, enfant, à crayonner sur sa robe à l'aide d'un marqueur.

Dieu, quelle petite peste elle avait été ! Et pourtant, jamais elle n'avait douté de l'amour de son père.

Une fois celui-ci sorti du centre de thérapie résidentiel, le mois dernicr, elle avait clôturé le bail de son luxueux duplex new-yorkais et était revenue emménager dans l'immense demeure de quatorze pièces sans même en solliciter la permission. Certes, Christian disposait de toute une armada d'infirmières, mais elle aspirait à passer le plus de temps possible avec lui. Elle aimait à penser que sa présence le réconfortait, même s'il ne le disait pas. Et cela ne l'empêchait pas de se consacrer au projet qui lui tenait à cœur, à savoir, organiser des activités pour les enfants des spectateurs des matchs. Elle s'efforçait de faire amende honorable, mais difficile de savoir de quel côté se tourner alors que son monde était sens dessus dessous !

Tenant ses escarpins haute couture au bout des doigts, elle gravit une première marche sur la pointe des pieds, soucieuse de ne pas réveiller son père. Il dormait si mal ces temps-ci ! D'un autre côté, à force d'avoir toujours l'oreille aux aguets à l'époque où elle était adolescente, il n'avait jamais eu le sommeil très profond.

— Comment s'est passée la soirée ?

La voix de Christian Hughes retentit derrière la porte de sa chambre entrouverte.

Prise sur le fait, une fois de plus ! Avait-elle jamais réussi à abuser son père ? s'interrogea Vanessa, le cœur lourd d'amour pour lui.

Elle alla pousser la porte paternelle, qui grinça légèrement sur ses gonds.

— Bonsoir, papa.

Christian Hughes était adossé contre une pile d'oreillers dans son lit à colonnes, plus pâle encore que les draps de coton blanc. Un épais édredon recouvrait son corps émacié par les traitements.

Il s'était complètement rasé le crâne après la seconde session de chimiothérapie, qui l'avait privé des quelques cheveux repoussés à la suite de la première et, ainsi, il ressemblait plus encore à son fils. Rien d'étonnant, puisque Sebastian était son enfant biologique, songea-t-elle, ravalant des larmes que son père souffrant n'avait nul besoin de remarquer.

Christian Hugues avait toujours joui d'une parfaite santé. Son corps, autrefois, était en permanence hâlé par des journées entières passées à cheval, et il débordait d'énergie, que ce soit pour conclure des marchés de millions de dollars, ou pour piétiner des mottes de gazon en compagnie de sa fille.

Aujourd'hui, il avait la respiration sifflante.

Et son cœur à elle se brisait.

Elle pénétra dans la pièce surchauffée, dont la température n'empêchait pas le malade d'avoir froid, et fut saisie comme toujours par l'odeur de renfermé qui régnait. Elle déposa ses escarpins et son sac à main par terre et s'installa dans l'antique fauteuil de bois de hêtre, près du lit, les jambes repliées sous elle.

— Désolée de t'avoir réveillé, papa.

— Tu ne m'as pas réveillé : je t'attendais, affirma son père en lui tapotant le bras d'une main noueuse.

Il avait les doigts si maigres que l'alliance qu'il portait en glissait parfois.

— Je sais que tu es une adulte depuis longtemps, mais même quand tu auras cinquante ans, je m'inquiéterai tant que je ne t'aurai pas entendue monter l'escalier.

Il retira sa main pour la passer brièvement devant une photographie encadrée de la famille, sur la table de chevet. Elle avait cinq ans sur ce cliché et portait dans les cheveux un nœud bleu ciel, parfait pour l'ouverture de la saison de polo. Elle ne regardait pas l'objectif, mais fixait un point au loin. Vanessa se souvenait encore du jour où la photographie avait été prise : la petite fille qu'elle était alors répugnait à assister à un match qui s'annonçait interminable et n'aspirait qu'à aller jouer dans la grange.

Eût-elle eu de la peinture à portée de main ce jour-là, elle en eût volontiers bariolé les pantalons immaculés des joueurs ! C'était de ce sentiment de frustration que venait son idée de proposer des activités aux enfants que l'on traînait à ces matchs contre leur gré.

— Je suis désolée de t'avoir donné tant de raisons de douter de moi, soupira-t-elle.

— Tu as toujours été fougueuse, mais entière, comme Sassy, commenta Christian.

Il faisait référence à l'une de ses pouliches préférées, morte depuis longtemps. Sassy n'était déjà plus de prime jeunesse quand Vanessa était enfant, ce qui ne l'empêchait pas d'avoir du caractère.

— Je te suppliais toujours pour la monter, tu t'en souviens ?

Un sourire nostalgique étira les lèvres craquelées.

— Ça oui, et j'ai eu la peur de ma vie le jour où j'ai cédé !

— J'ai atterri droit sur les fesses à la toute première minute !

Déchirant au passage son plus beau pantalon de cavalière, ce qui avait rendu sa mère furieuse. Prompt, d'ordinaire, à apaiser les colères de son épouse à coups de plaisanteries, Christian n'avait rien dit ce jour-là. L'incident l'avait profondément ébranlé.

Et voilà qu'en cet instant, face à la perspective de perdre bientôt son père, Vanessa comprenait ce qu'il avait ressenti.

— En tout cas, je te remercie de m'avoir permis de la monter ! s'exclama-t-elle, se forçant à sourire.

— Je n'ai jamais su te dire non.

— En fait, je te remercie surtout de m'avoir laissée atterrir sur mon postérieur : j'ai davantage appris grâce à ça !

Il se mit à rire, faiblement.

— Là, je te reconnais bien !

Dommage qu'il faille, encore aujourd'hui, apprendre par la douleur ! songea amèrement Vanessa.

Elle jeta un coup d'œil à la photo de famille. Son père l'avait placée sur sa table de nuit à la mort de Lynette, voulant en faire une preuve de sa parfaite réussite familiale. Parfaite, à l'exception des crises de rage de Lynette et du lourd secret caché à leurs enfants ! Qu'est-ce qui les avait incités à adopter Vanessa ? Et pourquoi ses parents biologiques l'avaient-ils abandonnée ?

Elle posa une main sur son ventre en songeant à la nervosité croissante qui l'envahissait à mesure que les jours passaient. Pas plus que Lynette Hughes, elle n'avait l'étoffe d'une mère. A cette pensée, la panique l'envahit, jusqu'au moment où elle s'avisa qu'elle-même n'érigerait jamais de mur entre son enfant et elle, comme l'avait fait sa mère.

Pourtant, adopter un enfant était un choix, se dit Vanessa. Elle n'était pas arrivée dans cette famille par hasard, elle avait été le fruit d'une volonté. Pourquoi Lynette avait-elle voulu l'adopter, pour la délaisser ensuite comme elle l'avait fait ? Elle brûlait d'envie de poser la question à son père, mais ne put se résoudre à ajouter une nouvelle ride d'inquiétude à ses traits émaciés. D'un autre côté, la maigreur du malade lui rappela cruellement que le temps était compté et que ces réponses mourraient peut-être avec lui. A cette seule pensée, le chagrin la submergea, mais elle résolut pourtant de garder encore un peu pour elle ses interrogations.

Elle tapota la main bleuie.

— Je suis contente que tu m'aies attendue ! lança-t-elle d'un ton qu'elle voulait léger. Ça nous permet de bavarder un petit peu…

— J'attends toujours ma petite fille.

Combien d'heures d'inquiétude lui avait-elle occasionnées ? Pousser le bouchon trop loin était-il pour elle une telle habitude qu'inconsciemment, elle avait choisi Nicolas dans le seul but de créer des remous ? Cette éventualité la perturbait. Peut-être, et seulement peut-être, était-ce la raison l'année dernière, mais cette année ? L'attirance que lui inspirait le joueur argentin était indéniable. Et elle n'avait aucunement le désir secret d'être surprise dans ses bras, car cela mettrait fin à leur histoire. Or Nicolas avait été son seul rayon de soleil dans un été de souffrance.

— Vanessa ?

La voix de son père la tira de ses pensées.

— Oui, papa ?

— Tu as l'air rêveuse. A quoi penses-tu ?

— Euh… A la réception de ce soir. Les Reagert donnent toujours des fêtes extraordinaires !

— Ça, oui ! Je regrette de l'avoir manquée, mais heureusement, ton frère et toi, vous avez pu y représenter la famille…

Il se tut et passa d'un air absent une main sur son crâne chauve.

— Tu sais, ma petite fille, tu m'as apporté un réel réconfort cet été. Je suis maintenant sûr que tu maintiendras les traditions quand je ne serai plus là.

— Ne parle pas comme ça, papa !

Elle lui prit la main et la lui serra tendrement.

— Tu vas guérir et l'an prochain, tu piétineras les mottes avec moi, tu verras !

— Je l'espère, Nessa, je l'espère, murmura Christian.

Le silence s'installa. Le malade avait fermé les yeux. Il semblait épuisé. Bientôt, sa respiration se fit régulière et Vanessa comprit qu'il s'était endormi.

Elle demeura assise à côté de lui et le regarda. Dire que ce père avait été si fort, si dynamique ! Le soir, il lui inventait des histoires avec des marionnettes, des histoires de chevaux, évidemment…

Elle resta longtemps immobile, perdue dans les souvenirs de son enfance aux côtés de ce père qu'elle aimait tant. Puis elle se leva et se dirigea vers l'escalier qui menait à son appartement. Parvenue chez elle, elle referma la porte derrière elle et s'y adossa avec un lourd soupir.

Elle resta ainsi quelques minutes, les yeux fermés, puis se détacha résolument de la porte. Il était temps d'agir. Elle alla vider le contenu de son sac sur le lit. Ballerines et portefeuille se mélangèrent à des dizaines d'autres objets, mais son regard se focalisa sur un seul d'entre eux.

Le test de grossesse. Une longue boîte mince qui, d'un signe + ou -, déciderait de son avenir. Son diabète exigeait qu'elle sache la vérité au plus vite. Si imprudente puisse-t-elle parfois être en ce qui concernait sa santé, elle ne risquerait pas celle d'un bébé.

Elle se saisit de la boîte, ordonnant à sa main de ne plus trembler. Dans quelques minutes, elle saurait si elle était libre de retrouver Nicolas le lendemain matin… ou si elle allait devoir prendre un rendez-vous en urgence chez le médecin.

# 3.

*Où était-elle donc ?*

Nicolas brossait Maximo, de plus en plus fort à mesure que son irritation croissait. Vanessa n'était pas venue ce matin à leur rendez-vous pour un brunch dans une auberge isolée. Même si elle l'avait prévenu, le format de son message — un simple SMS — l'avait frustré. Et qu'elle ignore, depuis, ses appels avait transformé cette frustration en colère.

Même son rituel favori dans ce coin tranquille de l'écurie ne suffisait pas à le calmer. Habituellement, l'odeur du cuir poli, du foin et des chevaux apaisait son âme. Quel que soit l'endroit où il se trouvait dans le monde, dans une écurie, il se sentait chez lui. Dans la mesure où, très souvent, il était par monts et par vaux pour les matchs de polo ou pour les prises de vue de ses contrats publicitaires, il n'y avait guère de routine dans sa vie. Or, cet été, il avait commis l'erreur de prendre goût à la « routine » avec Vanessa.

Leurs soirées s'orchestraient autour des réceptions auxquelles ils devaient l'un et l'autre assister. Aussi Nicolas avait-il mis un point d'honneur à surprendre la jeune femme en l'invitant à des brunchs tardifs après l'entraînement matinal avec le propriétaire de l'équipe, le cheik Adham.

En y repensant, il prit conscience qu'elle devenait

de plus en plus insaisissable. Il ne s'attendait certes pas à tout savoir de ses faits et gestes — il n'était pas d'un caractère possessif —, mais il lui était impossible de ne pas remarquer qu'elle paraissait ailleurs, ces derniers temps. Cela avait de quoi l'inquiéter, et le surprendre. Ces instants passés ensemble cet été étaient censés découler de la simple attirance, de la passion. C'était certainement le cas l'été précédent, mais ces deux derniers mois — deux mois sans sexe — y avaient ajouté un besoin inattendu. Celui de la connaître, de déterminer s'il pouvait se fier à cette nouvelle Vanessa, apparemment plus sage et plus mature.

Des pas sourds résonnèrent sur le sol poussiéreux derrière lui. Il jeta un coup d'œil par-dessus son épaule à l'instant où l'objet de ses pensées apparaissait.

— Désolée d'être en retard, murmura-t-elle, le regard dissimulé derrière ses lunettes teintées, ce jour-là à monture argentée.

Elle portait un jean et une tunique boutonnée jusqu'en haut, blancs l'un comme l'autre et très ajustés, et il se rappela soudain à quel point il aimait la dénuder en lui ôtant avec lenteur ses vêtements, bouton après bouton.

— Un rendez-vous de dernière minute, précisa-t-elle.

— Oui, j'ai reçu ton SMS.

Il était résolu à demeurer laconique, à se focaliser sur ses paroles. Il était hors de question de se laisser perturber. On était en pleine saison des courses et il ne pouvait se permettre aucune distraction.

*Alors que fais-tu avec elle ?* lança en lui une petite voix moqueuse.

— Oui, je sais, j'aurais dû t'appeler, soupira-t-elle.

Elle retira ses lunettes et les cala au sommet de son crâne, passant nerveusement d'un pied sur l'autre.

— J'ai été… distraite. Non que tu sois facile à oublier, loin de là même.

Nicolas posa la brosse et accrocha le regard troublé de la jeune femme. Son instinct le démangeait de la même manière que sur le terrain, lorsqu'il sentait que sa monture n'était pas en forme, même si elle n'en montrait aucun signe.

— Quelque chose ne va pas.

Elle tritura les branches de ses lunettes d'une main tremblante.

— J'ai dû… passer voir mon médecin.

— Et alors… t'a-t-il trouvée en bonne santé ?

— Aussi solide qu'un cheval…

Elle rabattit les lunettes sur ses yeux, geste qu'il avait appris à reconnaître. Elle se fermait. Inutile d'insister, il n'obtiendrait plus rien d'elle sur ce sujet aujourd'hui. Ce pion-là, il l'avancerait plus tard.

Un hennissement retentit quelques stalles plus loin.

Bien que ce ne soit pas l'un des siens, Nicolas identifia aussitôt l'équidé. Chacun d'eux avait sa « voix » particulière. Tout savoir des bêtes, et de leurs cavaliers, se révélait payant sur le terrain.

— Méfie-toi d'Ambrosia, déclara-t-il. Elle pourrait bien se faire un plaisir de te mordre le postérieur ! Elle est très ombrageuse, et il faudra encore un certain temps pour qu'elle soit prête à être montée en match.

— Elle me rappelle l'une des pouliches favorites de mon père, commenta la jeune femme. Elle s'appelait Sassy et elle était très nerveuse, tout en étant avant tout très entière.

*Comme Vanessa elle-même ?* s'interrogea Nicolas.

De la stalle d'Ambrosia s'éleva l'écho de paroles apaisantes, fredonnées avec un accent néo-zélandais très caractéristique par une voix féminine. Catherine

Lawson était la palefrenière en chef du cheikh Adham ben Khaleel ben Haamed Al Ferjani, le patron de Nicolas. Non seulement le cheikh Adham était propriétaire des Black Wolves, mais il en était également l'un des meilleurs joueurs.

Vanessa fronça les sourcils.

— Peut-être devrions-nous parler ailleurs.

Nicolas secoua la tête.

— Catherine ne viendra pas par ici. Elle doit encore s'occuper d'Aswad et de Layl.

A l'exception de Nicolas, tous les Black Wolves montaient des poneys du cheikh. Aswad et Layl, termes arabes signifiant « noir » et « nuit », provenaient de la même souche, le tout premier pur-sang du cheikh. Robustes, d'un noir étincelant, ils étaient la perfection incarnée et Adham ben Khaleel les réservait pour les moments cruciaux des matchs.

Cependant, aux yeux de Nicolas, nul ne valait Maximo. Il flatta l'encolure soyeuse de l'animal auquel on avait rasé la crinière afin qu'elle ne s'emmêle pas pendant la compétition.

Maximo n'avait rien d'une merveille arabe, mais il descendait d'une robuste jument criollo argentine, croisée avec un pur-sang pour la vitesse et l'endurance. Au nombre de cinq, les poneys qu'il possédait étaient tous de la même race, mais Maximo… Maximo était particulier. Haut de quinze paumes, il était loin d'être le plus imposant sur le terrain, mais, même lorsque les maillets tourbillonnaient autour de lui ou que les autres montures le heurtaient, il ne bronchait jamais.

Vanessa caressa le museau de l'alezan avec une affection manifeste.

— Curieux, n'est-ce pas, que nous puissions remonter leur lignée plus loin que la nôtre ? lança-t-elle soudain.

Nicolas haussa les sourcils.

— L'arbre généalogique des Hughes est assez fourni, non ? Et il remonte très loin, à ce qu'il me semble.

Elle frotta sa joue contre celle du poney sans la moindre hésitation ou crainte, puis assena :

— Je ne suis pas une Hughes, Nicolas. Je suis une enfant adoptée.

Le choc le happa aussi douloureusement qu'une mâchoire de poney, mais, par égard pour la jeune femme, il lutta pour ne rien en trahir. A l'expression peinée qu'elle affichait, il était clair qu'elle n'était pas encore à l'aise avec cette information. Il chercha les mots justes.

— Tu n'es peut-être pas reliée biologiquement à Christian et Sebastian, mais, crois-moi, tu es une Hughes à cent pour cent !

Elle esquissa un sourire en coin.

— Venant de toi, je ne suis pas sûre de pouvoir prendre ça comme un compliment.

Bon sang ! Apparemment, il n'avait pas touché la bonne corde ! Bien qu'il parlât anglais couramment, certaines nuances lui échappaient encore.

— Désolé, je ne voulais pas prendre à la légère quelque chose qui, apparemment, t'est douloureux. Depuis combien de temps le sais-tu ?

— Je l'ai découvert au début de l'été.

Etait-ce la raison pour laquelle elle paraissait ailleurs, ces temps-ci ? Il eut envie de la prendre dans ses bras, mais elle émettait des ondes qui exprimaient clairement « bas les pattes » !

— Ça a dû être un choc pour toi de l'apprendre si tard.

— C'est peu dire !

— Comment l'as-tu découvert ?

— A l'occasion du traitement de papa, dit-elle, les doigts crispés sur le rebord d'une paroi de la stalle. Il était question d'un don de sang que l'hôpital pourrait conserver au cas où il aurait besoin d'une transfusion. Moi-même, je ne pouvais pas en donner de toute façon, à cause de mes injections d'insuline, mais en écoutant citer les groupes sanguins de la famille, je me suis interrogée. Techniquement, il était impossible que je sois l'enfant biologique de Christian et Lynette. J'ai été assez secouée, je l'avoue, et pour en avoir le cœur net, j'ai engagé un détective privé pour enquêter… Il a découvert que j'avais été adoptée très jeune.

Nicolas se demanda pourquoi elle avait choisi ce moment et ce lieu pour lui faire cette révélation. Apparemment, elle avait besoin de parler. Lui qui éprouvait le désir d'en apprendre davantage sur elle, il ne pouvait pas s'en plaindre !

— Et tes parents biologiques ? demanda-t-il.

— Le détective n'a toujours rien trouvé à ce sujet et je lui ai demandé de ne pas creuser davantage pour l'instant. Peut-être qu'ils ne tiennent pas à me connaître, après tout ! Je me suis dit que j'allais d'abord questionner mon père… Je veux dire, Christian.

— Et alors, tu l'as fait ? Que t'a-t-il répondu ?

Le Christian Hugues qu'il connaissait depuis longtemps adorait son unique fille au point de lui passer tous ses caprices. Assurément, il n'avait pu qu'avoir à cœur de la rassurer.

Elle fit la moue.

— Jusqu'ici, je me suis défilée. Il ne sait même pas que je suis au courant.

Il lut dans les yeux bleus l'inquiétude que lui inspirait l'état de santé de Christian. Ne pas le perturber était une décision très sage et très prévenante de sa part. Il lui étreignit les épaules en un geste de réconfort. L'aspect nouveau qu'il découvrait depuis quelque temps chez

Vanessa Hughes n'était pas le fruit de son imagination. Sous sa nature impulsive, la jeune femme avait un cœur tendre.

Il lui caressa le cou des deux pouces.

— Tu ne veux pas le perturber tant qu'il est malade, n'est-ce pas ?

L'année précédente, il s'en souvenait, ce genre de considérations n'entrait pas en ligne de compte dans l'esprit de Vanessa, alors même que Christian Hughes en était déjà au premier stade de la maladie.

— En fait, jusqu'ici, je n'ai eu le courage d'en discuter avec personne, avoua-t-elle en fermant brièvement les yeux. J'ai été tellement secouée quand je l'ai appris que je me suis enfuie du bureau du détective, pour venir droit jusqu'ici. Loin de m'aider, ça n'a fait qu'empirer les choses. Plutôt que de m'effondrer en public, je me suis éclipsée du cocktail d'ouverture de la saison et…

Elle détourna le regard, et la prise de conscience le heurta aussi violemment qu'un sabot en pleine poitrine.

— Tu es venue au sauna évacuer un peu de ton chagrin et… tu es tombée sur moi !

Et ils avaient fait l'amour dans le Spa désert, entre les parois surchauffées, alors que tous les autres convives assistaient au cocktail. La retrouver dans ces circonstances avait été pour lui un plus grand choc qu'il ne l'aurait cru. Il s'attendait à la revoir au bord du terrain et s'était juré de garder ses distances. Tomber par hasard sur elle alors qu'elle n'était vêtue que d'une serviette, en sueur, vulnérable, avait eu raison de ces honorables intentions.

— Je me demandais aussi ce qui t'avait fait céder si facilement, alors que tu avais annoncé devant les caméras de télévision que tu ne coucherais plus jamais avec moi, bien que je sois…

Il leva un doigt en l'air.

— Voyons, que je ne me trompe pas… « bien qu'il soit aussi bien monté que le meilleur étalon de l'écurie » !

Un indubitable remords vacilla dans le regard de la jeune femme.

— Ai-je vraiment dit ça ?

— Suffisamment de vidéo en attestent sur YouTube !

Nom d'un chien, comme il avait été furieux, et déçu ! Jusque-là, il s'était dit que le battage médiatique qui l'entourait n'était que rumeurs, tout comme il cherchait à s'en convaincre cette année.

Elle posa la main sur son bras, les yeux empreints d'une contrition qu'il espérait réelle.

— Je suis vraiment désolée de t'avoir mis dans l'embarras, Nicolas. Tu ne méritais pas un tel traitement.

Même s'il n'était pas certain de pouvoir encore se fier complètement à elle, il apprécia cet effort.

— Merci de t'excuser.

— Je m'étais excusée l'année dernière aussi.

— Mais aujourd'hui, je te crois.

Elle lui frictionna légèrement le bras, juste sous l'ourlet du T-shirt noir qu'il portait.

— Tu ne dis pas si tu m'as pardonnée.

— Je te pardonne, concéda-t-il.

C'était, après tout, la vérité. Pourtant, quitte à la lui dire, il lui fallait ajouter quelque chose :

— Seulement, je ne suis pas encore sûr de pouvoir me fier à ton changement d'attitude de ces derniers temps.

Le visage de la jeune femme se figea en un masque impénétrable — un masque très beau et très pâle —, puis elle hocha la tête.

— Ce n'est que justice. La confiance demande du temps, et je ne suis pas certaine moi-même de pouvoir être tout à fait franche à propos de tout non plus.

Il voulut l'interroger sur cette remarque sibylline, mais

ils avaient déjà fait beaucoup de progrès. Sans être dans un lit, ils s'étaient rapprochés l'un de l'autre. Elle s'était confiée, lui avait révélé un secret dont elle n'avait rien dit à personne d'autre, et cela le touchait aussi sûrement que le contact de la main de Vanessa sur sa peau.

Penchant la tête, il lui effleura la bouche de ses lèvres. Oh ! rien de profond ni de passionné. Mais ce contact, qu'elle accepta sans se détourner, était d'une intimité toute particulière.

S'écartant lentement, elle lui étreignit le bras.

— Sois patient avec moi, d'accord ?

— Oui, ça, je le peux.

De l'index, elle suivit tendrement le contour de ses sourcils.

— L'humiliation te cuira-t-elle moins si je te dis que tu es aussi bien monté que le *deuxième* étalon de l'écurie ?

Il éclata de rire à ces mots. Il adorait l'audace avec laquelle elle le surprenait toujours !

— Passe l'après-midi avec moi demain et tu pourras le vérifier !

Heureusement pour lui, il travaillait depuis plusieurs semaines à un plan infaillible pour l'avoir à lui tout seul, sans risque d'être interrompu. Tôt ou tard, il aurait Vanessa Hughes dans son lit, même s'il devait s'apercevoir ensuite qu'une seule fois ne suffirait pas.

Le tonnerre des sabots des poneys retentissait. Vanessa appuya sa paume sur le sommet de son chapeau à large bord, alors que l'équipe de Nicolas achevait un court match d'entraînement. Elle avait envisagé de ne pas venir, mais se cacher eût été encore plus voyant. Elle s'était donc installée sur une chaise longue, à quelques pas du petit groupe des spectateurs.

Le claquement des maillets en contact et l'odeur de la

terre retournée par les sabots l'enveloppaient, familiers. Et en cet instant, elle avait plus que jamais besoin de ce réconfort.

Son test de grossesse s'était révélé positif, diagnostic que son médecin lui avait confirmé. Aussitôt, ce dernier l'avait adressée à un obstétricien spécialiste des grossesses à risque, tout en lui assurant qu'elle avait toutes les chances de mener la sienne à terme.

A condition, bien sûr, qu'elle se conforme strictement à ses recommandations.

Dotée de vitamines, de strictes instructions diététiques et d'une pile de brochures, elle était ressortie du cabinet troublée… et était tombée droit sur Nicolas dans l'écurie. D'accord, peut-être espérait-elle le croiser en se rendant à l'endroit où elle était le plus susceptible de le trouver. Elle avait besoin de le voir, mais… elle n'était pas prête à lui annoncer la nouvelle, pas encore. Son propre cerveau ne s'y était pas encore tout à fait adapté. La saison était presque terminée. Peut-être valait-il mieux en attendre la fin avant de partager l'information.

Voilà pourquoi elle était là, à chercher Nicolas des yeux et à rêver à ce qui aurait pu être si elle n'avait pas tout gâché l'été dernier.

Son regard ne pouvait s'arracher aux athlétiques contours du corps masculin en mouvement alors qu'il balançait le maillet et à la manière dont il ne faisait qu'un avec son cheval. Et plus que tout, à son intensité. Cette façon qu'il avait d'investir toute son énergie dans le jeu était fascinante. Comparable à l'intensité, tout aussi fascinante, avec laquelle il lui faisait l'amour.

Eprouverait-elle de nouveau l'exaltation dans les bras de cet homme ? Il prétendait lui avoir pardonné, mais il ne lui faisait toujours pas confiance. Or comment prendre le risque de rester avec lui, alors qu'il leur manquait cet élément fondamental au bon fonctionnement d'une relation ?

Un bruit de pas l'arracha à sa rêverie. Elle tourna la tête au moment où son frère parvenait près d'elle.

Il se laissa tomber sur la chaise longue voisine, l'air tout sauf détendu dans son costume chic.

— Comment se déroule le match ?

— C'est presque fini, répondit-elle d'une voix tout juste cordiale.

Tous deux ne s'étaient pas reparlé seul à seul depuis l'incident du sauna, au tout début de l'été.

— Qu'est-ce qui t'amène ici ?

— Je t'ai aperçue de la fenêtre de mon bureau et j'ai eu envie de passer te voir.

Ou plutôt, de venir s'assurer que la petite sœur se tenait bien ! ironisa Vanessa en son for intérieur.

— Je ne harcèle plus Nicolas, si c'est ce qui t'inquiète. Je ne fais que soutenir une équipe, comme papa l'attend de nous.

— Tant mieux, je suis heureux d'apprendre que tu en as fini avec lui.

— Et moi, que tu as cessé de te battre avec les joueurs de polo !

Certes, techniquement, il n'en avait affronté qu'un seul. Mais comment réagirait-il lorsqu'il apprendrait, pour le bébé ? L'appréhension lui serra la poitrine.

Sebastian croisa les doigts.

— Toujours en colère contre moi, n'est-ce pas ?

— Tu t'es conduit comme une brute, tu le sais, et tu n'as pas encore pris la peine de t'excuser, que je sache ! J'ai été embarrassée, et peinée, par la manière dont tu t'es comporté dans le sauna.

— Mais à l'évidence, tu as tenu compte de mon avertissement, riposta son frère en se penchant pour lui étreindre l'épaule. Tu t'es vraiment ressaisie, Nessa, et tu dois bien te douter que c'est un véritable réconfort pour notre père.

Elle nota qu'il ne s'excusait toujours pas de sa réaction excessive. Il restait si peu de temps pour parvenir à une sorte d'accord avant que le scandale ne frappe de nouveau sa famille ! La peur, dans sa poitrine, se mua en panique.

Elle afficha un sourire contrit.

— N'as-tu rien de mieux à faire que de t'inquiéter de ma vie sentimentale ? rétorqua-t-elle. Retourne travailler, ou emmène ta fiancée déjeuner. Bref, fiche le camp !

Sebastian la dévisagea d'un regard soupçonneux, puis hocha la tête et se leva. Il parut sur le point de dire quelque chose, mais dut se raviser, car il s'éloigna sans rien ajouter. Vanessa cligna des paupières pour refouler ses larmes — Seigneur, que la vie était compliquée ! —, puis reporta son regard sur Nicolas au moment où le match s'achevait.

Le joueur ôta sa bombe et les cheveux lisses de sueur brillèrent sous l'implacable soleil matinal. Le corps de Vanessa tout entier se crispa ; elle adorait être dans ses bras, mais il restait tant de choses à résoudre entre eux !

Il voulait passer l'après-midi avec elle, mais était-il bien raisonnable de le voir en tête à tête en ce moment, alors que la découverte de sa grossesse lui mettait les nerfs à vif ?

L'inexorable écoulement du temps ne lui laissait pas le choix. Il fallait, d'une façon ou d'une autre, mettre les choses à plat avec Nicolas avant que le monde entier, ainsi que son ombrageux frère n'apprennent la nouvelle.

Vanessa allongea les jambes sur la banquette du wagon de train privatif. Le menton sur sa paume, elle regarda défiler la côte de Long Island derrière la fenêtre teintée, exaltée et ravie de cette initiative de Nicolas pour leur après-midi en amoureux. Il s'était apparemment mis en quatre pour organiser cette escapade. Qu'il se donne tant de peine et songe si longtemps à l'avance à leurs rendez-vous avait quelque chose d'émouvant.

— Comment t'est venue cette idée de voyage en train ? interrogea-t-elle.

Nicolas lui souleva les jambes, prit place à côté d'elle, puis reposa les pieds de la jeune femme sur ses genoux.

— Là d'où je viens, c'est presque toujours en train qu'on se déplace.

— Eh bien, je suis fan !

Ajoutés à la suspension de cuivre qui les surplombait, des lambris d'acajou poli créaient une atmosphère désuète, hors du temps, dont elle avait désespérément besoin en ces moments difficiles. L'air embaumait de la fragrance d'orchidées arrangées dans un vase de cristal. Des orchidées blanches, en référence à sa couleur préférée, qu'elle ne pouvait qu'apprécier. Près d'eux, une nappe de lin ancienne recouvrait la table, où trônait à présent un service à thé en argent.

Dommage qu'elle soit trop nerveuse pour en profiter pleinement…

Elle se détourna de la fenêtre. Il lui fallait s'immerger dans l'instant, laisser la réalité derrière elle. Un miroir doré reflétait son visage étrangement pâle, bien qu'elle se sente bien, tout à fait éveillée, en fait, et même un peu trop consciente de la présence d'un lit double à quelques pas, au-delà d'une arcade.

Peut-être valait-il mieux se concentrer plutôt sur la table, sur laquelle ils venaient de partager une salade au poulet et aux amandes, du fromage et des fruits — mets idéaux pour flatter son palais sans risquer l'overdose de sucre.

Du moins pouvait-elle céder à son dévorant appétit. Ce qui était préférable au sexe, alors que son esprit était encore si perturbé. Jusqu'ici, Nicolas n'exigeait rien, se contentant de discuter tout en lui massant les pieds.

Le wagon oscillait juste assez pour les bercer sans les secouer. Exactement ce dont elle avait besoin. Et, mmm… il pouvait continuer ce massage jusqu'à la fin des temps !

— Quelle extraordinaire idée !

— Tu m'inspires…

Ces mots furent prononcés par Nicolas avec un accent plus fort que d'habitude, un des rares signes d'émotion de la part de ce ténébreux amant.

— C'est très touchant, comme réponse ! confia Vanessa.

Il interrompit son massage.

— Touchant ?

— Ne te laisse pas emporter par la testostérone, objecta Vanessa. Tu es très masculin, parfois trop. Tu peux te féliciter que ton très sensuel accent ajoute une nuance romantique au « machisme qui te sort par tous les pores », selon l'expression que j'ai lue dans un article qui parlait de toi.

— Parce que tu lis des articles sur moi, « ombrageuse Vanessa » ?

Vanessa porta les mains à ses oreilles.

— J'ai horreur de ce qualificatif dont on m'affuble !

Il lui prit les mains et, entrelaçant leurs doigts, l'attira à lui.

— Vanessa, murmura-t-il d'une voix qui lui caressa les tympans aussi sûrement que ses pouces, l'intérieur des poignets. C'est vrai, reconnais-le : tu es indomptable !

— Capricieuse, tu veux dire, admit-elle avec une grimace au souvenir d'une vieille accusation.

Il la fixa dans les yeux. Son regard avait une profonde et mystérieuse couleur d'onyx.

— Je suis désolé de n'avoir pas pris le temps de mieux apprendre à te connaître l'été dernier.

— C'est que… nous étions accaparés par d'autres passe-temps !

Les souvenirs tourbillonnèrent autour d'eux — de folles étreintes sous la douche, dans l'écurie, dans la voiture, partout et n'importe où, chaque fois que l'envie leur en prenait… et c'était très souvent. Que cet été-ci était étrange, en comparaison !

Dégageant ses mains, elle croisa les bras comme si elle pouvait, d'une manière ou d'une autre, garder à jamais son secret, s'accrocher le plus longtemps possible à cette fragile entente qui s'était établie entre eux.

— Je suis experte pour ce qui est d'éviter la presse, mais même moi, j'ignorais qu'il y avait tant d'endroits où l'on pouvait se cacher, déclara-t-elle. Tu t'es surpassé ces deux derniers mois.

— Je ne vois pas ton monde de la même façon que toi, répondit-il.

— Que veux-tu dire ?

Du pouce, il recommença à lui masser la plante des pieds.

— Tu parcours cette route depuis si longtemps que tu vois ce que tu t'attends à y voir.

Un doux frisson d'excitation irradia du pied de Vanessa, tandis qu'elle objectait :

— Tu sais tout de ma vie, mais tu ne parles jamais de la tienne, de ton enfance…

— Comme tu l'as dit, nous étions trop occupés pour parler l'été dernier.

Ses pouces s'activaient avec une si sensuelle précision qu'elle commença à se demander si ce massage n'était pas les prémices d'une entreprise de plus grande envergure…

— Nous n'avons pas bien géré la situation, concéda-t-elle.

— Peut-être.

Il lui massait un orteil après l'autre et elle déglutit péniblement, languide. Comment pouvait-elle être aussi détendue et excitée à la fois ?

— Parle-moi de ton enfance, là, maintenant.

Il éluda sa question d'un petit claquement de langue.

— Tu peux trouver ma biographie sur internet, fit-il remarquer.

— Et je l'ai déjà fait, figure-toi, contra-t-elle, déterminée à ne pas se laisser dissuader aussi facilement.

C'était l'occasion d'en apprendre plus, de devenir davantage à ses yeux.

— Mais internet ne me dit rien des routes que tu as empruntées, ajouta-t-elle.

— Je suis quelqu'un de plutôt simple. Ma famille n'était pas riche, mais nous mangions à notre faim. Mes sœurs et moi disposions de tout ce dont nous avions besoin. L'occasion m'a été donnée d'améliorer le quotidien de la famille, et je l'ai saisie.

Il disait cela simplement, économe de ses paroles et de ses émotions. Elle n'ignorait pas qu'il y avait davantage à savoir sur lui, même s'il n'en offrait que très peu d'aperçus derrière son masque impassible.

Et elle refusait de le laisser déprécier ainsi ses talents.

— Mon père dit que plus il travaille dur, plus il a de la chance, commenta-t-elle.

Un rare sourire étira la sensuelle bouche masculine.

— J'aime la façon de penser de ton père.

— Je crois, moi, que tu sais, sur chaque route, saisir les opportunités.

— Si ça te plaît de m'analyser, ne te prive pas, dit-il, tout en descendant les mains sur les chevilles de la jeune femme, dans la claire intention de la distraire de la conversation.

— Suis-je une opportunité ? s'enquit Vanessa.

— Femme, tu es une véritable catastrophe ambulante, aussi exaspérante qu'ensorcelante, et tu le sais pertinemment !

Les paumes en mouvement remontaient à présent le long de ses mollets en direction des genoux, chaudes, puissantes et tentantes, même au travers du jean.

Elle lui agrippa les poignets pour stopper sa progression.

— Dois-je me sentir insultée ?

Il croisa son regard avec une intensité renouvelée, et même une nuance de colère.

— Tu m'as giflé devant ta famille et une dizaine de journalistes. Et les badauds se sont tellement agglutinés autour de nous qu'il a fallu interrompre le match en cours ! Un sénateur et un ambassadeur en visite sont partis — et de manière ostentatoire, dois-je ajouter. Je ne sais pas pour toi, mais ce n'est certainement pas l'image que je souhaite projeter au monde entier !

L'intensité de l'émotion qu'il manifestait éveilla celle de Vanessa. Si furieux soit-il, elle savait qu'il ne lui ferait jamais aucun mal. Il était même parfois si tendre avec elle qu'elle brûlait de le secouer pour libérer l'ardente passion qu'elle savait couver entre eux.

— Tu n'aurais pas dû me traiter de petite gosse de riche gâtée et immature.

— Tu n'aurais pas dû agir comme telle !

C'était l'accusation d'immaturité qui l'avait le plus piquée au vif, longtemps après. Il lui fallait cependant accepter que c'était là la réputation qu'elle s'était faite et, aujourd'hui, il lui appartenait de réparer les dégâts et de regagner la confiance de Nicolas.

Elle s'efforçait de se racheter, mais le temps jouait contre elle cet été. Elle ignorait de combien de jours encore elle disposait avec Nicolas. Qui savait comment il réagirait lorsqu'il apprendrait, pour le bébé ? Prendrait-il cela comme une raison de plus de se méfier d'elle ? Etait-il si condamnable de sa part de vouloir se rapprocher de lui et regagner sa confiance, avant que la nouvelle ne vienne tout fausser ? D'un côté comme de l'autre, elle pouvait le perdre, et envisager une existence sans lui était inconcevable !

Cet instant était peut-être tout ce qu'ils auraient jamais...

Sa décision prise, elle se redressa sur les genoux et lui noua les bras autour du cou. A peine eut-elle le temps de se pencher pour l'embrasser qu'il la soulevait déjà avec, dans la gorge, le grondement sourd de prédateur dont elle se souvenait si bien.

Deux longs mois d'attente étaient sur le point de s'achever.

# 4.

L'interminable attente touchait à sa fin. Enfin, Vanessa était de retour dans son lit. Ou plutôt, en l'occurrence, dans le lit d'un wagon privatif. Il l'avait prise dans ses bras et l'avait portée jusqu'à la chambre aménagée au-delà de l'arcade.

Il perçut sa reddition dans le baiser qu'elle lui donna, dans la subtile, suggestive pression de sa bouche. Avide de s'assurer qu'il ne se trompait pas, il traça de la langue le contour de sa lèvre boudeuse, et elle l'accueillit aussitôt. Le goût du melon et du fromage, celui de Vanessa et le sien se mêlèrent en une préfiguration de l'union plus profonde qu'ils partageraient bientôt. Mais pas trop tôt. Il voulait faire durer le plaisir, s'assurer qu'il y aurait des prolongations.

Il la déposa sur le couvre-lit en tissu écossais quasi enseveli sous une pile de coussins. Le matelas s'enfonça sous son genou alors qu'il s'étendait près d'elle. Elle devait avoir fait la paix avec l'idée de son adoption : impossible de se méprendre sur l'intensité de sa concentration sur l'instant présent, sur lui.

Et il avait la ferme intention de veiller à ce qu'elle n'en soit pas distraite de sitôt !

Il lui dégrafa son chemisier, un bouton à la fois, exposant centimètre après centimètre tentateur de peau claire, puis de dentelle ajourée, puis encore de peau.

Après être resté si longtemps sans elle, il s'absorba quelques instants dans la contemplation de l'arrondi de ses seins, du creux de ses hanches. En une torture à double tranchant, il contrôla impitoyablement l'instant, attentif à éveiller le désir de la jeune femme tout en aiguisant le sien jusqu'à la souffrance.

Il avait organisé cet après-midi dans ce wagon privatif de manière à l'avoir pour lui seul. Aucun risque d'interruption ici. Juste Vanessa, avec lui, plusieurs heures d'affilée. Pour une fois, ils n'avaient pas de soirée programmée, aussi avait-il prévu qu'une limousine vienne les récupérer à l'arrêt du train qui suivrait le dîner.

Entre-temps, il lui faudrait employer ces instants sagement, de manière séductrice. Des pouces, il entreprit de la caresser. Il reconnut les fragiles côtes et la peau translucide. Il ne put néanmoins s'empêcher de les dévorer d'un regard appréciateur, plein d'anticipation.

Les doigts de la jeune femme s'attaquèrent alors à sa chemise à lui en un parfait miroir de ses actes, bouton après bouton, jusqu'à ce que la fraîcheur de l'atmosphère climatisée effleure son torse. Elle écarta les pans de coton et étala les paumes à plat sur lui, le brûlant de sa chaleur.

Après quoi, elle lui griffa légèrement la peau avec ses ongles, tout en murmurant :

— Ces deux mois ont été les plus longs de ma vie.

— J'aurais été heureux d'accéder à tes désirs à n'importe quel moment, la taquina-t-il.

Il abaissa la fermeture Eclair du jean blanc, en un crissement qui fit écho à celui, brut, du désir qui le broyait dans son étau. Une étroite bande de dentelle apparut, et il inclina la tête pour en mordiller espièglement l'élastique.

— Penser à toi, à ça, m'a fait mourir à petit feu.

Il inspira profondément, s'enivra de l'érotique fragrance qui émanait d'elle. Le corps palpitant, il remonta le long de l'abdomen plat, crémeux, qui s'offrait à lui, jusqu'aux seins, dont les aréoles sombres transparaissaient, les pointes tendues contre les entrelacs du soutien-gorge de dentelle. Conformes à son style personnel, ses sous-vêtements étaient toujours blancs, mais de différentes matières et coupes. L'été dernier, il avait cru devenir fou à l'épier du matin jusqu'au soir, et à se demander ce qu'il trouverait lorsqu'il la dénuderait.

Aujourd'hui, il savait : soutien-gorge de dentelle à balconnet et string assorti. Il aspira une pointe tendue dans sa bouche, la taquina entre ses dents, la dentelle humide légèrement abrasive sur sa langue. Cette femme était la perfection même.

Il l'entendit prendre une brève inspiration. Ses cheveux blonds étaient éparpillés sur les coussins et une longue mèche venait s'égarer dans le creux de sa gorge.

— Combien de temps dure le trajet ? s'enquit-elle à mi-voix. Et jusqu'où allons-nous ?

— Aussi longtemps…

Il reporta son attention sur l'autre sein.

— … et aussi loin…

Il insinua une main dans l'entrebâillement du jean.

— … que tu le souhaiteras.

— Ne fais pas de telles promesses, protesta-t-elle.

Une main sous son menton, elle l'obligea à la regarder. Ses yeux azur étaient orageux, intenses.

— Nous savons tous les deux que cela doit prendre fin.

Difficile d'ignorer qu'elle faisait allusion à davantage que ce simple après-midi dans ce train. Rien n'était jamais simple avec elle, et il découvrait peu à peu que cela l'intriguait. Si elle aspirait à plus, il ne serait que trop heureux de l'obliger.

Le nez enfoui dans la soyeuse chevelure, il fit glisser

le jean le long des jambes de la jeune femme, tout en lui chuchotant à l'oreille :

— Alors, nous y reviendrons encore… et encore… et encore.

— Je te rappellerai cette promesse.

A cette réponse, il sentit les battements de son cœur redoubler.

Elle se débarrassa du jean d'un coup de pied, puis entremêla ses jambes à celles de Nicolas, l'incitant ensuite à rouler jusqu'à ce qu'il se retrouve sur le dos. Les mains en coupe autour de sa tête, il l'embrassa à pleine bouche, pleinement, profondément. Impatients, les doigts de la jeune femme s'égarèrent, explorèrent, dégrafèrent le jean qu'il portait encore. Puis il fut dans sa main.

La tête renversée contre les coussins, il ferma les yeux tandis qu'elle le caressait lentement. Une secousse dans le mouvement du train leur procura un plaisir inattendu alors qu'ils remuaient lascivement l'un contre l'autre. Il lui fallait reprendre le contrôle tout de suite, sans quoi tout s'arrêterait avant d'avoir réellement commencé !

Enserrant la taille de la jeune femme des deux mains, il la souleva, puis se redressa contre les coussins. D'un geste rapide, il dégrafa le soutien-gorge, qui vola dans les airs et atterrit par terre. Les seins de Vanessa emplirent ses mains, avec une générosité à laquelle sa mémoire n'avait pas fait justice. Elle renversa la tête en arrière, les yeux clos.

Oui, il avait eu raison d'organiser cette escapade, de se débarrasser de leur circonspection aussi sûrement que de leurs vêtements. Une torsion, un tiraillement, et c'en fut fini du string, l'unique barrière qui subsistait entre eux. Elle se positionna à califourchon face à lui.

Il la contempla tout son soûl. Leur étreinte dans le

sauna avait été précipitée, frénétique. Cette fois serait différente.

Les cheveux blonds ondulaient sur ses épaules, taquinant la pointe d'un sein. L'espace d'une fraction de seconde, il remarqua qu'elle avait, au-dessus, une discrète trace de bronzage, après quoi il ne fut plus conscient que de la pression du cœur de son intimité contre son érection palpitante.

Le lustre oscillait au-dessus de leurs têtes au rythme du train, projetant sur la peau blanche des ombres et des lumières qui, tels des doigts fantômes, la caressaient dans tous les endroits qu'il brûlait d'explorer.

Les doigts sur sa mâchoire, elle fit sensuellement courir ses ongles le long de l'ombre de barbe qui semblait ne jamais pouvoir disparaître complètement.

— Je suis toute disposée à savourer l'instant, Nicolas, mais si tu ne me prends pas bientôt, le mouvement de ce train va m'achever.

Elle abaissa les hanches jusqu'à ce que Nicolas sente l'extrémité de son membre palpiter tout contre elle. Tout ce qu'il avait à faire était d'arquer les reins et il serait de nouveau en elle. Il crispa la mâchoire, lutta contre la tentation de jeter encore une fois toute prudence aux orties, puis tâtonna en quête de la protection qu'il avait glissée sous le napperon brodé de la table de chevet. A la vue du préservatif, elle fronça les sourcils. Oui, il comprenait sa frustration — un peu plus, et ils oubliaient toute notion de contraception !

Fébrile, le désir l'emportait aussi violemment dans sa tourmente que la fois où ils s'étaient retrouvés dans le sauna. Il avait oublié, ce soir-là, mais, heureusement, il s'était retiré juste à temps. Aujourd'hui, il ne commettrait pas d'imprudence. Sous les yeux de Vanessa, qui le contemplait en se mordant la lèvre, il enfila la protection.

Après quoi, lui agrippant les épaules, elle s'abaissa sur lui et, dans sa lutte pour se contrôler, il lui prit fiévreusement les hanches — dur à accomplir, tant l'étroitesse de sa chair palpitante, autour de lui, était exquise. Alors qu'elle enroulait les jambes autour de sa taille, puis les bras autour de son cou, il s'arqua contre la tête de lit.

Avec un soupir d'aise, elle lui effleura le torse de ses seins, puis les lèvres de sa bouche. Alors, leurs langues entrèrent dans la danse au rythme des lents mouvements des hanches féminines jusqu'à ce que, incapable de penser, il ne se focalise plus que sur la sensation de la sentir autour de lui. Au cœur de ses sens. Ce qui paraissait tout naturel, puisqu'il ne pouvait arracher cette femme de ses pensées même lorsqu'ils n'étaient pas ensemble.

Assourdies, les vibrations et les oscillations du wagon intensifiaient chaque va-et-vient, tandis que, tout autour d'eux, se répercutaient les plaintes et les soupirs de la jeune femme. Au comble de l'excitation, il la fit basculer sur le dos, sans se détacher d'elle.

Elle s'agrippa plus encore à lui, les jambes serrées au point d'enfoncer les talons dans les reins de Nicolas. A chaque plongée, elle lui chuchotait son plaisir, ses besoins, et bon sang, comme il aimait cette manière qu'elle avait d'exprimer si clairement ce qu'elle attendait de lui et à quel point il la comblait ! Chaque murmure, chaque halètement l'emportait plus loin, plus haut, de plus en plus près du bord de l'abîme, mais il était hors de question qu'il atteigne celui-ci seul. Sur une dernière poussée, il attendit que la teinte révélatrice, sur la peau crémeuse de son cou, s'épanouisse. Vanessa s'arqua, cria, les ongles plantés dans son dos.

Enfin, il put jouir à son tour. Le plaisir irradia en lui, accentué par les spasmes du sexe de la jeune femme autour de lui, exacerbant ses sensations jusqu'à ce que…

Il se laissa tomber de côté, puis s'allongea et attira le corps en sueur de la jeune femme contre lui.

Ils durent s'assoupir, parce que, lorsqu'il reprit conscience, le soleil se couchait à l'horizon. Attrapant l'édredon tombé à leurs pieds, il le remonta sur eux.

Vanessa remua, se lova plus confortablement contre lui et marmonna :

— Quelle heure est-il ?

— Presque l'heure de dîner, et le réfrigérateur est très bien pourvu. Veux-tu y jeter un coup d'œil et choisir ce qui te paraît le plus appétissant ?

Un sourire rêveur creusa les fossettes de la jeune femme, dont les joues étaient encore rosies de la brûlure de sa mâchoire râpeuse.

— Surprends-moi. Tu parais expert en la matière aujourd'hui.

De la jointure des doigts, il lui caressa l'épaule.

— Passe la nuit avec moi. Nous pouvons rester dans le train et demander au chauffeur de la limousine de nous récupérer plus loin sur la ligne.

Tout sourire évanoui, elle tripota le bord de l'édredon.

— Mon père m'attend. Je suis adulte, je sais, mais ce ne serait pas bien de le laisser s'inquiéter.

— Et si tu lui disais la vérité ?

La suggestion s'échappa avant qu'il puisse la retenir, mais puisque c'était dit…

Leurs rendez-vous secrets avaient été très stimulants, mais, jusque-là, ils ne couchaient pas ensemble et sa conscience ne le taraudait pas. Mais maintenant ? Ses principes exigeaient qu'il soit honnête. Il traiterait Vanessa avec le respect qui s'imposait.

— Un simple coup de fil et il saura que nous sommes de nouveau ensemble.

A ces mots, elle se redressa brusquement, l'édredon

sur sa poitrine, les cheveux en tous sens autour de son visage en un flou très érotique.

— Tu es prêt à endurer l'attention malsaine que le fait de sortir avec moi ne manquera pas d'attirer ? Tu tiens vraiment à être associé à la famille Hughes et au club de Bridgehampton ? Dans ce cas, les ragots iront bon train, tu le sais !

Nicolas se redressa, afin de se distancier des troublantes réminiscences de leur étreinte, et non parce que cette question le mettait mal à l'aise, chercha-t-il à se convaincre.

Il hésita une seconde de trop avant de lui répondre. Il sut, à la lueur de circonspection dans le regard de Vanessa, qu'elle devinait son inquiétude face au risque d'une publicité dommageable à sa carrière, et que cette réaction instinctive la perturbait. L'honneur lui dictait d'être franc quant à leur relation naissante, mais ça n'impliquait pas pour autant qu'il fût très à l'aise. Il avait une réputation professionnelle à maintenir, et il espérait qu'elle le comprendrait mieux que l'année précédente.

Et que souhaitait-elle, d'ailleurs ? L'incertitude qu'il lisait dans ses yeux le poussa à se demander si elle n'aspirait pas à autre chose qu'une ultime étreinte pour se rassasier l'un de l'autre.

Ensuite, elle battit des paupières, tandis qu'un sourire s'esquissait sur ses lèvres enflées par les baisers. Comme elle se tortillait pour s'adosser à la tête de lit, les draps froufroutèrent en une sérénade pleine de promesses.

Au diable dîner et coup de fil ! Ils avaient encore plusieurs heures devant eux avant de devoir rentrer.

Une fois encore, le matelas céda sous le poids de son genou comme il retournait la rejoindre. Elle ouvrit la bouche, mais il la bâillonna d'un baiser avant qu'elle puisse parler. Chacune des paroles qu'ils avaient prononcées parut s'empiler entre eux telle une succession de vêtements, prompte à les empêcher de communiquer clairement de l'unique manière qui leur était propre. Les doigts sur son torse, puis dans ses cheveux, elle l'incita ardemment à s'étendre auprès d'elle.

Il comprenait sa volonté de maintenir leur liaison strictement confidentielle. Et, damnation, il était d'accord avec elle !

Il savait aussi que, d'une certaine manière, il n'avait pas réussi à apaiser l'inquiétude manifeste dans son regard.

Le lendemain matin, Vanessa remonta la fermeture Eclair latérale de sa jupette de tennis, non sans réprimer un bâillement. Quelques minutes à peine avant que le train ne stoppe, Nicolas et elle étaient encore en pleins ébats, et c'était en toute hâte qu'ils s'étaient rhabillés pour aller s'engouffrer dans la limousine qui les attendait et les avait ramenés chez eux un peu avant minuit. Et par chance, elle n'avait eu droit qu'à un « Bonne nuit, Nessa » ensommeillé lorsqu'elle était passée sur la pointe des pieds devant la chambre de son père.

Quoi qu'il en soit, la vérité ne pouvait être éludée plus longtemps. Elle allait devoir parler du bébé à Nicolas au plus vite. Elle ne pouvait attendre jusqu'à la fin de la saison : cela l'empêcherait de regarder Nicolas dans les yeux pendant qu'ils feraient l'amour. Ce secret crucial, elle ne pouvait le lui dissimuler plus longtemps. Comment condamner ses parents pour ne pas lui avoir dit la vérité, puis faire volte-face et se comporter quasiment de la même manière avec le père de son enfant à elle ? Elle refusait de se conduire davantage en enfant gâtée.

Avant de lui annoncer la nouvelle, toutefois, elle devrait préparer son père. Elle avait promis à Nicolas de le retrouver pour déjeuner, après une partie de tennis avec son frère. C'était ce dernier qui, à sa grande surprise, l'avait appelée pour lui proposer de jouer. D'ordinaire, il ne se permettait pas de quitter ainsi son travail au milieu de la matinée, mais il affirmait être en mesure de s'absenter de son bureau de directeur du polo club pour une courte partie sur le terrain de Seven Oaks.

Après cet été difficile, elle lui était reconnaissante de lui tendre ainsi le rameau d'olivier. La relation inattendue qu'il avait nouée avec Julia, son assistante, paraissait émousser quelque peu l'âpreté de ce frère trop ambitieux.

C'était ainsi qu'une relation devait être : une rencontre entre deux personnes capables de faire ressortir le meilleur l'une de l'autre. Cependant, si Nicolas représentait à la fois pour elle une véritable exaltation et un défi, le rendait-elle, elle, tout aussi heureux ? Elle s'efforça de chasser de son esprit le désagréable souvenir du repli, dans le regard de son amant, lorsqu'ils avaient évoqué la possibilité de rendre leur liaison publique. Même s'il répugnait à ce genre de publicité, elle ne doutait pas qu'il la soutiendrait tout au long de sa grossesse. Mais au-delà ? Elle n'était sûre de rien.

Quant à son père…

Alors qu'elle chaussait ses baskets, des souvenirs de son enfance éveillèrent dans son esprit des images de son très digne nabab de père en train de faire caracoler deux marionnettes de cheval, avec force hennissements et voix nasillardes. Si elle n'avait pas eu la chance d'avoir une mère idéale, son père, lui, l'avait inondée d'attention et d'affection, et elle disposait grâce à lui d'un merveilleux modèle parental.

Une fois ses lacets noués, elle empoigna sa raquette et se dirigea vers l'entrée. La chambre de son père était grande ouverte, et elle vit qu'il prenait son petit déjeuner sur un plateau. Vêtu d'une robe de chambre en cachemire et d'un pantalon de pyjama assorti, il était assis dans un fauteuil à oreilles près de la fenêtre, sa canne appuyée contre son genou.

Des milliers de formulations tourbillonnèrent alors dans l'esprit de Vanessa. Comment entamer la conversation ?

Agrippant d'une main l'encadrement de la porte pour ne pas flancher, elle lança :

— Pourquoi ne m'as-tu jamais dit que j'avais été adoptée ?

Bon sang ! Ce n'était pas du tout ainsi qu'elle avait envisagé d'aborder le sujet !

Impossible de ravaler ces paroles… Aussi attendit-elle, les nerfs à cran.

Christian demeura plusieurs secondes immobile, puis il reposa sa fourchetée d'œufs brouillés sur le plateau, à côté du soliflore porteur d'une unique rose. Après quoi il croisa les mains sous le menton, d'un mouvement lent, précis, comme s'il cherchait à gagner du temps pour rassembler ses pensées.

— Comment l'as-tu découvert ?

Relâchant bruyamment son souffle, elle traversa la pièce et alla s'installer sur l'ottomane, en face de lui, comme elle l'avait fait des milliers de fois enfant, impatiente de l'entendre raconter la prochaine histoire. A la longue, elle s'était mise à créer des marionnettes à son intention, inventant avec une imagination débordante des personnages aussi farfelus les uns que les autres, ravie de le voir les incorporer avec brio dans ses intrigues.

Aujourd'hui, elle attendait de lui davantage que des histoires. Elle voulait la vérité.

— Est-ce vraiment important, la manière dont je l'ai appris ?

— Nous avions toujours eu l'intention de te le dire, mais… tu as eu une période si difficile, à l'adolescence…, déclara Christian, le regard empreint de regrets. J'ai eu peur de te perdre et, ensuite, ta mère est morte…

Il se racla la gorge, tourna nerveusement son alliance autour de son annulaire.

Vanessa comprit, et regretta tout à la fois qu'il n'ait pas fait un choix différent. Posant les doigts sur la main bleuie, elle murmura :

— Tu as eu beaucoup de choses à gérer ces derniers temps.

Il lui étreignit la main.

— J'aimerais penser que j'aurais fini par te le dire, mais inutile de mentir : honnêtement, je n'en sais rien.

Ce n'était pas la réponse qu'elle espérait, mais au moins parlaient-ils à cœur ouvert.

— Merci de ta franchise.

— Je ne suis pas homme à admettre aisément avoir eu tort…

Christian se frictionna la bouche de sa main libre, puis se tut et se contenta de regarder Vanessa. Elle comprit que son père n'irait pas plus loin pour confesser que Lynette et lui avaient commis une déplorable erreur. Elle méritait cependant d'en savoir davantage. Aujourd'hui, elle n'était plus une enfant. Dire qu'il aurait pu mourir sans jamais révéler la vérité !

Quel genre d'enfer aurait-ce été pour elle si elle ne l'avait découvert qu'ensuite, sans pouvoir lui poser de questions ? Sans pouvoir jamais lire dans son regard son regret qui, au moins, lui apportait un peu de paix ?

— Pourquoi m'avez-vous adoptée ? s'enquit-elle. J'aurais cru qu'après Sebastian, maman aurait compris que la maternité, ce n'était pas son truc !

— Es-tu sûre d'être prête à tout entendre ?

Vanessa sentit la nervosité lui nouer la gorge. Mais

non, il ne fallait surtout pas se laisser désarçonner. C'était trop important !

— Je dois savoir, articula-t-elle.

— Soit, concéda-t-il sur une inspiration tremblante. Je vais t'expliquer… L'un de mes employés, qui était marié, a eu une aventure avec sa secrétaire…

— Et elle est tombée enceinte ?

Vanessa lutta pour ne pas porter la main à son ventre. Alors qu'elle ne s'imaginait pas entretenir une liaison avec un homme qui ne fût pas libre, elle comprenait sans peine le poids d'un tel secret, ainsi que les peurs vis-à-vis d'un enfant à naître. Bouleversée, elle redoubla d'attention.

— Tous deux se sont mis en rapport avec l'avocat du club, afin d'arranger une adoption secrète pour le bébé. Lorsque ta mère a appris que les tests indiquaient qu'il s'agissait d'une fille, elle est venue m'en parler, et nous nous sommes proposés pour l'adoption. Pour t'adopter, toi.

— Parce que j'étais une fille ?

Lynette avait donc voulu une fille ? Un fils, une fille, le choix du roi, l'équilibre de la famille parfaite. L'amertume lui écorcha la gorge plus sûrement que de la bile.

— Elle n'a peut-être pas été le genre mère au foyer chaleureuse, mais elle avait envie de tout te donner, de t'offrir ce à quoi elle-même avait aspiré, enfant, sans l'avoir jamais eu. Je suis désolé qu'elle n'ait jamais su comment être une meilleure mère pour Sebastian et toi.

Vanessa brûlait d'en savoir davantage, d'extorquer jusqu'à la plus infime information susceptible de l'aider à mieux comprendre comment sa mère en était venue à manquer à ce point de chaleur et d'empathie. Les rides de fatigue, autour des yeux de son père, l'en dissuadèrent.

Juger sa mère ne l'avancerait à rien, ne changerait pas le passé. Et n'était-elle pas, elle, tout aussi coupable à sa manière, de vouloir reporter sur d'autres sa propre souffrance ? Certes, elle s'évertuait à devenir une meilleure personne, mais elle n'était pas en position de jouer les moralisatrices !

Et pour ce qui était de devenir meilleure — et désormais mère —, il était temps pour elle de retrousser ses manches !

De nouveau, elle étreignit tendrement la main de son père, puis elle se redressa.

— Merci de me l'avoir dit.

— Ce n'est pas tout, déclara alors Christian.

S'armant de courage, elle se rassit, déterminée à en finir malgré la vive souffrance qu'elle éprouvait.

— Dans ce projet d'adoption, j'ai suivi ta mère bon gré mal gré. Mais je ne m'attendais pas à éprouver un tel déferlement d'amour la première fois que j'ai tenu ma précieuse petite fille dans mes bras.

Il se pencha, lui prit le visage entre ses deux mains tremblantes, puis conclut :

— Tu es mon enfant, et l'amour que je te porte n'a rien à voir avec l'ADN.

— Je sais, affirma Vanessa, avec une sincérité sans réserve. Mais merci tout de même de me le rappeler.

— Il nous faut crever tous les abcès, Nessa, au cas où…

— Arrête !

Elle lui agrippa les poignets, comme si, par ce geste, elle pouvait l'ancrer à jamais à la vie.

— Je t'en prie, ne le dis pas !

Il s'adossa de nouveau à son fauteuil, secoua la tête d'un air docte.

— Ce n'est pas en la taisant qu'on rend la vérité moins réelle. Ne te méprends pas : j'essaie d'être optimiste. Je ferai tout ce qui est en mon pouvoir pour m'accrocher à la vie. J'aspire de tout cœur à voir mes petits-enfants rebondir sur mes genoux.

Le souffle de Vanessa s'étrangla dans sa gorge.

Devait-elle lui dire, pour le bébé ? Serait-ce pour lui un réconfort, ou une source d'inquiétude ? Elle soupesa l'alternative. S'il était réellement mourant…

Elle déglutit.

Elle le lui dirait plus tard, après en avoir informé Nicolas. Mieux valait d'abord connaître la position de ce dernier. Idéalement, ils le lui annonceraient ensemble.

— Papa, j'espère et je prie pour que tu sois toujours là pour applaudir tes petits-enfants lors de leur remise de diplôme, mais si…

Elle ravala les larmes qui menaçaient d'étouffer ses paroles.

— … si ça ne doit pas se faire, je te promets de leur raconter toutes les histoires que nous avons partagées ensemble. Et de leur apprendre à piétiner ces satanées mottes de gazon comme des chefs !

Il sourit, du grand, tendre sourire dont il la couvrait dans son enfance et qu'elle ne lui avait pas revu depuis plus d'un an. Puis, avec un petit rire de gorge, il lui ouvrit les bras et elle se nicha en une étreinte familière. Bien qu'il fût plus frêle, sa poigne était toujours ferme, stable. Celle-là même qui, elle le savait, la soutiendrait tout le reste de sa vie.

Et elle aurait bien besoin de cette force, et même de davantage, pour mettre son cœur sur la sellette avec Nicolas.

# 5.

— C'était sur la ligne !

Debout sous un auvent à rayures, devant le complexe sportif de Seven Oaks, Nicolas entendit Vanessa argumenter d'un ton bon enfant avec son frère sur le luxuriant gazon du court de tennis. Sa voix enjouée éveilla en lui le souvenir des heures passionnées partagées dans le train, ainsi qu'un ardent désir renouvelé.

Le soleil était déjà brûlant alors même que l'horloge n'indiquait encore que 11 heures. Il passa une main dans ses cheveux humides de la douche prise après sa séance de musculation quotidienne. Seven Oaks disposait d'un complexe sportif à la pointe de la modernité, ainsi que de courts de tennis et, évidemment, d'un sauna.

Qu'il pense encore à ce sauna, et il lui faudrait retourner prendre une douche !

S'écartant, il adressa un signe de tête courtois au cheikh Adham, lequel sortait du bâtiment, puis ses yeux revinrent se poser sur Vanessa qui, ployée en arrière, lançait la balle en l'air pour effectuer un service impeccable. Après quoi, s'essuyant le front d'un revers d'avant-bras, elle se mit à sautiller d'un pied sur l'autre dans l'attente de la frappe de retour de son frère.

Oui, il aurait pu rester là indéfiniment, à s'absorber dans la contemplation de Vanessa en jupette de tennis blanche. Toutes les autres femmes présentes, étendues autour de la piscine, auraient tout aussi bien pu ne pas exister…

Vanessa et Sebastian Hughes ne se renvoyaient pas seulement la balle, mais aussi beaucoup de taquineries par-delà le filet. L'affection, entre eux, était indéniable. Hughes prendrait très mal l'annonce officielle de leur liaison secrète — non que la vie sentimentale de sa sœur le regarde le moins du monde, mais Nicolas n'aimait guère l'idée d'être une source de tension entre eux deux.

En fait, il n'aimait pas non plus devoir se cacher. Il ne pouvait le nier, il aspirait à rester davantage avec Vanessa, au-delà de la saison de polo, et cela impliquait qu'ils officialisent leur relation.

Dès qu'il serait en tête à tête avec elle dans ce restaurant français local où il avait prévu un dîner romantique, ils discuteraient du moment et de la manière les plus appropriés pour révéler leur liaison à sa famille, puis à la presse.

Cette décision prise, il s'apprêta à quitter les lieux. Mieux valait laisser Vanessa apprécier en toute intimité cette partie de tennis avec son frère. D'autant que, si ce dernier le surprenait à lorgner sa sœur, il y aurait sans doute du grabuge.

Tout à coup, Vanessa trébucha en avant, ratant la balle. Nicolas hésita. Elle reprit l'équilibre, et lui son souffle. Nom d'un chien, jamais il n'aurait cru qu'un jour, il deviendrait aussi émotif ! Il lui fallait vraiment se ressaisir avant d'avoir cette discussion avec elle !

Il tourna les talons et s'engagea dans l'allée centrale.

— Vanessa !

Il y avait, dans le cri de Hughes, une urgence qui le fit se figer sur place. Il pivota et vit la jeune femme à terre, inconsciente.

Il s'était toujours cru sans peur. Jusqu'à cet instant.

Parce que voir Vanessa étendue à terre, inerte, instilla pour la première fois cette affolante émotion dans ses entrailles. Au diable le meilleur moment pour révéler ses sentiments pour elle ! Là, maintenant, il se fichait comme d'une guigne de qui le surprendrait ou pas.

Lâchant son sac de sport, il piqua un sprint en direction du court de tennis.

Vanessa se débattit au travers des brumes de l'inconscience.

Avait-elle trop dormi ? Désorientée, les pensées embrouillées, elle s'enfonça davantage dans la surface ouateuse, sous sa tête. Des voix tourbillonnaient autour d'elle — dans ses rêves ?

— Que diable faites-vous là ?

C'était celle de son frère, contrariée.

— Ecoutez, Hugues, ce n'est ni l'endroit ni le moment ! rétorqua celle, inquiète, de Nicolas.

Le bébé. Leur bébé. Oh, Seigneur !

Vanessa crispa une main sur son abdomen et se força à ouvrir les yeux. En dehors d'un léger vertige, elle se sentait bien et, pourtant, la peur l'assaillait.

Papillonnant des paupières une, deux fois, elle découvrit Nicolas et son frère debout à quelques pas d'elle, nez à nez. Un bref regard alentour lui indiqua qu'ils se trouvaient dans le bureau de son père ou, plus exactement aujourd'hui, dans celui de Sebastian. Quelqu'un avait dû la transporter sur le canapé de cuir. Combien de temps était-elle restée inconsciente ?

Une main fraîche se posa sur son front et elle découvrit, agenouillée à son chevet, Julia, la fiancée de son frère. La clarté d'une applique de bronze, au-dessus de sa tête, éclairait sur le visage de sa future belle-sœur une expression d'inquiétude.

— Julia ?

— Tu t'es évanouie. As-tu contrôlé ta glycémie récemment ? Où est ton lecteur, que nous puissions le faire là, tout de suite ?

Evanouie ? A cause du bébé ou d'une hypoglycémie ?

— Mon sac est dans mon casier, aux vestiaires.

Au son de sa voix, les deux hommes se turent aussitôt pour se ruer à son chevet. Nicolas devança Sebastian d'un pas.

— Vanessa ? Est-ce que ça va ?

Alors qu'elle s'efforçait de se redresser en position assise, il repoussa les mèches égarées sur son visage.

Lui-même avait les cheveux bien lissés en arrière, humides. Vêtu d'un bas de survêtement noir et d'un polo gris, il devait sortir de sa séance de sport quotidienne. Elle aurait dû prendre cela en compte avant d'accepter de retrouver son frère ici, mais qui aurait pu prévoir ce qui venait de se produire ?

Elle effleura légèrement la poitrine de son amant.

— Je me sens bien, juste un peu étourdie. Un rapide contrôle de mon taux de sucre, et il n'y aura plus à s'inquiéter.

Alors qu'il lui saisissait la main, Sebastian, derrière lui, gronda sourdement.

Nicolas fronça les sourcils et ses iris noirs d'Argentin s'assombrirent encore davantage.

— Messieurs, décréta Julia d'un ton calme en s'avançant devant Nicolas pour placer un coussin tapissier dans le dos de Vanessa, si vous vous rendiez utiles ? L'un de vous pourrait aller chercher le sac à main de Vanessa, et l'autre aller à la rencontre des ambulanciers. Informez-les qu'elle souffre de diabète.

Les deux hommes se regardèrent d'un air circonspect, puis obtempérèrent.

Vanessa s'adossa au coussin, une fois encore prise d'un léger étourdissement.

— Ouf, merci ! Je ne crois pas que j'aurais pu supporter de les voir se battre ici !

— Reste tranquille, l'ambulance arrive, recommanda Julia en lui calant un autre coussin sous les pieds. Je n'arrive pas à croire que nous n'ayons pas même un médecin sous la main sur les courts de tennis ce matin !

Vanessa eût volontiers ri de cette plaisanterie, mais ses craintes pour le bébé l'emportèrent.

— Julia ? J'ai quelque chose à te dire. Si je m'évanouis de nouveau, assure-toi que les ambulanciers sachent que…

— Que tu es diabétique, oui, bien sûr, coupa la jeune femme, apaisante.

— Non, pas seulement ça…

Ce n'était pas la manière dont elle souhaitait annoncer la nouvelle, mais elle ne pouvait plus se permettre d'attendre.

— Ne les laisse rien m'injecter. Personne encore ne le sait mais, hum… je suis enceinte et…

L'écho de pas lourds, derrière Julia, l'interrompit. Les ambulanciers étaient-ils déjà là ? Elle avait perdu toute notion du temps.

Dans l'encadrement de la porte se tenaient son frère et Nicolas. La pièce se mit à tourner autour d'elle et, cette fois, cela n'avait rien à voir avec son taux de sucre ou sa grossesse. L'expression stupéfaite, puis orageuse, sur les deux visages masculins ne lui laissait aucun doute : ils avaient tout entendu !

Ses secrets étaient éventés. Sebastian savait, pour Nicolas.

Et Nicolas, lui, savait pour le bébé !

***

Relégué à l'extérieur de la salle d'examen des urgences, Nicolas lutta pour brider ses émotions.

Il était connu pour son sang-froid exemplaire en toutes circonstances. Mais aujourd'hui, tout avait volé en éclats. Il était furieux, sonné, anéanti par l'aveu de Vanessa, un peu plus tôt au club. Elle était enceinte de leur enfant ! Parce que oui, il savait que c'était le sien. Il l'avait clairement compris quand leurs regards s'étaient croisés.

Heureusement qu'il avait eu la présence d'esprit de ne pas ouvrir la bouche sur le moment, car il n'était pas certain de ce qui en serait sorti, alors qu'il venait d'apprendre qu'elle lui mentait depuis des semaines. Rien n'avait changé. Elle lui cachait toujours des choses et, du coup, elle avait peut-être mis son enfant en danger.

C'était toujours la même femme, immature et superficielle. Quel idiot d'avoir voulu croire autre chose, simplement pour justifier son envie de retourner dans un lit avec elle !

Il se mit à faire les cent pas, ses semelles crissant sur le lino. Dommage qu'il n'ait rien sur quoi se défouler !

Du moins Hughes et sa fiancée restaient-ils silencieux. Le frère de Vanessa et lui paraissaient être implicitement convenus d'une trêve temporaire. De toute façon, la fiancée de Hughes ne leur aurait pas permis le moindre mot de travers. La jolie jeune femme semblait être l'incarnation même de l'expression « main de fer dans un gant de velours ».

Et elle avait raison : ce qui importait avant tout, c'était la santé de Vanessa. Aucun doute, il était fou de rage, mais il se contrôlerait.

Et il avait, aussi, la ferme intention de ne pas bouger d'ici tant que Vanessa resterait derrière cette porte !

*
* *

Au moins, on lui avait dit que son bébé allait bien — même si sa relation avec Nicolas, elle, paraissait plus qu'incertaine.

Incapable de chasser de son esprit l'expression orageuse qu'elle avait vue sur le visage de son amant, Vanessa acheva de se rhabiller derrière le paravent de la salle d'examen. Les ambulanciers l'avaient transportée à l'hôpital — un terrifiant trajet de cinq minutes, toutes sirènes hurlantes — où son médecin personnel l'avait reçue pour un check-up complet. Il affirmait que l'évanouissement n'était nullement dû à son diabète, et que tout paraissait normal avec le bébé. Ce genre de désagrément était, tout simplement, un corollaire de toute grossesse. Il lui avait prescrit un après-midi au lit et elle repartait munie de son numéro de portable au cas où elle aurait encore la moindre inquiétude.

Des inquiétudes, elle en avait bon nombre ! Avant tout, elle allait devoir s'informer davantage sur son état, parce qu'elle tenait à ne prendre aucun risque. Et si elle en faisait déjà trop, eh bien, elle allait mettre un point d'honneur à s'assagir.

Toutes les autres tournaient autour du père de son enfant. L'air stérile, lourd d'éther, lui piqua les narines alors qu'elle reniflait quelques larmes égarées. Au cours de cet été, Nicolas en était venu à représenter beaucoup pour elle, bien plus qu'elle ne se serait attendue après une année entière à penser à lui, à se languir de lui. Découvrir cette expression d'homme trahi sur son visage l'avait profondément blessée, et elle n'était pas certaine de la manière dont s'arrangeraient les choses, pour peu que cela soit possible.

Sortie de la pièce, elle trouva Nicolas derrière la porte, adossé au mur. Seul.

— Où est Sebastian ? s'enquit-elle nerveusement.

— Lorsque le médecin est venu nous dire que tout allait bien, Julia l'a persuadé de partir. Il n'était pas d'accord, mais elle lui a fait comprendre que c'était justement la raison pour laquelle il ne devait pas rester. Tu as besoin de calme, pas de disputes. J'ai fait venir une voiture pour nous ramener.

Elle chercha à déchiffrer son expression, mais l'intense amant, le charmeur des deux derniers mois n'était plus. L'ancien Nicolas était de retour, celui qui maîtrisait parfaitement ses émotions. Alors que, pour sa part, elle aurait bien eu besoin d'un peu de tendresse. Mais peut-être attendait-il qu'ils se retrouvent seuls. Après tout, leur relation n'avait pas encore été rendue publique.

A leur sortie de l'hôpital, le soleil l'aveugla au moment même où une limousine se rangeait devant le trottoir, et elle vacilla.

Nicolas l'enlaça pour lui éviter de perdre l'équilibre, et il ne la lâcha que lorsqu'elle fut en sécurité à l'intérieur. Cette sollicitude troubla ses nerfs à vif aussi sûrement que la main posée sur sa taille. Il l'installa sur la banquette arrière, puis prit place en face d'elle.

En face ?

Autant pour les câlins, alors qu'elle ne demandait qu'à se réfugier dans ses bras, la tête contre son torse, et à l'entendre lui assurer qu'il était enchanté, pour le bébé !

Après avoir donné au chauffeur l'adresse du manoir des Hughes, il croisa les bras sur sa poitrine et la dévisagea avec l'air détaché d'un médecin examinant son patient, sans un mot.

Alors qu'elle brûlait de le saisir par le col pour le secouer, elle croisa sagement les mains sur ses genoux, non sans regretter de ne pas porter quelque chose de plus couvrant qu'une jupette de tennis.

La limousine sortit sans bruit du parking, puis s'engagea sur la route. Le trajet jusque chez son père serait court. Bien que tout, en elle, lui hurlât d'attendre, de ne lui parler que lorsque tous deux seraient moins émotifs, elle ne put empêcher les mots de se déverser de sa bouche.

— N'as-tu donc rien à demander à propos de cette grossesse ? Je sais que tu m'as entendue l'annoncer à Julia.

Il crispa la mâchoire, apparemment tendu de tous ses muscles bien qu'il demeurât immmobile.

— Raison de plus pour ne pas en discuter maintenant, rétorqua-t-il. Tu as besoin de te reposer et de prendre soin de toi.

— Crois-tu que je ne le sais pas ?

Vanessa s'efforça de juguler l'hystérie qu'elle sentait monter à chaque seconde devant cet homme qui restait aussi imperturbable qu'un monolithe sur la banquette. Elle avait besoin de savoir ce qu'il éprouvait, nom d'un chien !

— Je suis allée chez le médecin dès que j'ai eu la confirmation par le test, expliqua-t-elle. Il m'a déjà orientée vers un obstétricien spécialiste des grossesses à risque. Je comprends tout à fait qu'avec mon diabète, je dois faire attention, et je saurai être prudente.

— Tu gardes donc le bébé.

— Oui.

Avec cette affirmation, Vanessa en éprouva pour la première fois la certitude. En tant que personne à part entière, elle tenait à rester maîtresse de son propre destin.

— Je garderai notre enfant, que tu sois ou non dans ma vie.

— Notre enfant…, répéta-t-il lentement.

Elle s'avisa alors que, jusqu'ici, elle n'avait pas officiellement confirmé à Nicolas qu'il était le père.

Pas étonnant qu'il soit distant ! Elle se pencha en avant, posa une main hésitante sur son genou.

— Nicolas, c'est ton bébé. Je suis tombée enceinte le soir où nous avons fait l'amour dans le sauna.

— Mais tu n'avais pas l'intention de me le dire, lança-t-il d'un ton dur.

Evidemment, il était furieux d'avoir été tenu à l'écart, mais pas nécessairement à cause du bébé, s'avisa Vanessa, inondée par une vague de soulagement.

— J'attendais la fin de la saison, affirma-t-elle.

— Quelle différence ?

Très froide, cette réponse glaça un peu son soulagement. Elle retira sa main.

— Je ne voulais pas perturber mon père.

— Quel rapport avec le fait de me le dire, à moi ? Je conçois tout à fait que tu aies voulu attendre pour le lui annoncer, mais il me semble que je suis tout de même concerné, moi !

Impossible d'argumenter avec cette logique : elle en était elle-même venue à la même conclusion !

— En fait, je m'étais ravisée et… j'avais l'intention de te l'annoncer ce soir.

— C'est ce que tu dis.

Choc et colère la clouèrent sur son siège.

— Tu crois que je mens ?

Il secoua la tête sans un mot et, exaspérée, elle claqua les deux paumes sur la banquette de cuir.

— Parle-moi, bon sang ! Tu me perturbes bien plus en gardant tes pensées pour toi !

— Je pense simplement que parler, c'est facile, et que rien n'a changé depuis l'année dernière.

Le souvenir de ses accusations récurrentes d'immaturité fit refluer le sang de son visage.

— Tu n'es pas juste.

Sans daigner répondre, il tourna la tête vers la fenêtre.

— Ne t'avise pas de m'ignorer maintenant !

— Tu te laisses emporter par l'émotion, objecta-t-il, de la même voix posée et basse dont il usait pour calmer ses chevaux. Ce n'est bon ni pour toi ni pour le bébé.

Elle n'était pas une jument ombrageuse, mais une femme, avec son destin en jeu !

— Evidemment que je me laisse emporter ! Tu me rejettes une fois de plus !

— Ce n'est pas le moment d'en discuter, reprit-il, toujours sur le même ton, alors que la limousine s'immobilisait devant la demeure des Hughes. Peut-être as-tu raison : nous devrions attendre la fin de la saison pour en parler.

Là, Vanessa s'affola.

— Tu ne veux pas de ton bébé ?

— Je n'ai pas dit ça, rétorqua-t-il, les yeux assombris par ce qui semblait une soudaine émotion. J'ai la ferme intention de faire partie de la vie de mon enfant.

Il ne dit rien à son sujet, omission qu'elle ne put ignorer.

Alors, elle bondit hors de la voiture et monta quatre à quatre les marches en direction des immenses doubles portes et de leurs étincelantes poignées de cuivre, prêtes à l'accueillir dans le sanctuaire de son foyer.

Quelle sotte elle avait été cet été ! Sotte de croire qu'elle pourrait faire un jeu de sa relation avec Nicolas, que, d'une manière ou d'une autre, elle pourrait minimiser la force de ses sentiments. Ejecter Nicolas de sa vie l'année précédente avait été douloureux, mais ce n'était rien en comparaison de la souffrance qui lui tordait le cœur en cet instant. Elle aimait Nicolas Valera, mais lui n'avait aucune confiance en elle, aucun respect pour elle.

Il ne l'aimait pas en retour.

# 6.

Cette fois, il s'était bel et bien conduit comme un idiot !

Nicolas se fraya à coups d'épaules un chemin au travers de la nuée de spectateurs agglutinés pour le match de l'après-midi. Son équipe ne jouait pas, mais il lui fallait observer le comportement des poneys en action en vue des futures rencontres.

Au lieu de quoi, il ne songeait qu'à trouver Vanessa.

Elle n'avait répondu à ses appels ni la veille au soir ni ce matin-là, alors qu'il souhaitait s'excuser de ne pas l'avoir soutenue à un moment où ils auraient dû faire front commun. Seigneur, comme il regrettait de l'avoir blessée par son attitude distante !

Et si elle n'acceptait pas ses excuses ? Alors, ils devraient au moins rester courtois l'un envers l'autre et déterminer la conduite à tenir avant que la grossesse ne soit révélée au grand jour. Jusqu'ici, il n'y avait eu encore aucune fuite, mais inutile d'espérer que ça dure.

La sueur perlait dans son dos. L'éclat du soleil d'après-midi serait encore à son maximum pendant une bonne heure avant que l'astre ne plonge doucement derrière la cime des arbres, à l'extrémité ouest du terrain. Contournant trois hommes affairés autour d'un pique-nique d'après-match sur le hayon abaissé de leur pick-up, il scruta de nouveau l'assistance et… toujours pas de Vanessa !

Il n'avait pas l'habitude de perdre son sang-froid.

Ses sœurs avaient un caractère plus typiquement latin, mais lui s'était toujours enorgueilli d'un parfait flegme. Jusqu'à sa rencontre avec Vanessa Hughes.

Cette femme déclenchait en lui des émotions jamais éprouvées, bonnes et mauvaises. Anxieux de juguler sa colère et de ne pas envenimer les choses, à la fois pour le bien de Vanessa et pour celui de leur enfant, il n'avait pas vu à quel point elle avait besoin de réconfort.

Elle portait son enfant, nouvelle qui ébranlait encore la terre sous ses pieds. Des images d'une fillette dotée des cheveux et des traits de Vanessa, en train de piétiner les mottes de ses petits pieds et de prendre le monde d'assaut, tournoyèrent dans son esprit.

Sentant des yeux posés sur lui, il pivota… pour ne trouver qu'une paire de jeunes femmes vêtues de robes et de sandales quasi identiques, qui agitèrent la main dans sa direction en gloussant. Des fans, qui ne l'intéressaient nullement.

Enfin, il repéra un visage familier. Le père de Vanessa, Christian Hugues, dans un fauteuil roulant, près de la ligne de touche. Amaigri, l'homme avait bien perdu 10 à 15 kilos depuis la saison dernière, mais il en imposait toujours par son maintien. Et, s'il avait fait une concession à la maladie avec ce fauteuil, il ne se trouvait aucun plaid sur ses genoux. Vêtu d'un pantalon ocre impeccable et d'un polo sous une veste de sport en lin, il arborait à sa poche de poitrine une pochette parfaitement pliée.

Un béret écossais protégeait du soleil son crâne rasé. Aucune infirmière derrière le fauteuil, mais… Nicolas ralentit le pas. A son côté, Sebastian Hughes montait la garde.

Qu'avait-il dit à son père au sujet de Vanessa et lui et, éventuellement, du bébé ? Il était temps de le découvrir.

Il fonça droit vers eux. Christian Hugues leva les yeux sur lui, impassible, sans rien trahir.

— Bonjour, monsieur, dit Nicolas avec circonspection.

— Valera, salua Christian avec un bref hochement de tête. C'est toujours agréable de voir les joueurs se mêler à l'assistance. Excellent pour la publicité.

Sebastian, lui, le détailla d'un regard froid.

— En fait, monsieur Hughes, je cherche Vanessa, déclara tout de go Nicolas.

L'espace d'un instant, une étincelle d'étonnement s'alluma dans le regard du vieil homme. Nicolas jeta un coup d'œil en direction du fils, qui secoua la tête. Le père de Vanessa ne savait rien. Intéressant.

Assez, en tout cas, pour lui permettre de s'accrocher à son rêve de se tenir au côté de Vanessa lorsqu'elle parlerait à son père. Il tenait à être là pour la soutenir, et assurer à Hughes qu'il se souciait d'elle et de leur enfant. Il serait là pour l'un et l'autre.

Christian éleva une main frêle, mais ferme, et l'agita vers la gauche.

— Elle est un peu plus bas, dans la cinquième tente. Celle à rayures rouges et blanches, là où il y a tous les enfants.

Il pensa avoir mal entendu.

— Excusez-moi ? Qu'avez-vous dit ?

— La tente à rayures rouges et blanches, celle réservée aux enfants. Vanessa y organise des activités pour eux pendant les matchs, expliqua le vieil homme en souriant fièrement. Je crois que c'est l'heure du conte, en ce moment. Elle tient à raconter elle-même les histoires.

Christian Hugues expliqua en quelques mots à son interlocuteur le programme que Vanessa avait mis en place pour la saison de polo cette année-là, aussi bien à l'intention des spectateurs que de leurs enfants. Alors, l'idée que Nicolas se faisait de Vanessa Hughes changea du tout au tout et il se demanda comment il avait pu n'en rien voir. En fait, songea-t-il, cela cadrait tout à fait avec les impressions qu'il avait glanées cet été : la jeune femme lui avait paru plus mûre, plus attentive aux autres. Elle s'était, en tout cas, montrée très présente auprès de son père.

Il l'imaginait tout à fait avec des enfants. Il y avait fort à parier que son impulsivité, sa promptitude au rire et l'étincelle espiègle de son regard devaient leur plaire.

— Merci, monsieur.

*Pour l'information, et pour ce tout nouvel éclairage*, s'abstint-il d'ajouter.

Il contourna le fauteuil. Alors qu'il s'élançait sur le gazon en direction de la tente à rayures, la brise lui apporta un curieux « bonne chance » de la part de Sebastian. Avait-il bien entendu ? D'un autre côté, peut-être était-ce plutôt un avertissement qu'un encouragement. Nul doute que Vanessa ne le recevrait pas à bras ouverts !

Dépassant une rangée de poneys sellés pour des promenades d'initiation, il distingua la voix de la jeune femme par-delà le bourdonnement des activités. Son timbre, chaleureux et enthousiaste, l'incita à accélérer le pas.

L'instant suivant, la voix féminine se transforma, comme si elle s'était mise à imiter une autre personne. S'arrêtant près d'un mât métallique, à l'entrée de la tente, il scruta la pénombre.

Vanessa lui apparut alors.

Elle avait retiré ses lunettes de soleil et ses yeux brillaient. Une douzaine d'enfants étaient assis en tailleur autour d'elle, tandis que quelques adultes en uniforme du club de polo de Bridgehampton se tenaient debout sur les côtés. Nicolas fronça les sourcils. Non, il ne se trompait pas : Vanessa racontait son histoire par l'intermédiaire de marionnettes à doigt.

Il sourit et s'appuya au mât pour écouter. La conteuse agita une princesse sur son petit doigt, puis actionna sur son pouce un cheval dont la crinière était constituée d'un amas de laine noire. Elle déroulait le récit d'une aventure magique dans le monde du polo, dont les héros portaient les noms de Nessa et Nicky. Absorbée par sa narration, elle n'avait pas remarqué sa présence. Au fil de l'histoire, certains personnages disparaissaient, remplacés par d'autres qu'elle piochait discrètement dans son sac, mais Nessa et Nicky, eux, demeurèrent toujours en place. Sans être bien sûr d'aimer le « Nicky » en question, Nicolas se réjouit de découvrir par ce biais qu'il était présent dans l'imagination de Vanessa. Car Dieu savait qu'elle occupait, pour sa part, chacune de ses pensées à lui.

Ce n'était pas seulement la mise en scène avec marionnettes qu'il trouvait émouvante. C'était l'ensemble de cette tente, qu'elle avait reconvertie en paradis pour enfants. Cela enracina en lui la certitude qu'un être doux, affectueux et dévoué se cachait sous l'éclatante beauté extérieure de la jeune femme.

Vanessa avait fait davantage que gonfler quelques ballons et engager un clown. L'aire de jeux avait pour toile de fond un arc-en-ciel peint avec l'enthousiasme appliqué qu'un enfant consacrait à ses dessins d'école. Un peu plus loin, une table de travaux manuels, un étal de friandises, et même des matelas pour la sieste des plus petits. Sur un côté, un toboggan gonflable et, un peu plus loin, un terrain de basket miniature attendait ses joueurs.

Et au centre de tout ça se trouvait la femme qu'il avait méjugée. Une femme qui trahissait si peu ses sentiments qu'il n'avait rien vu de la transformation qui s'était accomplie en elle, une métamorphose spectaculaire, similaire à celle qu'elle avait apportée à cette tente à rayures rouges et blanches.

Nicolas soupira : ses yeux et ses oreilles lui disaient à présent ce qu'il aurait dû comprendre depuis longtemps. La Vanessa qu'il avait appris à connaître cet été était la vraie, celle qu'il aurait identifiée l'année précédente s'il s'était focalisé sur autre chose que l'empressement qu'il avait à la dénuder à la moindre occasion. La veille, il avait encore manqué le coche : il ne l'avait pas soutenue au moment où elle avait le plus besoin de lui. Et à présent, la vérité s'étalait sous ses yeux, aussi claire et simple que ces marionnettes à doigt agitées en l'air.

Désormais, il avait la ferme intention de faire en sorte que cette femme, mais aussi toute la communauté de Bridghampton connaissent ses véritables sentiments.

Le cœur lourd, Vanessa se tenait sur la ligne de touche, cachant ses yeux humides derrière les plus grosses lunettes de soleil de sa collection. Elle s'était forcée à tester le buffet, mais les mets du traiteur avaient un goût de poussière.

Après l'heure du conte avec les enfants, elle n'avait pas réussi à endiguer plus longtemps ses pleurs, et elle était partie sangloter tout son soûl dans les toilettes — meurtrie, en colère et complètement perdue. Pourrait-elle jamais se remettre de ce qui lui arrivait ?

Regarder le match en cet instant lui semblait une torture et, pourtant, Nicolas ne jouait pas ce jour-là. Que serait-ce lorsqu'il lui faudrait de nouveau le voir évoluer sur le terrain, tout en sachant qu'il ne serait jamais pour elle ?

Autour d'elle, les spectateurs ne se tenaient plus d'excitation, ravis qu'ils étaient d'être au centre de la scène sociale du district de Hampton. Ce lieu de villégiature, sans doute le plus prisé de la côte Est, était devenu l'aire de jeu de Long Island et il hébergeait depuis toujours les événements sportifs du club de polo de Bridgehampton. La beauté tapageuse des joueurs en était la principale attraction, évidemment. Adolescente, Vanessa avait fantasmé sur nombre d'entre eux. Aujourd'hui, ses pensées ne se focalisaient plus que sur un seul.

Celui qu'elle ne pouvait avoir.

Elle ne demandait qu'à retrouver sa combativité et à se battre pour lui, mais par où commencer ? Elle ne pouvait se permettre de prendre de risques : perturbations et discordes étaient hors de question à l'heure où, pour le bien de leur enfant, il leur fallait communiquer paisiblement.

La sirène de la mi-temps retentit, l'arrachant à ses pensées.

Par habitude, elle fit glisser de son épaule l'anse de son sac et chercha ses ballerines. Alors qu'elle ôtait ses escarpins, elle s'avisa qu'elle n'avait aucune envie de piétiner quoi que ce soit. Tout ce à quoi elle aspirait, c'était retourner dans les toilettes pour pleurer et pleurer encore.

Cela ne lui ressemblait vraiment pas et, pourtant, blâmer ses hormones en ce début de grossesse eût été trop facile. Pour la première fois de sa vie, elle ne savait pas quoi faire. D'ordinaire, elle se démenait pour obtenir ce qu'elle souhaitait, mais Nicolas ne lui avait-il pas clairement fait comprendre qu'il ne voulait pas de scène ?

Qu'il ne la voulait pas, *elle* ?

Un murmure s'éleva dans la foule et elle regarda par-dessus son épaule pour en découvrir l'origine. Elle ne vit rien, hormis une rangée de têtes tournées vers le terrain.

Curieuse, elle suivit leurs regards. Un poney galopait le long de la ligne de touche, un alezan clair, dont la robe brillait comme un sou neuf. Elle le reconnut aussitôt, ainsi que son cavalier, et fronça les sourcils. Nicolas ne jouait pas aujourd'hui, alors que faisait-il là ? Et pourquoi galopait-il ainsi ? D'ailleurs, ne venait-il pas dans sa direction ?

Son cœur fit un saut périlleux dans sa poitrine. Tirant sur les rênes, Nicolas arrêta Maximo tout près d'elle et un silence attentif s'abattit sur l'assistance venue s'agglutiner derrière elle. Maximo, comme toujours imperturbable, était aussi immobile que la pierre. Les traits de Nicolas, en revanche, révélaient une vive émotion, et son regard impassible n'était plus qu'un souvenir du passé.

Les épaules en arrière, la tête royalement droite, il la gratifia d'un clin d'œil, puis s'adressa à la foule.

— Y a-t-il un journaliste dans les parages ?

Il y eut une légère bousculade, après quoi pas moins de sept micros se tendirent.

Qu'était-il en train de faire ? se demanda la jeune femme, interloquée. Jamais il ne courtisait les médias en dehors de quelques apparitions publicitaires soigneusement sélectionnées. Une lueur d'espoir s'alluma en elle.

— J'ai une annonce à faire, lança-t-il, son accent tel un ruissellement sur la légère brise d'été. L'an dernier, j'ai commis la terrible erreur de laisser s'échapper une femme extraordinaire et je n'ai pas l'intention de réitérer cette méprise. Aussi, je tiens à ce que le monde entier sache que je suis fou amoureux de Vanessa Hughes. Et, qu'elle veuille de moi ou pas, je l'admire plus que je ne saurais l'exprimer.

Vanessa sentit ses genoux devenir aussi flasques que le gâteau de riz servi quelques minutes plus tôt aux enfants.

Des soupirs rêveurs s'élevèrent parmi l'assistance féminine, mais rien ne pouvait être aussi bruyant que les battements sourds de son cœur, le hoquet de saisissement, dans sa gorge. Nicolas était là, devant le Tout-Bridgehampton, en train de lui ouvrir son cœur, en une scène tout à fait inhabituelle de sa part !

Des flashes crépitèrent, des obturateurs cliquetèrent. Sifflements et applaudissements retentirent tandis que, sur ses joues, roulaient des larmes de bonheur.

Nicolas réclama le silence d'un geste, puis poursuivit :

— J'aurais beaucoup à dire sur cette femme incroyable qu'est Vanessa, mais vous comprendrez aisément que je veuille le garder pour ses seules oreilles.

Après quoi il sauta à bas de Maximo et son regard accrocha celui de la jeune femme pour la première fois.

Il lui tendit la main.

— Me feras-tu l'honneur de m'accompagner pour une petite escapade ?

Accepter cette invitation équivalait à décider de son avenir tout entier en cet instant même, à embrasser la vie avec cet homme passionné qui savait si bien masquer ses véritables sentiments. Accepter ou… se détourner.

La décision était l'évidence même. Ne venait-elle pas d'avoir un douloureux aperçu de ce que serait une vie sans lui ? Elle avait foi en lui. Elle l'aimait. Ensemble, ils inventeraient le reste.

Seul le chant des oiseaux, en arrière-plan, brisait le silence. La foule semblait immobile. D'un geste lent, mais sûr, Vanessa plaça dans celle de Nicolas la main qui scellait son destin.

Le public explosa alors en un tonnerre d'applaudissements. Déjà, Nicolas hissait sa bien-aimée sur Maximo, puis s'installait derrière elle pour l'enserrer aussitôt de ses bras en attrapant les rênes. Un léger clic de la langue, et Maximo partit au trot. Au comble du bonheur, Vanessa appuya la tête contre le torse de son amant, enveloppée par les effluves de son parfum et les vivats de la foule.

En passant, elle aperçut son père et son frère qui les regardaient. Christian leva les mains pour applaudir, et même Sebastian lui adressa du pouce un signe de victoire. Un sentiment de paix s'enracina en elle, certaine qu'elle était à présent du soutien de sa famille. Et le moindre vestige d'inquiétude, ou de souffrance, à propos de son adoption s'éparpilla aussi vite que les mottes de gazon sous les sabots de Maximo.

Elle tourna le visage vers Nicolas et lui caressa le cou du bout du nez alors qu'il s'éloignait du terrain.

— Je ne sais pas ce qui t'a fait changer d'avis, mais tu ferais mieux de vite trouver un endroit où nous puissions être seuls avant que je provoque un nouveau scandale !

— Du moment que tu le provoques avec moi, je suis partant, repartit-il, ses yeux d'onyx empreints d'amusement, de désir et d'amour.

Il lui releva ses lunettes sur le sommet de la tête, le soleil ne brillant plus que sur le toit de la grange, au loin. Puis elle ne vit plus rien, car ses paupières se fermaient pour accueillir un baiser et son univers ne se résuma plus qu'à eux deux. Il n'y eut que le goût de sa bouche, le contact de sa mâchoire râpeuse et la manière dont, le baiser rompu, il enfouit brièvement le nez dans ses cheveux pour en inspirer l'odeur.

L'arrimant à lui d'un bras, il lança Maximo au petit galop en direction du verger de pêchers. Vanessa sentit son cœur lui marteler la poitrine au même rythme que les sabots du poney. Ils se retrouvèrent bientôt dans la clairière où ils s'étaient éclipsés pour cette étreinte clandestine, lors de la soirée au bénéfice de la protection des animaux. Rubans et nœuds blancs pendaient des branches de l'arbre derrière lequel ils s'étaient abrités.

— Oh ! Nicolas, murmura-t-elle. Comment as-tu eu le temps de faire ça ?

— C'est que… le club de polo de Bridgehampton n'emploie que le meilleur personnel, confessa-t-il.

Le rire de Vanessa éclata, effervescent, tel du champagne.

— Evidemment, j'aurais dû m'en douter !

Ayant mis pied à terre, il l'aida à descendre à son tour d'un geste aussi respectueux que tendre, puis s'agenouilla devant elle.

Elle lui prit la main pour l'inciter à se relever.

— Vraiment, tu n'as pas à faire ça. Plus personne ne nous regarde ! plaisanta-t-elle.

Toutefois, le visage masculin affichait une expression solennelle qu'elle ne lui avait jamais vue.

— Toi, tu regardes, et c'est tout ce qui m'importe. Vanessa, me feras-tu l'honneur de devenir ma femme ?

Malgré la sincérité et l'émotion qu'elle lut dans son regard, Vanessa exprima un tout dernier doute :

— Si tu dis ça à cause du bébé…

Il lui étreignit brièvement les doigts pour qu'elle se taise.

— Je te le demande parce que je t'aime. Tu sais déjà à quel point tu me plais physiquement, mais il n'y a pas que cela : je t'aime aussi. J'aime la personne que tu es : parce que tu sais t'affirmer, tu prends soin de ton père et, surtout, ton visage rayonne lorsque tu agites des marionnettes au bout de tes doigts.

— Comment sais-tu, pour les marionnettes ? demanda-t-elle, étonnée.

Il traça d'un doigt caressant le contour de ses lèvres.

— Quelle importance ? Tout ce qui compte pour

l'instant, c'est que tu me promettes de me donner une vie entière pour te prouver à quel point nous pouvons être heureux ensemble.

Ce ne fut qu'alors que l'esprit de Vanessa se focalisa sur l'élément central de cette déclaration.

— Tu m'aimes ?

— Comme un fou ! Et j'ai la ferme intention de faire en sorte que tu n'aies plus jamais à exprimer cette phrase comme une question, précisa-t-il, ses fiers traits d'Argentin torturés de regrets pour la peine qu'il lui avait causée.

Qu'il était facile de lui pardonner alors qu'il avait fait amende honorable de manière si théâtrale !

— Je sais qu'en plus de l'amour et de la passion, nous nous complétons l'un l'autre, poursuivit-il. Ensemble, nous avons tout.

La paix, dans son regard, fit écho à une joie tranquille dans le cœur de la jeune femme. Elle s'agenouilla à son tour pour se nicher entre ses bras.

— Oui. Oui, oui et encore oui, je t'aime et j'accepte de t'épouser !

L'attirant à lui, il l'embrassa ardemment, tremblant d'un indéniable soulagement. Cet homme inébranlable, cet amant si flegmatique et si serein, avait donc eu peur qu'elle le rejette ? Des larmes de bonheur lui picotèrent les paupières et elle enfouit le visage dans la chaleur de son cou, ivre de la certitude qu'elle avait, devant elle, des années pour profiter à loisir de cette étreinte.

Du nez, il lui caressa les cheveux.

— Alors, comment se termine l'histoire de Nessa et de Nicky ? J'ai dû partir avant la fin.

Elle releva les yeux avec un sourire.

— Ensemble, ils triomphent de tous les obstacles, bien sûr.

— Mmm…

Il appuya le front contre le sien et murmura :

— Je suis désolé de ne pas avoir été là quand tu en avais besoin.

— Tu es là maintenant.

Elle demeura entre ses bras, à savourer l'instant, jusqu'à ce que Maximo se mette à piaffer d'impatience.

Nicolas jeta un coup d'œil en direction de son fidèle compagnon.

— Merci de me le rappeler, mon ami ! J'ai prévu davantage pour toi aujourd'hui, annonça-t-il ensuite à Vanessa, avant de se redresser, une étrange lueur dans le regard.

— Davantage ? Mais j'ai déjà tout ce que je souhaite ici même, sous mes yeux !

— Il y a encore une dernière chose que je souhaite, moi.

— Et c'est ? s'enquit Vanessa, prête à tout pour le satisfaire.

— Voir une bague de fiançailles à ton doigt avant le coucher du soleil. Que dirais-tu d'une petite virée shopping avant le dîner ?

Avec ces paroles, la certitude inonda le cœur de Vanessa aussi sûrement que les larmes de bonheur emplirent ses yeux.

— Je vote oui, sans réserve !

De nouveau, il lui tendit une main ferme et sûre, les romantiques rubans et nœuds bruissant au-dessus de leurs têtes et formant comme un dais nuptial. Frissonnant d'anticipation, elle s'en saisit et s'installa avec lui sur Maximo.

Nicolas lui effleura l'oreille d'un baiser.

— Ne souhaites-tu pas savoir où nous irons après avoir choisi cette bague ?

— Surprends-moi, se contenta de répondre Vanessa.

Car elle ne doutait pas que cet homme intense, à la beauté aussi farouche que ténébreuse, y parviendrait toujours.

MIRANDA JARRETT

# Le lord scandaleux

éditions HARLEQUIN

*Cet ouvrage a été publié en langue anglaise*
*sous le titre :*
THE LAST-CHANCE LORD

*Traduction française de*
CAROLE MASSEAUT


83-85, boulevard Vincent-Auriol, 75646 PARIS CEDEX 13.
Service Lectrices — Tél. : 01 45 82 47 47
www.harlequin.fr

# 1.

*Londres*
*Juillet 1803*

Lily Avonwood avait toujours été une jeune fille modèle. Pourtant, même les plus raffinées des jeunes filles anglaises ont une fêlure. N'en est-il pas de même pour les tasses en porcelaine, après tout ?

Lily venait de découvrir la sienne à l'âge de dix-neuf ans.

— Ce que vous me proposez, oncle Herbert, est tout sauf un choix.

Trop bouleversée pour s'asseoir, elle se tenait debout devant son oncle, au milieu de la bibliothèque.

— Je préférerais mourir seulc que d'épouser l'un des hommes que vous m'avez présentés.

— Ne sois pas si têtue, Lily, répliqua son oncle, en pianotant impatiemment sur l'accoudoir de son fauteuil. Vieillir seule est inconcevable, peu importe ce que tu en penses. Tu as besoin d'un mari pour s'occuper de toi.

Blessée par une telle déclaration, elle prit une profonde inspiration, s'efforçant de garder son calme.

— Je ne suis plus une enfant, oncle Herbert, répliqua-t-elle. Je peux tout à fait m'occuper de moi-même toute seule.

— De toi, peut-être, mais pas de ta fortune. Et chacun

des hommes que je t'ai présentés est à même de te donner les conseils que ton rang requiert.

— Cela ne signifie pas pour autant que je doive épouser l'un d'entre eux !

Il fronça ses sourcils blancs d'une manière menaçante.

— Ne me pousse pas à bout, s'il te plaît. Ton défunt père était mon frère, mon partenaire et mon ami le plus cher et j'ai l'intention de respecter ses souhaits concernant ton avenir.

— Mais comment mon père qui a épousé ma mère par amour a-t-il pu envisager un tel mariage pour moi ! s'exclama-t-elle, des sanglots dans la voix. Pourquoi ne pourrais-je en faire autant ?

— Je ne vais pas me disputer avec toi, déclara son oncle en se levant, tandis que l'heure sonnait à la grosse horloge du bureau. Puisque tu n'as pas été capable de choisir toi-même un mari qui te convienne, je l'ai fait à ta place. M. Simon va venir nous rejoindre pour le dîner et je te prie d'accepter de la manière la plus agréable possible la demande en mariage qu'il te fera.

— Vous avez choisi M. *Simon* ? Oh, non, *non* !

M. Simon était un banquier très respecté de la City qui avait à peu près le double de son âge, et qu'elle dépassait d'une bonne tête. Il avait de fins cheveux gris et la fâcheuse habitude de sucer à longueur de journée des pastilles mentholées afin de tenter de dissimuler — sans grand résultat — l'odeur fétide que donnaient à son haleine ses dents cariées.

Sous le coup d'un violent désespoir, elle tourna les talons et se précipita vers la porte, si vite qu'elle faillit percuter le majordome qui, après avoir frappé un coup léger, venait d'entrer dans la pièce.

— Excusez-moi, mademoiselle, dit-il, en s'inclinant

devant elle. M. Simon vous attend dans le salon, comme l'a demandé M. Avonwood.

— Non !

A présent, son désespoir s'était mué en panique.

Elle se sentait coincée, piégée. Elle était sur le point d'être unie pour la vie à un homme qui n'aimerait rien d'autre que sa fortune, tout en étant absolument certaine que son père aurait voulu pour elle un meilleur parti que M. Simon et ses bonbons à la menthe !

Mais les choses n'allaient pas se passer ainsi. Ce n'était *pas* possible. Après un hochement de tête, elle passa devant le majordome, se dirigea d'un pas rapide vers la porte d'entrée dont elle tira le lourd verrou. Elle se précipita en bas des marches du perron et, l'instant d'après, se retrouva dans la rue calme. D'une main, elle attrapa alors le bas de sa robe en mousseline et se mit à courir, indifférente aux mèches de ses cheveux qui se détachaient de son chignon et retombaient librement sur ses épaules. Prenant de profondes inspirations, elle sentait l'air chaud du soir emplir ses poumons. Ce fut alors qu'elle entendit le majordome l'appeler et se lancer à sa poursuite. Elle se mit à courir plus vite et était sur le point de perdre courage lorsqu'elle aperçut un fiacre sombre, garé dans la courbe du virage qui se présentait devant elle. Peut-être pourrait-elle s'y cacher le temps de semer le majordome et en sortir avant que ses occupants ne reviennent ?

Sans bruit, elle ouvrit la portière du fiacre, se faufila à l'intérieur et se laissa tomber sur le confortable siège en cuir. Puis elle ferma les yeux et poussa un profond soupir.

— Eh bien, chère madame. Etes-vous poursuivie par un loup chassant dans Mayfair, ou tentez-vous d'échapper à un tigre aux crocs acérés ?

L'homme qui venait de s'exprimer ainsi avait une

voix chaude et profonde, où perçait une légère ironie. Elle rouvrit brusquement les yeux. Comment avait-elle fait pour ne pas voir ce gentleman, assis tranquillement sur le siège qui lui faisait face ?

— Pa… pardonnez-moi, monsieur, bredouilla-t-elle, les joues brûlantes, tout en tendant la main pour ouvrir la portière. Je… je ne vais pas vous déranger plus longtemps…

— Vous ne me dérangez pas, répondit-il doucement. Apparemment, vous avez besoin d'un refuge et vous l'avez trouvé.

Il se pencha alors en avant et à la faveur d'un rayon de lune qui éclairait son visage, elle put enfin le voir. Elle retint sa respiration. Il était jeune, ses yeux étaient bleus, ses cheveux bouclés bruns et son sourire si charmeur que toutes les femmes devaient tomber à ses pieds. Un peu comme elle à cet instant.

— Merci, répondit-elle, en remarquant à cet instant les armoiries peintes à l'intérieur des portes. Je suis désolée, monsieur.

— Vous n'avez aucune raison de l'être, chère amie, répondit-il, avec un sourire amusé. Pas encore. Et s'il vous plaît, pas de titres pompeux entre nous. Appelez-moi Robert et je vous appellerai… du nom que vous voudrez bien me donner.

— Je me prénomme Lily.

Elle fit un sourire timide. Jamais elle n'avait si facilement baissé sa garde avec un homme, mais en même temps, jamais elle n'en avait rencontré un qui lui en ait donné le désir.

— Mais monsieur…, reprit-elle.

— Chut. Je ne veux plus entendre cela, la coupa-t-il en posant doucement un doigt sur sa bouche pour l'obliger à se taire. Je vous l'ai dit, il n'y a plus de duc de Strachen lorsque le clair de lune est si magnifique, et que je me trouve au côté d'une fée aux cheveux d'or.

Elle pinça les lèvres, espérant de tout son cœur qu'il les touche de nouveau tout en se demandant par quel miracle ses cheveux blonds étaient devenus couleur d'or, particulièrement pour un duc ? Mais peut-être était-ce la magie de ce rayon de lune. Peut-être était-ce d'ailleurs cette même lune qui la rendait si… si audacieuse.

— J'aimerais connaître le nom du tigre ou du loup qui vous poursuit, reprit Robert, en se laissant de nouveau aller contre le dossier de son siège. Ainsi, je pourrais pourfendre la bête sauvage.

Elle laissa échapper un soupir, rêvant que son avenir puisse être aussi facilement maîtrisé.

— Ce n'est pas une bête sauvage. C'est un banquier vieux et repoussant que mon oncle — mon protecteur — m'a ordonné d'épouser.

— Quelle cruauté ! Refusez ce prétendant.

— Alors mon oncle m'en présentera un autre, répondit-elle, en secouant la tête. Oncle Herbert m'a amenée à Londres pour me trouver un mari et il m'en trouvera un.

Elle vit qu'il fronçait les sourcils, puis il se redressa pour mieux se pencher vers elle.

— Comment se fait-il que je ne vous aie vue dans aucun des lieux habituels dédiés à la chasse au mari ? demanda-t-il d'un ton étonné.

— Car mon oncle ne saurait prendre le risque de me voir épouser un homme ordinaire, expliqua-t-elle. Je dispose en effet, depuis la mort de mon cher père survenue cet été, d'un patrimoine considérable qui compte trois usines, deux compagnies maritimes, et j'ai des actions dans je ne sais combien d'autres entreprises.

Curieusement, elle se sentit soulagée d'avoir pu dire

cela à voix haute, et surtout d'avoir pu le dire à un duc qui ne risquait, en aucune manière, d'être impressionné par ses biens.

— Vous êtes le parti de l'année, commenta-t-il, avec un sifflement.

— C'est pour cela que mon oncle ne s'intéresse qu'aux prétendants les plus acceptables, sans laisser aucune place à l'amour ou aux sentiments. Il refuse de laisser le premier noble venu dilapider la fortune de père. Sans vouloir vous offenser, bien sûr.

— Vous ne m'offensez pas. Mais dites-moi, chère Lily, demanda-t-il en promenant son pouce sur le bras dénudé de la jeune femme, que cherchez-vous *vraiment* ? L'amour ou un mari ?

Elle frissonna au contact de sa main, mais elle ne la retira pas.

— Les deux, répondit-elle dans un souffle. Je veux aimer mon mari.

— Voyons, ne soyez pas trop exigeante, répliqua-t-il en s'approchant plus près, si près qu'elle sentit son souffle sur sa joue. Ce soir, je ne peux réaliser qu'un souhait. Vous devez choisir, chère Lily. L'amour ou un mari.

# 2.

Robert Dell répétait à qui voulait l'entendre qu'il n'était plus le même homme. Il affirmait avoir compris toutes les leçons que la vie lui avait données et avoir mis à jamais une croix sur les femmes et le jeu. Il affirmait aussi ne plus vouloir miser sur son charme ou sa vivacité d'esprit pour arriver à ses fins. Il préférait désormais emprunter le chemin de l'honnêteté et de la sobriété pour faire fructifier sa fortune de manière respectable. Il reconnaissait d'ailleurs que c'était un miracle qu'il ait droit à une dernière chance et il n'avait nullement l'intention de la gâcher.

Seulement cela, c'était avant qu'une jeune femme tout essouflée, avec de grands yeux bleus apeurés et l'air désespéré, ne s'engouffre dans son fiacre. Cinq minutes plus tard, elle lui exposait la cause de sa détresse et encore cinq minutes plus tard, il lui suggérait de refuser cette demande en mariage, ce qui était absolument inconcevable pour un homme de son rang.

Mais qu'était-il censé faire quand la tentation se présentait ainsi à lui, sous la forme d'une délicieuse héritière aux boucles blondes et au derrière rebondi ?

« Vous devez choisir, chère Lily. L'amour ou un mari », venait-il de dire.

Elle soupira alors, sans pour autant le repousser.

— Et je vous réponds que je ne peux faire un tel

choix, car ce n'en est pas un, dit-elle. Je veux épouser un homme que j'aimerai et aimer l'homme que j'épouserai.

— Mais pas le gentleman que vous a choisi votre oncle. M. Simon, si je ne me trompe ?

Brusquement, il lui vint à l'esprit qu'elle pouvait avoir été envoyée par son beau-frère pour le tester, mais il chassa rapidement cette idée. Personne, pas même le duc de Strachen, malgré son argent et ses connaissances, ne pouvait trouver une professionnelle à l'air si pur et innocent.

— Non, pas lui, répliqua-t-elle vivement. Même si nous étions amenés à nous marier, je ne crois pas que M. Simon ait la faculté d'aimer ni d'être aimé. Car voyez-vous, cela n'est pas donné à tout le monde.

— Bien sûr, approuva-t-il, tout en enroulant autour de son doigt une de ses mèches blondes. En fait, vous voulez le gâteau et la cerise sur le gâteau.

Elle le regarda, l'air espiègle, et lentement libéra sa mèche de son doigt.

— Je préférerais, pour être honnête, quelque chose qui dure plus longtemps qu'un simple gâteau.

— Mais l'intérêt d'un gâteau est qu'il peut être partagé, rétorqua-t-il, un sourire amusé aux lèvres.

— Tout comme peuvent l'être le mariage et l'amour. Ce qui nous ramène tout droit à votre devinette.

Au ton sur lequel elle avait parlé, il comprit qu'elle pensait avoir marqué un point et décida de ne pas la détromper.

— Une devinette à laquelle vous n'avez toujours pas répondu, dit-il tout en donnant un coup au plafond du fiacre, afin de signaler à son conducteur qu'ils pouvaient partir.

L'attelage se mit lentement en route et il vit la belle inconnue se raidir instantanément.

— Que faites-vous ? s'exclama-t-elle, en se levant d'un bond. Arrêtez-vous immédiatement. Je ne peux pas aller avec vous.

— Dites-moi alors où vous voulez aller et je vous y emmènerai, répondit-il, en prenant sa main dans la sienne, sans la serrer trop fort mais suffisamment pour qu'elle ne s'échappe pas. Je serai votre obligé et vous avez ma parole que rien ne sera fait contre votre volonté.

Elle repoussa ses cheveux derrière ses oreilles, se demandant visiblement si elle pouvait le croire ou non.

— Vous me donnez votre parole de gentleman ?

Il acquiesça d'un hochement de tête. Il était sincère. Quoi qu'il ait fait par le passé, jamais il n'avait trahi sa parole et c'était une des rares raisons pour lesquelles il estimait encore mériter d'être appelé « gentleman ».

— Nous nous rendons chez votre oncle, donc ?

Elle hocha la tête.

— Oncle Herbert me tuerait s'il découvrait que je me suis trouvée seule, dans un fiacre, avec un parfait inconnu, ajouta-t-elle, avec un sourire malicieux.

— Il n'a aucune raison de le savoir.

S'il avait eu un brin de bon sens, il se serait contenté de la ramener chez son oncle et de repartir sans s'attarder. D'une part, il n'était plus le coureur de dots qu'il avait été, d'autre part, dans moins de quinze jours, il devait embarquer sur un navire à destination de l'Amérique. Mais avait-il jamais fait preuve du moindre bon sens dans sa vie dès lors qu'il s'agissait des femmes ?

— Je n'ai d'ailleurs aucune intention de l'en informer, renchérit-elle en se rasseyant, pour prendre cette fois place à côté de lui. Mais vous semblez regretter que je n'aie pas répondu à votre question. Peut-être devriez-vous essayer de me persuader de manière un peu plus convaincante ?

Cette remarque le fit sourire. Il savait parfaitement comment être convaincant avec les femmes. Il passa alors son bras derrière le cou de Lily et approcha son visage du sien.

— Je vous l'ai dit, très chère Lily. Je peux être le plus obligeant des hommes, particulièrement s'il y a un gâteau à partager.

— Ah, oui. Le gâteau, dit-elle, en partant d'un rire chaud et cristallin. Soyez mon obligé, alors. Dites-moi quelque chose à propos de vous. Quelque chose qui pourrait m'aider à prendre une décision, quelque chose qui ferait que vous ne seriez brusquement plus un étranger, mais quelqu'un que je pourrais aimer.

Il fronça les sourcils, pris de court par une telle requête. Il pensait obtenir la permission de l'embrasser et au lieu de cela, il devait faire face à une sorte d'interrogatoire.

— J'ai vingt-six ans, répondit-il, en croisant les bras sur son torse. Mes cheveux sont bruns, mes yeux sont bleus et je mesure un peu moins d'un mètre quatre-vingt-cinq lorsque je ne porte pas de bottes. Cela vous convient-il ?

— Cela me convient-il pour pouvoir vous aimer ? J'ai bien peur que non.

Il avait perçu une pointe de déception dans sa voix. Ce fut alors que, profitant d'un arrêt à un carrefour, elle se pencha vers la poignée de la porte et, aussi brusquement qu'elle y était entrée, sauta hors du fiacre.

Il resta un instant sans bouger, le temps de réaliser ce qui venait de se passer. Lorsque enfin il se ressaisit, il descendit à son tour pour la rattraper, mais elle se trouvait déjà loin, marchant d'un pas rapide et déterminé. Il fut obligé de courir avant de pouvoir, quelques instants plus tard, se trouver à sa hauteur. Il l'attrapa par le bras.

— Revenez, Lily.

Elle se tourna pour lui faire face, le menton levé, les yeux flamboyants.

— Vous ne pouvez pas sauter des fiacres ainsi, ajouta-t-il d'une voix douce. C'est dangereux.

— Pas plus, apparemment, que de sauter dedans, répliqua-t-elle d'un ton sec. Au revoir, monsieur.

Puis elle tourna les talons et s'éloigna d'un pas vif, le laissant là, bras ballants, en proie à la cuisante impression d'être l'homme le plus ridicule de la terre.

Et brusquement, il comprit une chose : que ce fût par fierté, par désir, par solitude, peu importait le mot que l'on mettait dessus, il ne pouvait pas la laisser partir. Pas ainsi. Pas déjà.

— Attendez, Lily, cria-t-il sans vraiment y croire. S'il vous plaît.

A sa grande surprise, elle ralentit le pas avant de s'arrêter et de se tourner vers lui, avec la grâce d'une danseuse.

— Choisir l'amour ou un mari est une décision difficile à prendre et je ne la prendrai certainement pas pour un homme qui refuse de me dire quoi que ce soit sur lui-même. Aussi rebutant que puisse être M. Simon, au moins suis-je au courant du fait qu'il aime les asperges et les pastilles mentholées, que le chien qu'il avait étant enfant se nommait Skippy et que les œufs crus lui provoquent de l'urticaire. Tandis que vous, monsieur, vous n'êtes rien d'autre qu'un étranger, séduisant certes, mais totalement impénétrable.

— C'est faux, répondit-il vivement, sans même prendre le temps de réfléchir. Laissez-moi vous prouver le contraire. Demandez-moi tout ce que vous voulez et je vous promets de vous répondre.

— Tout ce que je veux ? répéta-t-elle en se rapprochant de lui, visiblement intriguée. Absolument tout ?

Il acquiesça d'un signe de tête en même temps qu'un étrange sentiment s'emparait de lui. Comment en était-il arrivé à accepter un tel marché ? Son passé regorgeait de secrets qu'il préférait ne pas partager avec elle, ni avec quiconque. Jusqu'à ces dernières semaines, c'est-à-dire jusqu'au moment où il avait pris la décision de devenir un autre homme, sa vie entière n'avait été qu'une succession de mensonges et de dissimulations.

Il sentit alors ses doigts frais s'enrouler autour des siens. Elle affichait un sourire espiègle, ses yeux scintillaient dans la nuit et il ressentit comme un choc en réalisant une fois encore à quel point il avait envie qu'elle reste près de lui. Pas pour son argent. Simplement pour ce qu'elle était.

— Très bien, monsieur, dit-elle. Robert. Je vais choisir l'amour avec vous ce soir plutôt qu'un mariage pour l'éternité avec M. Simon.

Il laissa échapper un soupir de soulagement et porta la main de la jeune femme à sa bouche.

— Ah, très chère, vous ne le regretterez pas.

— Mais peut-être vous, le regretterez-vous, répliqua-t-elle, en lui souriant par-dessus leurs mains enlacées. Vous m'avez dit être prêt à tout pour m'aider à faire mon choix et il est maintenant temps de le montrer. Révélez-moi ce que, dans votre vie présente ou passée, vous souhaiteriez le moins que je découvre par moi-même.

# 3.

Aucun homme de son rang ne souhaitait avoir à répondre à une telle question. Lily était parfaitement consciente de l'embarras dans lequel elle venait de plonger Robert, mais elle n'avait pu s'en empêcher. Sauf que, juste après avoir prononcé sa sentence, elle s'était rendu compte que ses propres mots pouvaient très bien se retourner contre elle.

Si Robert lui apprenait quelque chose de léger et sans réelle importance, juste pour lui faire plaisir, alors elle saurait qu'elle ne pouvait lui faire confiance ni croire en son honnêteté. Mais si, au contraire, il lui disait la vérité, alors elle prenait le risque d'apprendre quelque chose qu'elle aurait peut-être préféré ne pas savoir.

Elle avait beau avoir été élevée loin de Londres, elle avait, comme toutes les jeunes filles, entendu parler des travers des jeunes nobles londoniens et des frasques auxquelles ils se livraient pour s'amuser. Que se passerait-il si le séduisant Robert lui rapportait un de ces égarements ? Quel effet cela aurait-il sur sa nuit d'amour ?

Elle l'observa à la dérobée tandis qu'il demeurait silencieux, l'air pensif. Malgré l'obscurité, elle espérait voir sur son visage une expression qui lui permettrait de savoir ce qu'il en était. Comme elle n'y décelait aucun signe révélateur, elle se décida à parler :

— Vous ne répondez pas, Robert. Avez-vous tant de secrets que vous ne savez lequel choisir ?

Elle le vit faire un effort pour sourire et ne sut comment interpréter cette réaction.

— Oh ! J'ai beaucoup plus de secrets que je ne puis en compter, dit-il. Mais pourquoi n'irions-nous pas discuter de tout cela dans un endroit plus agréable ?

— Un endroit plus agréable qu'ici ? demanda-t-elle, en désignant le ciel d'un geste de la main.

— Plus confortable, disons. Vous rêvez d'amour et de secrets. Je suppose que vous préférerez avoir les deux ailleurs que sur un trottoir.

Ce disant, il s'était rapproché d'elle. Elle baissa les yeux sur leurs mains enlacées.

— Votre maison se trouve près d'ici ?

— Du moins en ce qui concerne la demeure que j'occupe lorsque je me trouve à Londres.

Il se tut un instant et, doucement, dessina avec son pouce de petits cercles à l'intérieur de son poignet. Il faisait cela tellement bien qu'elle en frissonna de plaisir.

— Elle n'est pas loin d'ici, reprit-il d'une voix rauque. A Grosvenor Square. Et je peux vous assurer que c'est un endroit plus plaisant pour partager des secrets. Acceptez-vous de vous joindre à moi ?

Elle déglutit avec difficulté, tentant de prendre la mesure de ce qu'il était en train de lui proposer. Elle avait déjà agi avec beaucoup de légèreté en partageant son fiacre, mais cette nouvelle étape — le suivre chez lui — pouvait avoir des conséquences beaucoup plus sérieuses. Une jeune fille de bonne famille n'était pas censée se rendre au domicile d'un homme sans être chaperonnée. Surtout en pleine nuit.

Et cependant, n'était-ce pas là ce qu'elle désirait ? Une nuit d'amour à chérir à jamais, quelle que soit la direction que prendrait ensuite sa vie ? Le visage rouge et luisant de M. Simon surgit alors devant ses yeux, en parfait contraste avec la chaleureuse invitation qu'elle lisait dans le regard de Robert.

— Vous hésitez, dit alors celui-ci d'une voix douce. Je comprends parfaitement. Dieu sait comme je peux, moi aussi, souvent hésiter.

— Vous ? demanda-t-elle, ayant du mal à croire qu'un homme comme lui puisse douter de quoi que ce soit. Mais vous…

— C'est différent, Lily, la coupa-t-il, en haussant les épaules.

Puis, lentement, il fit remonter sa main le long de son bras, jusqu'à son cou où il s'arrêta. Doucement, il lui caressa alors la nuque. Elle aurait voulu que cet instant dure à jamais.

— *Vous* êtes différente, reprit-il, presque dans un murmure. Je l'ai su à l'instant où vous avez bondi dans mon fiacre. Je ne peux pas vous dire mieux.

— Alors, ne dites rien.

Elle ressentait un trouble étrange et violent. Personne ne lui avait jamais parlé de la sorte, encore moins sous un clair de lune comme celui de ce soir.

— Etes-vous sûre ? demanda-t-il, en rapprochant son visage du sien. Etes-vous vraiment sûre ?

Puis, avant qu'elle ait pu répondre quoi que ce soit, il s'empara sa bouche. Tout en s'attendant à ce baiser, elle fut surprise malgré tout. Mais très vite sa surprise céda la place au plaisir. Il avait des lèvres douces et fermes. Il les pressa de plus en plus fortement contre les siennes, sa langue cherchant la sienne. Elle n'était pas préparée à une telle fougue, mais, instinctivement, elle le laissa faire. Leur baiser se fit plus profond, plus passionné. Elle sentait son cœur battre à tout rompre dans sa poitrine tandis que son esprit était plus léger qu'une plume. Lorsque finalement il mit fin à leur étreinte et s'écarta d'elle, elle soupira de frustration, chaque parcelle de son corps implorant pour que ce moment ne s'arrête pas.

— Allons chez vous, dit-elle, dans un souffle. Et maintenant, si vous me permettez…

Elle leva alors la main et, du bout des doigts, osa effleurer ses lèvres, émerveillée par les sensations jusque-là inconnues que lui avait procurées ce premier baiser.

— Je vous permets, chère Lily, répondit-il en souriant. Et je vous promets de vous faire partager ce plaisir au moins une centaine de fois avant que la nuit ne s'achève.

Regagnant alors le fiacre, ils se mirent en route vers Grosvenor Square. Pour son plus vif plaisir, il l'embrassa de nouveau en chemin, se pressant contre elle avec volupté. Elle se moquait que sa robe s'en trouve froissée, ou que ses cheveux soient défaits. Au contraire, elle aurait souhaité que ce voyage dure indéfiniment.

Cela fut encore plus vrai lorsque, alors qu'ils étaient arrivés à destination, elle sortit du fiacre et découvrit la demeure qui s'offrait à ses yeux. Elle-même avait été élevée dans des conditions plus que confortables, mais son père n'avait jamais été homme à étaler sa fortune et la résidence de ses parents passait pour une humble demeure, comparée à celle-ci. La bâtisse, toute de pierre blanche et à la façade ornée de larges fenêtres, occupait plus de la moitié d'un pâté de maisons de Grosvenor Square. Certes, ils avaient peut-être partagé un baiser particulièrement agréable, mais devant elle se dressait tout ce qui faisait la différence entre leurs deux classes sociales : l'argent récemment acquis opposé à la noblesse ancestrale.

— Vous n'êtes plus vraiment sûre, Lily ? demanda-t-il alors, en la prenant par le bras pour l'emmener à l'intérieur.

Ils passèrent devant un serviteur qui s'inclina devant eux et pénétrèrent dans le hall d'entrée, éclairé par les mille lumières d'un chandelier suspendu au plafond.

— Si vous avez changé d'avis, je vous ramènerai chez votre oncle, même si je dois en mourir, poursuivit-il.

— Si, je suis sûre, affirma-t-elle avec un sourire, tout en s'obligeant à se détendre. Je ne partirai pas avant d'avoir reçu ma part de gâteau.

Après tout, ce qu'elle voulait, c'était une nuit d'amour, pas un mari. La différence de leurs origines n'avait donc que très peu d'importance.

— Cela a l'avantage d'être clair ! répondit-il en éclatant de rire. Venez, suivez-moi. Je vous emmène dans une pièce où brûle toujours un feu. Je ne voudrais pas que vous attrapiez froid.

Sans broncher, elle le suivit dans le salon. Elle se fit la réflexion qu'elle ne pourrait jamais avoir froid à côté d'un tel homme. Lorsqu'il se pencha pour prendre le tisonnier et raviver les bûches, son manteau rejeté en arrière lui révéla la largeur de ses épaules et, plus bas, ses hanches sur lesquelles le tissu tendu de son pantalon soulignait ce qu'elle n'aurait jamais dû remarquer. Elle eut si chaud qu'elle se sentit presque fiévreuse et se frotta les mains que la nervosité avait rendues moites.

— Venez, Lily. Venez vous réchauffer les pieds.

Il s'inclina galamment et elle alla s'asseoir sur le bord d'un canapé recouvert de soie qui faisait face au foyer. Avec un soupir d'aise, il se laissa tomber à côté d'elle. Il étendit ses longues jambes devant lui et passa un bras autour de ses épaules. Le moindre de ses gestes exprimait une nonchalante grâce animale. Il prit alors son visage dans ses mains pour l'obliger à le regarder.

Elle vit le reflet des flammes scintiller dans ses yeux. Puis il commença à promener son pouce sur sa joue, ses lèvres, avant de lentement descendre jusqu'à sa gorge.

— Ah, très chère, très chère ! Vous ne pouvez imaginer à quel point je suis heureux que vous ayez fait ce choix.

— Mais je l'ai fait, confirma-t-elle dans un souffle, incapable de penser comme il s'emparait de sa bouche.

Tout en l'embrassant, il l'attira près de lui — si près que leurs corps se touchaient. Puis il entreprit d'explorer les courbes de son corps de la plus délicieuse des manières. Elle était tellement transportée par la sensation que lui procurait le contact de ses muscles sous elle, par ses cuisses, par ses bras, que ce fut à peine si elle remarqua qu'il avait entrepris de dégrafer la longue rangée de boutons qui fermaient sa robe et que ses doigts caressaient maintenant la peau nue de son dos.

Elle tressaillit, tout en reconnaissant qu'elle avait fait ce choix de plein gré… Avec un gémissement, elle se dégagea de son étreinte et s'écarta de lui — pas trop loin, mais suffisamment cependant pour calmer un peu la fièvre de leur passion.

— Vous n'avez pas respecté votre parole, Robert, dit-elle haletante, en tentant de reprendre son souffle, des mèches de cheveux barrant son visage. Vous ne m'avez pas révélé votre secret.

— Cela ne peut-il pas attendre un peu plus tard ?

Elle secoua la tête tout en remettant de l'ordre dans sa coiffure. Puis elle posa un rapide baiser sur ses lèvres.

— Dites-le moi, murmura-t-elle.

— Puisque je l'ai promis, ma chère Lily, je vais tenir ma promesse.

Il soupira de nouveau et fit glisser ses doigts dans sa chevelure avec une sorte de tendresse rêveuse. Il semblait tellement regretter d'avoir accepté de lui avouer son pire secret qu'elle fut sur le point de céder et de renoncer à entendre ses révélations.

— Et parce que vous êtes différente, reprit-il d'une voix rauque, je prie le ciel que vous-même vous respecterez la vôtre et ne vous enfuirez pas lorsque vous saurez ce que je vais vous dire.

— Je respecterai ma parole et je ne partirai pas.

Il eut un sourire ironique, tandis que sa main caressante partait désormais à la découverte de son dos.

— Je m'appelle Robert Dell, dit-il. Je ne suis ni duc ni noble, à peine gentleman. J'ai pour beau-frère le duc de Claremont, mais moi-même je… je ne suis rien d'autre que le fils illégitime d'un acteur irlandais sans talent.

Abasourdie, elle se trouva incapable de bouger. Elle s'était inquiétée de leurs différences sociales, mais jamais elle n'avait envisagé un tel revirement de situation.

— Vraiment ? demanda-t-elle enfin.

— Vraiment, confirma-t-il.

Il la regarda, un instant silencieux. Lorsqu'il reprit la parole, il y avait une note d'inquiétude dans sa voix.

— Avez-vous changé d'avis ?

— Non, répondit-elle avec force tant elle était sincère. Pour cette nuit, qui nous sommes n'a aucune importance. La seule chose qui importe est l'amour.

— L'amour…, répéta-t-il, en approchant son visage si près qu'elle pouvait sentir son souffle sur sa joue. Alors, dites-moi où vous voulez partager votre gâteau, chère Lily. Ici, ou dans la chambre, à l'étage ?

# 4.

— Ici ? répéta Lily, et Robert put apercevoir, à la lumière des flammes, le rouge qui était monté à ses joues. Dans ce salon ? Je sais que vous allez me trouver stupide, mais j'ai toujours cru que… que…

— Que ce genre de choses ne pouvait se passer que la nuit, derrière les portes fermées d'une chambre aux chandelles éteintes et aux rideaux tirés ? dit-il, sans pouvoir s'empêcher de sourire, charmé par son innocence. Je ne trouve certainement pas stupide de penser cela, mais je peux cependant vous assurer que, lorsque deux amants sont attirés l'un par l'autre comme nous le sommes, n'importe quel lieu est acceptable… de même que toutes les positions qui leur passent par la tête.

— Oh !

Il la vit rougir un peu plus, et devina que ses dernières paroles lui avaient probablement fait venir à l'esprit des images inattendues.

— Absolument, confirma-t-il, tout en promenant son doigt le long de son cou gracile.

Puis, lentement, il fit glisser l'encolure de sa robe, découvrant ainsi ses épaules. Il aimait le contact de sa peau, aussi douce et appétissante qu'une peau de pêche gorgée de soleil.

— Mais je suppose que nous serons plus traditionnels ce soir et que nous ferons cela dans un lit, la rassura-t-il.

Elle sourit, tout en se penchant en avant pour l'embrasser doucement.

— Je croyais que *cela* avait déjà commencé, dit-elle dans un souffle.

— Cela a commencé à l'instant où vous avez ouvert la porte de mon fiacre.

— Et il n'est pas question que cela s'arrête maintenant, déclara-t-elle, en se détachant de lui.

Puis elle se leva et, avec un hochement de tête nerveux, rajusta sur ses épaules le corsage qu'il avait défait, sans pour autant le reboutonner.

— Si nous y allions ? proposa-t-elle, d'un ton assuré.

Il se leva à son tour et lui prit les mains. Bien sûr, il n'était pas sans savoir à quel point elle était inexpérimentée, pourtant il aurait aimé que ce moment se prolonge jusqu'à ce que le feu soit éteint.

— Nous avons toute la nuit, Lily, dit-il doucement. Et je vous promets que la destination que nous prenons n'aura rien à envier au voyage que nous ferons pour y arriver.

Il la vit alors prendre une profonde inspiration et sourire et, lorsqu'il passa son bras autour de sa taille, elle laissa aller sa tête contre son épaule.

— Alors, montrez-moi, Robert, s'il vous plaît. Parce que je n'y connais rien. Montrez-moi.

Son bras toujours passé autour de sa taille, il l'entraîna vers le majestueux escalier, l'ombre de leurs silhouettes se dessinant sur les murs. Il ne put s'empêcher d'être troublé par la manière dont leurs corps s'accordaient parfaitement. Par quel miracle une femme aussi rare et exceptionnelle que celle-ci avait-elle pu ainsi faire irruption dans sa vie ?

Elle s'arrêta en haut des marches et, après avoir jeté

un coup d'œil vers le hall, rapprocha d'une main fébrile les deux pans de son corsage toujours dégrafé.

— Vous n'avez pas à vous inquiéter de ce que pourraient voir les serviteurs, dit-il, ayant deviné son inquiétude. Ce sont des personnes très discrètes.

— Etais-je à ce point dénudée ? demanda-t-elle avec un petit rire nerveux. Mais je suppose que vous avez raison : le personnel de Sa Grâce saura forcément être discret.

— Absolument.

Et, pour prouver ses dires, il la fit pivoter vers lui et l'inclina dans le creux de son bras. Il la dévisagea avec fièvre puis embrassa ses lèvres, ses joues et enfin la délicieuse courbe de sa gorge.

Lorsqu'il relâcha son étreinte, elle avait le souffle court et ses yeux sombres brillaient de désir. Elle avait perdu la moitié de ses épingles à cheveux et des mèches blondes étaient collées sur son front humide ; d'autres tombaient en désordre sur ses épaules. Le plaisir se lisait sur son visage. Elle apprenait vite, la jeune Lily, et son ardeur était contagieuse. Lui-même bouillait d'impatience à force d'attendre, son corps entier était tendu et prêt. Il songea un instant à la prendre là, en haut de l'escalier, juste pour lui montrer à quel point les serviteurs savaient être aveugles lorsqu'il le fallait.

Et après ? A quoi cela servirait-il ? Il étouffa un juron, consterné à l'idée qu'il ait seulement pu imaginer la traiter de la sorte. Elle lui avait accordé sa confiance en acceptant de le suivre chez lui et, en même temps qu'elle lui accordait cette confiance, elle lui faisait l'inestimable et précieux cadeau de son innocence. En retour, il lui avait promis une nuit d'amour dont elle se souviendrait toute sa vie, et il avait la ferme intention de tenir sa promesse.

A mille lieues des pensées qui lui tournaient dans la tête, elle se mit sur la pointe des pieds et, timidement, fit courir ses doigts le long de sa joue.

— Où est votre chambre, Robert ? demanda-t-elle, dans un murmure, apparemment surprise de sa propre audace. Cet arrêt ne fait-il pas partie du voyage ?

— Si, c'est d'ailleurs un arrêt conseillé, répondit-il avec un sourire amusé, avant de prendre sa main dans la sienne pour la conduire lentement le long du large couloir éclairé par de lourds chandeliers. Particulièrement pour les voyageurs fatigués qui veulent manger une part de gâteau.

— Une part de gâteau, répéta-t-elle avec gourmandise, tout en entrelaçant ses doigts avec les siens, sa paume moite d'excitation. J'en suis ravie, vous savez, car je m'aperçois que je suis affamée.

Ils arrivèrent devant une porte qu'il ouvrit, l'invitant d'un geste à y entrer. Elle passa devant lui et, sitôt qu'elle eut pénétré dans la pièce, s'arrêta net. Il n'en fut pas surpris. La chambre était aussi vaste que celle d'un palais. Des tableaux de maîtres italiens en ornaient les murs et les sièges étaient tendus de velours pourpre. Au centre se trouvait un lit si grand qu'il était presque une petite chambre à lui tout seul. Les tentures de son baldaquin étaient du même velours soyeux que celui des fauteuils et il était couvert de larges et moelleux oreillers de plume. Le dessus-de-lit avait été tiré — probablement par les mêmes serviteurs discrets qui avaient maintenu le feu allumé dans le salon, redonné du volume aux coussins et lissé les draps.

Il constata avec satisfaction que si elle promenait autour d'elle un regard admiratif, elle n'avait l'air nullement décontenancé.

— Je n'ai jamais vu une telle chambre, Rob, dit-elle

au bout d'un moment. Votre humble relais pourrait sans problème accueillir un pacha.

— N'oubliez pas que nous sommes dans la maison de mon beau-frère. Je ne suis ici que grâce à ma sœur, Jenifer.

Bien qu'il ait passé la plus grande partie de sa vie à prétendre être quelqu'un qu'il n'était pas, maintenant qu'il avait avoué la vérité à la jeune femme, il lui était devenu absolument indispensable qu'elle l'accepte en tant que Robert Dell. Ni quelqu'un de mieux ni quelqu'un de moins bien.

— Lorsque nous sommes arrivés devant cette maison, j'ai eu peur que vous ne me pensiez pas à la hauteur, dit-elle alors, avant de se tourner pour lui sourire par-dessus son épaule.

— Vous, Lily ! s'exclama-t-il, réellement surpris en s'approchant pour se tenir juste derrière elle. Comment avez-vous pu sérieusement songer que je puisse vous croire inférieure à moi ?

— Mon grand-père était tisserand, répondit-elle, ignorant sa question. Un jour, il a mis au point un nouveau métier à tisser, plus rapide et qui fonctionnait avec l'eau de la rivière. A partir de ce moment-là, sa fortune fut faite. Mais il l'avait acquise en récompense de son travail, et n'avait absolument rien d'un aristocrate. Je n'en ai pas honte — j'ai toujours été fière de lui et de qui je suis grâce à lui. Cependant, je sais que n'importe quel *vrai* aristocrate n'aurait qu'à me regarder pour deviner les traces de ce métier à tisser, banal et sans prétention.

— Vous ne serez jamais banale pour moi.

Et il ne disait pas cela par galanterie facile. Il était sincère. Posant les mains sur ses épaules, il la fit se tourner afin qu'elle puisse voir son image dans le miroir, accroché au-dessus de la cheminée.

— Regardez-vous, Lily reprit-il doucement. Vous êtes plus rare qu'une pierre précieuse, plus belle que la plus belle des roses.

— Seulement dans vos yeux, Robert, répliqua-t-elle avec un sourire mélancolique. Seulement dans vos yeux.

— Et n'est-ce pas ce qui importe pour ce soir ?

Passant alors ses pouces dans l'échancrure de son corsage, il en fit lentement glisser les manches sur ses épaules. Il la sentit frissonner sous ses doigts et sourit.

Puis elle laissa aller sa tête en arrière contre son torse, sans quitter des yeux le miroir qui reflétait leur image. Lui aussi était fasciné par ce qu'il y voyait. Comment ne l'aurait-il pas été ? Les cheveux clairs et la peau pâle de Lily semblaient étinceler sur le noir de ses vêtements de soirée et le contraste était aussi sensuel que sa robe défaite. Avec d'infinies précautions, il fit glisser les manches plus bas sur ses bras, jusqu'à ce que l'arrondi de sa poitrine l'empêche d'aller plus loin. Avançant ses mains, il libéra alors ses seins, qu'il caressa doucement. Elle se cambra contre lui, en laissant s'échapper un gémissement plein de volupté. Il sentait son corps vibrer sous ses doigts, en proie sans doute à de nouvelles sensations qu'il imaginait jusqu'alors inconnues pour elle.

— Regarde-toi, chère Lily, dit-il d'une voix rendue rauque par le désir. Regarde-toi dans ce miroir et dis-moi que tu n'es pas magnifique.

— C'est grâce à toi, Robert, répondit-elle, en se tournant pour lui faire face.

Puis elle passa les bras derrière son cou et attira son visage vers le sien pour prendre sa bouche.

— Tout cela est grâce à toi, répéta-t-elle dans un murmure.

Au comble de l'impatience, il la prit alors dans ses bras et la porta jusqu'au lit, sur lequel il la déposa doucement.

Elle avait les paupières lourdes, ses cheveux emmêlés tombaient autour de son visage, ses lèvres étaient rouges de leurs baisers, ses tétons dressés par ses caresses. Pas étonnant qu'il n'ait jamais autant désiré une femme. Il considéra le délicieux tableau qu'elle présentait avant de monter à son tour dans le lit. Lorsqu'il l'eut rejoint, il s'allongea sur elle, attentif à ses réactions. Lorsqu'il fut certain qu'elle était prête à l'accueillir, il passa ses mains autour de son visage et, lentement, se pencha pour s'emparer de ses lèvres.

Ce fut à cet instant qu'elle leva une main pour l'arrêter.

— Attends, s'il te plaît, dit-elle d'une voix suppliante. Il y a quelque chose que je dois d'abord te dire…

# 5.

Il s'écarta légèrement, son visage toujours si proche qu'elle ne voyait rien d'autre que ses yeux dans lesquels se lisait l'étonnement. Son souffle était court, sa mâchoire tendue à force de se contenir.

— Je te jure que j'arrête si tu me le demandes, Lily, et qu'avec toi, je saurais être un homme de parole, déclara-t-il d'une voix sourde. Mais il faut que tu m'aides. Si ce n'est qu'un caprice, alors…

— Ce n'est pas un caprice, le coupa-t-elle avec force. Je n'ai pas non plus changé d'avis. Mais… mais lorsque je suis arrivée ici avec toi, je me suis aperçue que tout ce dont j'avais rêvé dans ma vie, tout ce que j'avais toujours souhaité, c'était… c'était ça.

— Ça, répéta-t-il, tout en faisant lentement remonter le bas de sa jupe le long de ses jambes, malgré ce qu'elle lui avait demandé. Alors, si c'est ça, pourquoi diable devrions-nous arrêter maintenant ?

— Parce que personne ne s'est jamais comporté avec moi comme tu l'as fait, répondit-elle, ne pouvant à son tour empêcher ses mains de courir le long de son dos musclé, tout comme lui semblait incapable de cesser de la toucher. Personne ne m'a jamais autant donné.

Il eut alors un grognement impatient avant de se pencher de nouveau et de poser ses lèvres d'abord sur son front, puis sur sa joue et son menton.

— Je pourrais te donner beaucoup plus, murmura-t-il, mais il faudrait que tu me laisses faire.

— Je vais te laisser faire, Rob, répondit-elle, en frissonnant de plaisir à la seule pensée de ce qui allait se passer.

Elle ferma alors les yeux, pour mieux se concentrer sur ce qu'elle était en train de dire. Mais ce fut une erreur. Sans la vue, tous ses autres sens se trouvèrent exacerbés et elle devint douloureusement consciente de l'odeur si masculine de Robert, du goût de sa peau sur ses lèvres, du poids de son corps sur le sien.

— Mais… mais quand j'ai choisi la nuit d'amour, poursuivit-elle cependant, je… je ne pensais qu'à prendre une part de gâteau et maintenant… maintenant… oh, Robert, je crois que je suis en train de tomber amoureuse.

Il soupira doucement puis posa un baiser sur son front, juste au-dessus de ses sourcils.

— Ma chère, ma très chère Lily. Tu n'avais pas besoin de me dire cela.

Elle ouvrit les yeux, désespérée. Ne comprenait-il donc pas ?

— Mais c'est vrai, Robert ! Je te le jure !

— Et moi, je dis que ce n'est pas possible, répondit-il avec un sourire mélancolique, comme si lui-même ne croyait pas ses propres paroles. Tu me connais à peine, Lily. En tout cas, pas assez pour pouvoir affirmer m'aimer.

— Alors, dis-m'en plus, comme ça, je saurai, murmura-t-elle tout en passant ses bras autour de son cou pour l'attirer à elle. Apprends-moi, Robert. Montre-moi ce que tu aimes le plus.

Il s'exécuta en lui donnant un nouveau baiser plein de passion. Pourtant, lorsqu'il mit fin à leur étreinte, l'ombre du doute planait encore entre eux.

— Tu ne resterais pas un instant de plus si tu me connaissais un peu mieux, Lily, si tu savais…

— Chut, le coupa-t-elle, trop brûlante de désir pour pouvoir dire autre chose.

Elle bougea alors de manière à être exactement sous lui, sa robe maintenant remontée jusqu'à la taille. Ainsi, elle pouvait sentir sur sa peau cette mystérieuse grosseur masculine et, avec une audace qui la surprit elle-même, elle fit descendre sa main jusqu'à la ceinture, avant de la glisser à l'intérieur.

— J'en sais déjà beaucoup, dit-elle dans un souffle. Montre-moi le reste, cher Robert. Dis-moi exactement comment tu aimes ton gâteau.

En guise de réponse, il lui donna un nouveau baiser, si profond et si fougueux qu'elle crut que chacun de ses os allait fondre de plaisir. Comment pouvait-il l'embrasser ainsi et prétendre qu'il n'y avait rien entre eux ? Qu'il n'y avait pas de place pour l'amour ?

Le cœur battant, elle sentit alors sa main glisser de ses hanches dénudées à ses cuisses, puis doucement remonter pour s'arrêter à un endroit dont elle ne soupçonnait même pas l'existence. Elle s'arrêta de respirer et frémit, tandis que les caresses de Robert se faisaient plus précises, plus pressantes. Le corps en feu, elle ressentit un plaisir fulgurant qu'elle n'avait jamais expérimenté auparavant. Instinctivement, elle se cambra contre lui, cherchant à jouir pleinement de la délicieuse tension qu'elle sentait monter en elle.

Mais soudain il se leva, mettant ainsi brutalement fin à son excitation.

— Non ! s'écria-t-elle, à la fois frustrée et déçue. Oh ! S'il te plaît, Robert, non !

— Je ne suis pas allé très loin, ma chérie, répondit-il en se levant, la respiration haletante, avant de se débarrasser d'un geste vif de sa chemise et de son pantalon. Et il n'est pas question que je te laisse terminer ce voyage si particulier sans moi.

En temps ordinaire, elle aurait éclaté de rire, mais en cet instant, elle ne pouvait rien faire d'autre que l'admirer, dans la lumière vacillante des bougies. Il était magnifique, tout simplement magnifique, et la seule vue de son corps — de tout son corps — suffit à faire s'accélérer son pouls. Elle le voulait contre elle. *En* elle. Elle se dépêcha de retirer sa robe avant qu'il ne vienne la rejoindre au lit. Les lattes du sommier craquèrent sous leur poids.

— Et maintenant, jeune femme, si nous parlions du gâteau ? murmura-t-il comme il s'allongeait sur elle, après que tous deux se furent laissés tomber sur les oreillers de plume. Te tente-t-il toujours autant ?

— Oui, Robert, il me tente toujours autant, répondit-elle d'une voix rendue sourde par le désir, tout en passant ses bras autour de son cou afin qu'il soit le plus proche possible d'elle. Et j'ai l'intention d'en savourer chaque morceau.

— Par quel morceau voudrais-tu commencer ? demanda-t-il doucement, en la prenant dans ses bras pour l'embrasser. Lorsque nous aurons terminé, cher trésor, je te promets qu'il n'en restera pas une miette à manger.

Elle ferma les yeux, répondant à son baiser. Elle était impatiente de découvrir où il comptait l'emmener. La sensation était différente de ce qu'elle avait ressenti un peu plus tôt. Il n'y avait maintenant plus que leurs peaux brûlantes. Puis il la caressa de nouveau, provoquant de nouveau la même fièvre et, soudain, il fut en elle.

D'après les livres qu'elle avait lus, les vierges étaient censées à ce moment précis pousser un cri et éclater en sanglots. Mais elle ne fit ni l'un ni l'autre. Simplement, elle ne se sentait pas non plus… très à l'aise, et le fait qu'il soit en elle avait mis un frein brutal à cette tension si agréable qui devenait de plus en plus intense.

— Je suis désolée, Lily, dit-il d'une voix douce, en s'arrêtant un instant. Mais bientôt, ce sera plus agréable. Je te le promets.

Elle acquiesça d'un hochement de tête, pas tout à fait convaincue. Puis elle remua un peu sous lui et sentit le premier soubresaut d'un plaisir inconnu monter en elle. Elle bougea alors les hanches, pour voir ce qui allait se passer. Il émit un grognement et elle retint sa respiration. Puis elle bougea de nouveau, tout comme lui. C'était plus agréable, exactement comme il l'avait dit. Beaucoup plus agréable. Et lorsqu'il remonta ses jambes plus haut autour de sa taille, ce fut encore meilleur. Tandis qu'ils ondulaient en rythme, le plaisir devint de plus en plus fort, de plus en plus violent et, au moment où elle crut qu'elle serait incapable d'y survivre, il y eut en elle une explosion qui ne ressemblait à rien de ce qu'elle avait connu jusque-là.

— Lily, ma Lily, murmura un peu plus tard Robert, doucement, en écartant les mèches blondes qui couvraient son visage. Tu es une fleur si rare ! J'ai connu de nombreuses femmes au cours de ma vie, mais aucune avec qui je me sois si bien entendu. Comment pourrais-je jamais te laisser partir ?

Le souffle court, elle se sentit partagée entre le rire et les larmes.

— Tu n'as pas à le faire, répondit-elle. En tout cas, pas jusqu'à demain matin.

Sans un mot, il se laissa rouler sur le dos, tout en la prenant par la taille pour l'entraîner avec lui. Puis il remonta la couverture sur eux.

— Accepterais-tu de prendre le bateau pour venir

avec moi en Amérique, la semaine prochaine ? demanda-t-il alors.

— En Amérique ?

Cette fois-ci, elle éclata de rire. Un rire qui se brisa pourtant sur la fin.

— Cet endroit plein de forêts et de sauvages ?

— Peut-être, mais c'est là que résident tous mes espoirs de salut, répondit-il d'un ton étonnamment solennel. Et j'ai entendu dire que c'était devenu un pays plutôt civilisé, à présent. Mon beau-frère m'a confié la tâche d'être son représentant dans les plantations qu'il possède en Virginie, me donnant ainsi plus de responsabilités que je n'en ai jamais eu et l'occasion de construire enfin une vie respectable. C'est ma dernière chance, Lily, et je sais qu'elle ne se présentera plus jamais pour un voyou de mon espèce.

— Vous n'êtes pas un voyou, Robert Dell, protesta-t-elle, en se redressant sur ses bras.

— Si, je le suis, répliqua-t-il avec un sourire amer, comme s'il savait par avance qu'elle allait refuser sa proposition. Tu as pris un très grand risque en me suivant jusqu'ici, Lily. Serais-tu prête à le prolonger en venant partager mon avenir, mon amour… et autant de parts de gâteau que tu en aurais envie ?

— Oh ! Robert ! s'exclama-t-elle, éperdue par une telle proposition qui lui donnait le vertige. Mais tu m'as dit que nous ne nous connaissions pas assez pour pouvoir parler d'amour.

— Eh bien, j'avais tort, et c'est toi qui avais raison. Il ne fait aucun doute que c'est le destin qui t'a fait fuir un directeur de banque de la City pour venir te réfugier dans mon fiacre et te mettre ainsi sur mon chemin. Et que puis-je contre le destin ? Je t'aime, Lily Avonwood. Je t'aime.

— Je t'aime aussi, Robert, chuchota-t-elle, la voix tremblante d'émotion.

Elle songea alors à ce qu'elle laisserait derrière elle en le suivant : un mariage sans amour avec M. Simon, ou quelqu'un d'autre qui lui ressemblerait, une haute société qui ne l'accepterait jamais et un oncle impatient de ne plus avoir à s'occuper d'elle. Puis elle songea à l'aventure sans fin que serait la vie avec Robert, et se sentit soudainement prête à traverser les mers avec un homme qu'elle connaissait à peine, mais qu'elle aimait déjà. Certes, elle prenait un risque, mais peut-être était-ce là sa dernière chance à elle aussi — sa dernière chance pour l'amour et le bonheur.

Et, bien sûr, pour un gâteau si exquis.

— Alors, Lily ? demanda-t-il, en effleurant doucement ses lèvres de son doigt. Dis-moi. Dis-moi ce que… Mais qui peut bien frapper à cette heure de la nuit ?

# 6.

La jeune femme se retourna et regarda fixement la porte, comme si elle espérait ainsi la transpercer du regard pour voir qui se trouvait de l'autre côté.

— Laisse-les frapper, Robert, dit-elle. Nous ne sommes pas obligés de répondre.

— C'est probablement un serviteur qui nous monte le repas que j'ai commandé tout à l'heure, répondit-il en l'attirant à lui. Que penses-tu de le faire patienter, pour le punir de son insolence ?

A cet instant, le coup à la porte se répéta, plus insistant. Lily eut alors un rire discret.

— Nous n'avons qu'à faire comme si nous n'étions pas là. S'il n'est pas idiot, il finira bien par s'en aller, dit-elle avec un ton de conspiratrice.

Il rit à son tour, avant d'approcher son visage pour déposer un baiser sur ses lèvres. Il ne pouvait cesser de penser à la proposition qu'il lui avait faite, quelques instants auparavant. Jamais encore il n'avait demandé à une femme d'unir son destin au sien. Jusqu'à cette nuit, il s'était toujours satisfait d'adieux chaleureux, déjà ravi de partir vers une nouvelle conquête.

Mais Lily… Lily était différente. Ce sentiment de connexion immédiate qu'il avait ressenti lorsqu'elle était montée dans son fiacre n'avait fait qu'aller en grandissant. Bien sûr, il en aurait été terrifié s'il n'avait eu l'impression que c'était là la meilleure chose qui lui soit jamais arrivée. Ils avaient beau n'avoir passé que quelques heures ensemble, il savait qu'il l'aimait. C'était aussi simple que cela : il l'aimait. Et c'était avec sincérité qu'il avait parlé du destin qui les avait réunis, parce qu'en réalité il ne voyait pas d'autre explication à leur rencontre.

Alors pourquoi diable n'avait-elle pas accepté son invitation à le suivre ? Le destin était-il en train de lui jouer un tour et de lui faire payer son passé en l'empêchant ainsi d'avoir la seule femme avec qui il avait jamais eu envie d'être ?

— Ah, ma chère Lily, dit-il en la rapprochant de lui, les bras passés autour de sa taille. Je pourrais passer ma vie caché si seulement tu…

— Je sais que tu es là, Dell ! Et si tu n'ouvres pas immédiatement la porte pour laisser partir la jeune femme, je le ferai pour toi !

Elle écarquilla les yeux d'indignation.

— Quelle insolence !

— Lily, ce n'est pas un serviteur. C'est mon beau-frère, monsieur le duc de Strachen.

Retenant un juron, il se dégagea doucement et la fit rouler sur le côté. Que se passait-il ? Brant était un gentleman, qui s'était toujours montré très compréhensif avec ses aventures. Du moins jusqu'à ce soir.

— Je t'avoue que je ne comprends pas pourquoi mon beau-frère se permet de venir nous déranger ainsi, alors que…

— Pour l'amour du ciel, Lily ! Si tu es dans cette chambre, en train de jouer les filles de petite vertu avec ce… ce vaurien, alors je te demande d'en sortir immédiatement. Immédiatement !

Elle poussa un petit cri de terreur, avant de remonter prestement les draps jusqu'à son menton.

— Oncle Herbert ! Oh ! Robert, comment a-t-il fait pour nous retrouver ?

— Je n'en ai aucune idée.

Avait-il jamais vécu pareil moment dans sa vie ? Etait-il déjà ainsi si brusquement passé du plus délicieux des rêves au pire des cauchemars ? Il sauta du lit et, attrapant son pantalon, se hâta de l'enfiler en passant frénétiquement d'un pied à l'autre.

— A moins que ton oncle n'ait envoyé une équipe de fins limiers à travers tout Mayfair…

A cet instant, la clé tourna dans la porte et celle-ci s'ouvrit brutalement. Sur le seuil se tenaient Brant, en robe de chambre, le visage impassible, et un homme visiblement furieux, qui devait être oncle Herbert.

— Je t'en prie, Robert, cesse de sauter comme un cabri et dépêche-toi plutôt d'enfiler ce pantalon, ordonna le duc, avant de se tourner vers l'autre homme. Pardonnez-moi de vous demander cela, mais cette jeune personne est-elle votre nièce disparue ?

— J'ai le regret de vous dire que oui, répondit oncle Herbert, les lèvres pincées. Lily, qu'est-ce que tes pauvres parents diraient s'ils te voyaient !

— Ils diraient, oncle Herbert, que vous êtes en train de vous immiscer dans ma vie la plus privée ! répliqua-t-elle d'un ton cinglant.

Puis elle enroula le drap autour d'elle et, ainsi affublée telle une vestale antique, descendit à son tour du lit pour l'affronter.

— Vous ne m'avez fait rechercher que pour m'humilier ! ajouta-t-elle, la voix tremblante de colère.

— Si tu n'avais pas eu envie d'être retrouvée, il n'aurait alors pas fallu sauter dans un fiacre portant les armes du duc sur ses portes, rétorqua sèchement son oncle. Non seulement tu as ruiné ta réputation, mais tu nous as aussi énormément contrarié, monsieur le duc, M. Simon et moi-même. Sans parler de l'inquiétude que tu as provoquée en laissant ce vaurien te... te débaucher !

— Ce n'est pas un vaurien, protesta-t-elle vivement. Et je peux vous assurer que la débauche dont vous parlez était totalement consentie.

Quant à Robert, il en avait assez entendu.

— Arrête, Lily, dit-il en passant son bras autour de la taille de la jeune femme. Je ne te laisserai pas parler ainsi de toi-même. Je suis le seul responsable de tout ce qui vient de se passer.

— Pour une fois, je dois reconnaître que mon beau-frère dit la vérité, intervint le duc, une expression grave sur le visage. Je crains, mademoiselle, que Robert n'ait... abusé de votre innocence et que...

— Il n'a rien fait de tel, monsieur, répliqua-t-elle, tout en repoussant d'un geste impatient ses cheveux derrière ses épaules, avant de poser sa main sur celle de Robert. Je l'aime, monsieur, et je sais qu'il m'aime.

— Comment oses-tu parler d'amour ? s'étrangla alors son oncle. Ceci n'a rien à voir avec l'amour. D'ailleurs, qui peut prétendre connaître quoi que ce soit à l'amour en même pas une nuit ?

— Je dois avouer que j'ai plus appris sur le sujet en une nuit passée en compagnie de cette dame que ce que j'ai pu apprendre durant le reste de ma vie, intervint Robert, en portant à ses lèvres la main de Lily pour l'embrasser. N'est-ce pas, ma chérie ?

— Oui, répondit-elle, la détermination de sa voix contrastant avec la douceur du regard qu'elle posa sur lui. Et il en est de même pour moi.

Après un court silence, le duc reprit la parole :

— Eh bien, je propose que vous nous prouviez la sincérité de vos paroles, dit-il en s'éclaircissant la gorge. Et pour ma part, je ne vois qu'une manière de sauver la réputation de cette jeune femme, Robert. L'épouser. Très vite.

— Mais c'est impossible ! s'exclama oncle Herbert. M. Simon a déjà demandé sa main.

— Sans doute a-t-il demandé sa main, mais il semblerait que mon beau-frère ait pris possession du reste de son corps, répliqua le duc, d'un ton sarcastique. Robert, tu dois lui faire ta demande en mariage. Maintenant.

Robert déglutit avec beaucoup de difficulté. Il devait lui proposer de devenir sa femme. Ce n'était pas exactement le rôle qu'il avait envisagé pour elle. Il avait envisagé pour elle un rôle d'amante, de partenaire, de complice, elle serait celle qui partagerait son aventure jusqu'en Amérique. Mais pas son épouse. Il avait toujours considéré sa vie comme étant trop précaire pour pouvoir la partager avec une femme, et n'avait de toute façon jamais voulu du fardeau que représentaient le mariage et la vie à deux.

Mais les choses n'étaient-elles pas différentes avec Lily ? Lily Dell. Ses mots résonnaient de la même manière agréable à son oreille et dans son cœur. *Sa* Lily. Peut-être sa dernière chance d'être heureux et sa première d'être amoureux.

Lentement, il s'agenouilla devant elle. Elle avait toujours ses doigts mêlés aux siens et sa pression se fit plus forte lorsqu'elle sembla comprendre ce qui était en train de se passer.

— Lily, ma chère Lily, dit-il doucement, afin qu'elle soit seule à entendre les mots qu'il était sur le point de prononcer. Il semblerait que nous ayons fait les choses à l'envers, ne crois-tu pas ?

Elle secoua la tête.

— Non, Robert, répondit-elle, d'une voix voilée par l'émotion. Nous avons fait ce que nous devions faire.

— Alors, épouse-moi, Lily. Fais-moi cet honneur. Deviens ma femme et laisse-moi te chérir et t'aimer jusqu'à la fin de mes jours.

Derrière eux, oncle Herbert fulminait.

— Je te préviens, Lily, si tu vas à l'encontre de mes souhaits et accepte d'épouser cet aventurier, tu pourras alors faire une croix sur ton héritage.

L'héritage. Comment diable Robert avait-il pu oublier qu'elle était une jeune femme fortunée, lui qui avait passé sa vie à courir derrière les riches héritières ? La réponse était simple : il avait été tellement bouleversé par cette irruption de l'amour dans sa vie que la seule chose qui l'intéressait maintenant était Lily. Rien d'autre que Lily, même sans argent.

Mais en était-il de même pour elle ? Etait-elle prête à sacrifier son héritage pour le suivre dans une vie pleine d'incertitudes ?

— Je t'épouserais même si tu me suivais vêtue de ta seule robe et sans un sou en poche. Je me moque de ta fortune, Lily. Je t'en prie, dis-moi oui.

Son cœur battait à tout rompre dans sa poitrine, son souffle était court. Il était terrorisé à l'idée qu'elle puisse refuser.

— Oh ! Robert, murmura-t-elle, les yeux brillants de larmes. Que pourrais-je te dire d'autre ? Oui, oui ! Bien sûr, oui !

Il fut tellement soulagé qu'il éclata d'un rire heureux, avant de la prendre dans ses bras et de l'embrasser passionnément. Et lorsque le drap qu'elle avait pris pour robe commença à se défaire, menaçant de révéler sa nudité au duc et à son oncle, il le rajusta d'un geste vif, en éclatant de nouveau de rire. Il n'en revenait pas de ce revirement inattendu, imprévisible mais absolument parfait que venait de lui offrir la vie.

— Tu ne croyais quand même pas que j'allais refuser ? demanda-t-elle, haletante, entre deux baisers. Que j'allais préférer le répugnant M. Simon à toi et à l'Amérique ?

— Ah, ma chère Lily, répondit-il en reprenant sa bouche. Tu ne cesses de me surprendre et j'espère que cela durera toujours.

— Alors, il y a une chose que tu dois savoir, dit-elle en se dégageant doucement de son étreinte. Mon oncle ne peut pas me déshériter, même s'il le veut. Cela n'était possible que lorsque j'étais plus jeune, mais aujourd'hui, je suis trop âgée et il ne peut plus rien faire. Il va donc falloir que tu nous acceptes, mon argent et moi.

— Je suppose que je peux apprendre à aimer une femme riche aussi bien qu'une femme pauvre, répondit-il, stupéfait de constater à quel point cela lui importait peu.

— Bien sûr que tu le peux. Mais il y a encore une chose, Robert.

Elle s'écarta de lui et, après avoir réajusté le drap autour d'elle, prit une expression des plus solennelle — du moins aussi solennelle que le vêtement qu'elle portait le permettait.

Il fronça les sourcils, légèrement inquiet.

— Une seule ?

— Oui.

Elle hocha gravement la tête, mais son œil pétillait de malice.

— A la minute où nous nous marions, reprit-elle d'un ton sérieux, j'attends de toi que tu m'offres le plus délicieux des… gâteaux de mariage que l'on puisse jamais donner à une mariée.

— Lily, mon amour, répondit-il en la reprenant dans ses bras, tout en éclatant de nouveau de rire. Jamais promesse ne sera plus facile à respecter.

EMILIE ROSE

# Dangereuse passion

éditions HARLEQUIN

*Cet ouvrage a été publié en langue anglaise*
*sous le titre :*
PERFECT MATCH

*Traduction française de*
MARIE VILLANI


83-85, boulevard Vincent-Auriol, 75646 PARIS CEDEX 13.
Service Lectrices — Tél. : 01 45 82 47 47
www.harlequin.fr

# 1.

Aucun homme ne devrait être forcé de supporter l'ambiance quasi hystérique d'une fête donnée en l'honneur de l'arrivée imminente d'un nouveau-né !

C'est ce que Tate Sumner ruminait tout en triturant dans sa poche le morceau de carton à la forme irrégulière qui lui avait été donné à son arrivée. Il s'agissait d'une pièce de puzzle qui faisait partie d'un grand jeu, spécialement conçu pour l'occasion. La consigne était de se mêler à l'assistance jusqu'à trouver la personne dont la pièce de puzzle correspondait. Après quoi les deux détenteurs de pièces étaient censés imiter avec leurs corps la manière dont les pièces s'imbriquaient.

C'était bien de Sandy, son incorrigible entremetteuse de sœur, de transformer cette fête, traditionnellement affaire de femmes, en soirée de rencontres ! Hilarant, non ? Vraiment pas ! A trente-quatre ans, il se sentait souvent complètement à côté de la plaque — trop jeune pour le mariage et tout ce qu'il impliquait, mais trop vieux pour les petits jeux de célibataire.

Au cours de l'heure écoulée, il avait donc fait, sans enthousiasme, le tour des personnes présentes. En vain. Il n'avait pas trouvé la pièce correspondante à la sienne, ni la personne qui allait avec, même si, il devait bien l'admettre, les tentatives de couplage des paires d'invités, pour la majeure partie des célibataires entre vingt et trente ans, avaient donné lieu à de cocasses mêlées. Nul doute que l'alcool, qui coulait à flots, ôtait bien des inhibitions !

Pour sa part, il ne faisait plus d'excès en la matière. Sa vie de fêtard coureur de jupons avait abruptement pris fin après l'effondrement d'un immeuble qui lui avait valu, l'année précédente, plusieurs semaines d'hôpital. Il avait alors réalisé un fait banal mais ô combien précieux : la vie était courte, et, suite à cela, il s'était efforcé de changer sa vie du tout au tout. Avant cet événement, il aurait certainement laissé l'une des jumelles blondes avec qui il s'entretenait en cet instant le convaincre de rentrer avec elle cette nuit.

Discrètement, il consulta sa montre, puis jeta un énième coup d'œil à la porte. Sans vouloir offenser ni Tia ni Leah, il avait hâte de rentrer à temps pour la seconde mi-temps du match des Braves !

Mais la fête était loin d'être finie, preuve en était le carillon de la porte qui venait de retentir, annonçant l'arrivée de nouveaux invités. S'extirpant d'une montagne de lambeaux de papier-cadeau pastel, sa sœur se dandina en direction de la porte aussi vite que son ventre de femme enceinte sur le point d'accoucher le lui permettait. Après quoi, elle se jeta avec un cri sur la pauvre victime arrivée sur son paillasson. Il songea avec une pointe d'agacement qu'avec la chance qu'il avait, l'arrivante allait être sa moitié, et il allait devoir d'une minute à l'autre s'imbriquer dans une autre pièce de puzzle humain ! Une vraie corvée en perspective !

Sa sœur tira l'inconnue à l'intérieur, et il manqua lâcher le verre de citronnade arrosée d'alcool que quelqu'un lui avait mis de force dans la main.

Faith King !

Il ne l'avait pas revue depuis le mariage de Sandy, deux

ans plus tôt, avec David, le frère de Faith. Les cheveux blond vénitien de la jeune femme formaient toujours le même carré soyeux et étincelant. Il se remémora avec nostalgie le désordre qu'il y avait mis lors de leur nuit d'amour passionnée, le soir du dîner de répétition de la noce.

A son grand désarroi, il fut frappé de plein fouet par une vague de désir aussi puissant qu'irrépressible. Après ce qu'elle lui avait fait subir ! Leur nuit d'amour torride s'était soldée par un véritable fiasco. Il n'avait pas compris qu'elle lui batte froid le lendemain, d'abord à la cérémonie, puis à la réception qui s'était ensuivie. Certes, il s'attendait à une certaine gêne le matin suivant dans la mesure où ils s'étaient quasiment jetés l'un sur l'autre, sans respecter le minimum de préliminaires requis dans ces circonstances. Pas même une danse ! Mais il avait espéré combler cette lacune au cours du week-end. Il n'en avait jamais eu l'occasion : Faith avait pris grand soin de l'éviter, comme s'il l'avait exposée à un dangereux virus.

Alors, dans un accès de fierté blessée, il avait pris une coupe de champagne de trop, honteusement flirté avec toutes les femmes présentes, avant de se ridiculiser avec un toast odieux à l'intention du marié. Ça oui, il avait remporté la palme, ce soir-là : celle du parfait crétin !

— Désolée d'être en retard.

Elle fit franchir le seuil à sa valise à roulettes.

— Mon vol a été retardé par un orage. Je ne me suis même pas arrêtée à l'hôtel, le taxi m'a déposée directement ici.

Sa voix légèrement enrouée et quelque peu essoufflée le ramena droit à leurs ébats du milieu de la nuit. Ils avaient étrenné son divan, son lit et même le comptoir de sa cuisine ! Lui qui ne rêvait que de profiter de l'insouciante vie de célibataire dont il avait été privé tant qu'il aidait à élever ses jeunes sœurs, il avait été servi. Mais, au cours des jours qui avaient précédé le mariage de Sandy, Faith lui avait fait aspirer à davantage qu'un week-end de sensualité débridée. Elle seule avait fait naître en lui la tentation d'oublier la promesse qu'il s'était faite de savourer sa liberté nouvellement acquise depuis que sa dernière sœur était partie de la maison, et le fait de n'être plus, enfin, que responsable de lui-même.

— Tu as invité des hommes à ta *baby shower* ! s'exclama Faith.

Elle parcourait l'assistance du regard avec un froncement de sourcils, puis les repéra, lui et ses assidues interlocutrices. Il sentit son cœur s'arrêter de battre tandis que de ses yeux bleus écarquillés par le choc, elle l'inspectait, de ses cheveux en épis à ses bottes. Elle soutint son regard avec la même fraîcheur arctique que celle dont il se souvenait de leur dernière rencontre.

Ce jour-là, une fois les mariés partis pour leur lune de miel, il s'était risqué à solliciter son numéro de téléphone. Elle s'était contentée de lui claquer la portière de sa voiture au nez. Ce soir, son regard noir indiquait que leurs retrouvailles ne seraient pas des plus cordiales. Certitude qui descendit le long de son échine telle une coulée de cendres.

Sandy lui fit signe du doigt de venir la rejoindre. Il s'excusa auprès des deux blondes.

— Tu te souviens de Faith, la sœur de David, n'est-ce pas ?

Oh que oui ! De chacune de ses affriolantes courbes ! Et il n'avait aucun mal non plus à se remémorer sa fragrance, la douceur de sa peau, ses halètements passionnés et l'étreinte brûlante, moite de son corps autour du sien !

— Elle tenait à être là pour la naissance de sa nièce.

Sandy venait de le ramener au présent et, enfin, il plongea son regard dans celui de la femme qui peuplait bien trop souvent ses rêves.

— Faith.

— Tate.

Glacial, son ton eût pu donner des engelures à n'importe qui, mais la légère rougeur qui teinta ses joues lui confirma qu'elle n'avait elle non plus rien oublié de ce qui s'était passé entre eux.

— Faith va rester quelques jours au Hilltop Inn, et la semaine prochaine, elle emménage ici même, à Chapel Hill, dans une maison dont elle vient de faire l'acquisition, déclara Sandy avant de le pousser du coude. Va mettre sa valise dans ma chambre pour l'instant, tu veux, Tate ? Et apporte-lui de quoi boire, s'il te plaît.

Il sentit son cœur manquer un battement. Faith allait habiter à quelques minutes d'ici plutôt qu'à huit heures de vol à Atlanta !

Il lui offrit son verre.

— Tiens, prends le mien, je n'y ai pas touché. Mais méfie-toi du coup de fouet. Ma perverse petite sœur adore regarder ses invités se soûler tandis qu'elle-même reste sobre.

Elle tendit la main. Leurs doigts s'effleurèrent alors qu'elle se saisissait du verre, et une brève décharge passa entre eux. L'espace d'une fraction de seconde, ses yeux s'écarquillèrent, avant de s'assombrir aussitôt de circonspection.

— Merci.

Sandy s'empara du parapluie de Faith, l'appuya contre le mur, puis s'enquit :

— As-tu ta pièce de puzzle ?

Faith cligna des yeux, détourna le regard.

— Oui, dans mon sac.

— Sors-la, et présente-toi à tout le monde jusqu'à ce que tu trouves celle qui correspond. Tate va t'expliquer les règles du jeu, j'ai besoin de m'asseoir.

Avec une grimace, Sandy pressa une main sur ses reins, puis retourna lourdement à son fauteuil, les abandonnant lui et Faith, dans l'entrée.

— Comment vas-tu ? s'enquit-il poliment.

Pour sa part, il la trouvait en tout cas splendide, toujours aussi pulpeuse exactement là où il le fallait.

Elle fourragea dans son sac de cuir, en sortit sa pièce de puzzle. Il oscilla légèrement sur ses talons. Intéressant. Inutile d'être un pompier contraint de passer trop d'heures de permanence à la caserne à assembler des puzzles pour voir que cette pièce correspondait à celle qu'il avait dans la poche. Pour le coup, il ne ressentait plus du tout d'agacement à l'égard de cette stupide initiative de sa sœur. Dans ses veines, son sang se mit à bouillonner à la seule idée d'imbriquer son corps à celui de Faith.

Simple coïncidence ? Ou Sandy était-elle encore en train de jouer les entremetteuses ?

— Je vais bien, merci. Ravie de te revoir, Tate, mais, excuse-moi, il me faut me mêler aux autres invités et trouver ma moitié. Ne te prive surtout pas de la compagnie de tes charmantes compagnes pour moi.

Manière courtoise, mais glaciale, de l'envoyer sur les roses.

C'est alors qu'il sortit sa pièce de puzzle et l'approcha de la sienne.

— Pas la peine, ta moitié, c'est moi.

— Paire ! s'écria Sandy du salon, ce qui le conforta dans la théorie qu'il avait élaborée concernant ses intentions rien moins qu'innocentes.

Dieu bénisse les petites sœurs. Il était prêt à réviser

tout ce qu'il avait jamais dit de peu charitable à l'adresse de la petite dernière de la famille.

— Tu sais ce que ça veut dire, Faith ?

Lui ôtant son verre des doigts, il le posa sur le meuble bas tandis que, remuant d'un pied sur l'autre, elle mordait sa pulpeuse lèvre inférieure, perplexe.

— Non.

— Que nous devons simuler l'imbrication de ces deux pièces de puzzle avec nos corps.

Et nom d'un chien, il avait hâte de le faire ! C'était tout juste s'il ne s'en frottait pas les mains de joie !

Les sourcils froncés, elle regarda sa pièce. Une pièce mâle, en saillie, alors que la sienne était une femelle, en mortaise. Toutes deux s'emboîtaient parfaitement, tout comme Faith et lui cette nuit-là.

Après quelques brèves secondes d'embarras, elle consentit à lever les mains en direction de ses épaules. Il l'enlaça d'un bras, le cœur déjà en émoi à la perspective d'accueillir son corps, souple et sensuel, contre le sien et…

Et c'est alors que, promptement, elle leva un genou en direction de son entrejambe. Il sentit son souffle se couper, tendu dans l'attente de la douleur.

Elle immobilisa son genou à quelques centimètres à peine de sa cible.

— Dois-je poursuivre ?

# 2.

Faith fut satisfaite de constater le changement d'expression sur le visage de Tate. De séducteur et légèrement arrogant, le regard vert de serpent était devenu méfiant. Ignorant la fermeté et la chaleur des puissantes épaules masculines sous ses paumes, elle abaissa son genou et s'écarta avant que la tentation de fourrager les courts cheveux bruns ne devienne trop forte. Ou, pire, celle de l'embrasser passionnément.

Elle remarqua le muscle qui tressautait dans la mâchoire couverte d'une barbe naissante et sut que la démonstration avait été probante.

— Non, tu t'es très bien fait comprendre, dit-il finalement.

Deux ans plus tôt, elle était éperdument tombée amoureuse de lui lors de la fameuse semaine de préparation du mariage de son frère. Amère, elle avait vite compris que Tate, lui, jouait un jeu… ou du moins était-ce ce qu'elle avait appris en arrivant à l'église, au moment de s'habiller, en compagnie de la mariée et des autres demoiselles d'honneur. Elle les avait surprises en train de ricaner sur la réputation sulfureuse du pompier Tate Sumner. Il était, paraît-il, expert dans l'art d'amorcer de très sensuels feux à travers toute la ville, puis de parier sur laquelle des invitées du mariage capitulerait ce soir.

Aucune ne savait que Faith venait justement de passer une nuit des plus torride dans son lit.

En quelques secondes, elle était passée de l'euphorie d'avoir cru trouver enfin l'homme idéal à la terrifiante prise de conscience qu'elle n'avait été qu'une conquête de plus pour Tate Sumner.

A en croire Sandy, les frasques de son frère étaient dues au fait que, de son adolescence à ses trente ans, il avait tenu lieu de figure paternelle à ses quatre jeunes sœurs suite au décès de leur père. Mais si elle avait encore eu le moindre doute à propos de l'intérêt de Tate pour une relation à long terme, le toast de ce dernier à l'adresse du marié le lui avait définitivement ôté :

« J'ignore quelle raison peut bien avoir tout homme qui n'est pas encore quinquagénaire de se contenter d'une seule femme, mais bonne chance, mon pauvre vieux et, à propos, si tu rends ma sœurette malheureuse, je te casse les deux jambes ! »

— Tu emménages en ville ?

Il la dévisageait de son regard direct, et elle se pétrifia, le cœur battant. Elle avait oublié les effluves si troublants qui émanaient de lui, et à quel point sa puissante carrure lui donnait l'impression d'être féminine, et protégée. En revanche, elle n'avait rien oublié de la force de ses bras lorsqu'il l'enlaçait, par contre, mais ce n'était pas faute d'avoir essayé ! Et encore moins que, tout comme son père, c'était un séducteur.

— Oui. Je tenais à être plus près de David, de Sandy et de ma future nièce. J'ai accepté un poste de médecin assistant à l'hôpital.

— Que dirais-tu de dîner avec moi demain soir ?

Elle manqua s'étouffer. Espérait-il donc qu'elle tombe dans son lit aussi aisément que la première fois ? Peu importait que Tate Sumner ait les yeux les plus verts, les plus sexy qu'elle ait jamais vus ou les mains les plus fortes, les plus habiles et surtout les plus *douées*. Elle n'était plus dupe de ses techniques de drague et n'avait aucune intention de se laisser de nouveau prendre à son sourire charmeur, aussi suave que ses paroles.

Aussi répliqua-t-elle :

— Non, merci, j'essaie de ne jamais répéter mes erreurs.

Il battit des cils — ces épais cils que n'importe quelle femme lui envierait —, mais sans jamais cesser de sourire.

— Tu ne sais pas ce que tu perds, Faith. Peut-être ne t'en souviens-tu pas, mais moi je me rappelle que toi et moi, c'était du tonnerre !

Elle ne pouvait s'empêcher de frémir aux intonations rauques de sa voix grave, mais résista vaillamment à la tentation.

— Peut-être ta mémoire te fait-elle défaut ? susurra-t-elle.

Fascinée, elle observa le lent mouvement de ses lèvres tandis qu'il esquissait un rictus narquois, ainsi que la fossette qui était apparue sur sa joue — une fossette qu'une nuit, elle avait tracée de la langue.

— Peut-être crains-tu, toi, de ne pas être à la hauteur de mes souvenirs ! répliqua-t-il.

Elle grinça des dents.

— Et peut-être surestimes-tu tes charmes, et que ses souvenirs ne valent pas la peine d'être revisités ! rétorqua-t-elle à son tour.

Là, le sourire s'évanouit.

— Je ne t'ai pas entendue te plaindre. En fait même, je jurerais que ce sont tes cris de plaisir qui ont poussé mon voisin à cogner sur le mur en hurlant de nous calmer ! Sans savoir qu'avec toi, c'était quasi impossible !

Elle sentit le rouge lui monter aux joues, mais s'enjoignit de ne surtout pas reconnaître que cet incident avait été le plus embarrassant et, tout à la fois, le plus hilarant de sa vie. Chaque détail de la scène était resté gravé dans son esprit. Lorsque le voisin s'était enfin arrêté de hurler, Tate l'avait ramenée de la cuisine à sa chambre, où ils avaient repris leurs ébats entre deux crises de fou rire silencieux. Jamais auparavant elle ne s'était autant amusée en faisant l'amour.

— C'est stupéfiant ce qu'une femme est prête à faire pour doper l'ego d'un homme, susurra-t-elle suavement. Si je m'en souviens bien, tu avais grand besoin d'un peu… d'encouragement.

Elle avait fait mouche : le regard vert s'assombrit.

— Nous avons fait l'amour trois fois en autant d'heures, pour l'amour du ciel ! T'attendais-tu à ce que je m'emballe comme un ado chaque fois ? Et je ne me souviens pas non plus que tu te sois plainte des prolongations ! grinça-t-il.

Sur quoi, il empoigna sa valise et se dirigea à grands pas vers la chambre.

Elle serra les poings et compta jusqu'à dix, furieuse contre elle-même. Etait-elle donc idiote ? Pourquoi le provoquait-elle ? Sa vigueur avait assurément fait ombrage à tous ses précédents amants ! Et, oui, elle appréciait le fait qu'il ait très galamment retardé son plaisir jusqu'à ce qu'elle trouve le sien — et plusieurs fois. Et bon sang, pourquoi ne pouvait-elle oublier à quel point elle s'était sentie bien avec lui au lit et en dehors ?

*Ravale ta fierté et ne fais pas de vagues, Faith ! Sandy vénère son frère, et David est la seule famille que tu te reconnais. Rejette Tate et ce sera peut-être toi qui te retrouveras rejetée !*

— Tate, attends !

Elle le suivit jusque dans la chambre de Sandy et

de David, ce qu'elle regretta aussitôt, car le seul fait de se retrouver à proximité de Tate et d'un lit lui donna l'impression de fondre. Oui, il avait été un amant extraordinaire. Certainement à force de pratique ! se remémora-t-elle amèrement.

— Mon cadeau pour le bébé est dans ma valise.

Elle fut stupéfaite de l'aisance avec laquelle il hissa la valise sur le lit comme si celle-ci n'avait nullement excédé la limite de poids de la compagnie aérienne. Après quoi il s'effaça pour qu'elle puisse s'approcher du lit, sans toutefois quitter la pièce. Elle le regretta aussitôt qu'elle ouvrit sa valise : sa lingerie était sur le dessus et, alors qu'elle fourrageait dans ses soutiens-gorge et slips aux couleurs vives afin d'atteindre le paquet auquel ils servaient de protection, elle sentit qu'il ne perdait rien du spectacle. Gênée, elle fourra un shorty rose — celui-là même qu'il lui avait arraché *de ses dents* cette nuit-là — tout au fond.

— Où se trouve la maison que tu achètes ? s'enquit-il.

Ce n'est qu'une fois le couvercle rabattu qu'elle se risqua à croiser son regard, non sans serrer nerveusement le paquet contre sa poitrine.

— Rocky Creek.

— Très agréable, comme quartier. Et c'est mon district. Caserne Six. Donne-moi ton adresse et je ferai en sorte que la section veille sur toi en cas de problème si je ne suis pas de service.

Prise au dépourvu, elle réfléchit à ses paroles, puis répliqua :

— Est-ce par pur dévouement professionnel, ou essaies-tu simplement de récupérer mon adresse ?

— Je pourrais la récupérer par Sandy ou David, mais c'est à toi que je la demande, objecta-t-il. Tu es de la famille, maintenant.

La famille. Chacun paraissait avoir sa propre définition du concept. Elle repoussa ses cheveux en arrière, et se remémora aussitôt bien malgré elle la sensation des doigts de Tate entremêlés dedans.

— Pourquoi ne peux-tu accepter que cette nuit-là était une erreur, et que je ne suis pas intéressée par une récidive ?

— Parce que quand tu mens, une petite rougeur apparaît, juste là !

D'un geste un peu brusque, il effleura le haut de son sternum, juste sous son médaillon. Elle sentit son souffle se bloquer et son pouls s'emballer. Son frère ne savait décidément pas tenir sa langue. Qui d'autre que lui avait pu trahir ce secret ? Ce réflexe révélateur avait été le fléau de son enfance. A cause de lui, elle se faisait toujours invariablement coincer !

Mais ce n'était rien en comparaison de ce qui allait suivre. Il venait de déposer ses doigts tièdes sur sa nuque, et elle se trouva instantanément incapable de réfléchir à quoi que ce soit. Puis il fit un pas en avant, comblant le peu de distance qui restait entre eux. La vive chaleur qui irradiait de son corps la frappa de plein fouet, tandis que sa fragrance boisée la plongeait dans une brume de sensualité.

— Oseras-tu prétendre que tu n'as plus jamais repensé à cette nuit-là ?

Et comment ! Hélas, impossible de formuler le mensonge. Elle avait, étrangement, l'eau à la bouche, et les lèvres sèches. Le peu de résistance qui lui restait s'évapora alors qu'il inclinait la tête. Elle tendit les mains vers son torse, sentit son cœur cogner sous sa paume, puis son souffle chaud effleurer ses lèvres une fraction de seconde avant que la bouche masculine s'empare de la sienne en un lent, nonchalant baiser. Il la goûta de ses lèvres, de sa langue, de ses dents jusqu'à ce que ses genoux la trahissent. Alors, il fit glisser sa main le long de sa colonne vertébrale, empoigna ses fesses et la plaqua fermement contre lui.

Comment avait-elle pu oublier tant de virilité, et surestimer à ce point sa propre volonté ? Des frissons couraient sur sa peau, son ventre se nouait. Elle ne trouvait pas la force de le repousser et était sur le point de l'entraîner sur le lit de son frère pour se ridiculiser sans retour lorsque son bon sens se fraya enfin un chemin dans ses pensées.

*Pour l'amour du ciel ! Reprends-toi ! Il est exactement comme ton père !*

Elle s'arracha à l'étreinte et, d'un mouvement vif, se mit hors de portée.

— Toujours adepte des petits jeux, Tate ?

Avant qu'il ait pu répondre, Sandy déboula dans la pièce. Elle avait l'air d'être au bord de la nausée.

— Désolée, je crois que j'ai pris trop de guacamole. J'ai besoin de m'allonger. Tate, tu veux bien accompagner Faith à son hôtel ?

La mâchoire crispée, il lança à Faith un regard qui la transperça de part en part.

— Avec plaisir !

# 3.

— Comment ça, ma réservation a été annulée ?

Faith paraissait au bord de l'hystérie, et Tate envisagea brièvement de désamorcer la situation, mais comme dans l'immédiat il se sentait plutôt d'humeur à se ronger les ongles, il craignait d'empirer les choses. Comment diable pouvait-elle s'entêter à ce point à nier l'attraction qui existait entre eux ? Bon sang, un baiser avait suffi pour qu'elle s'alanguisse dans ses bras ! Jamais il n'avait connu une si puissante alchimie avant ou depuis cette nuit-là, et ce n'était pas faute d'avoir cherché !

— Désolé, mademoiselle King. C'est le week-end de remise des diplômes des deux universités locales, et il est près de minuit. Puisque vous ne vous êtes pas présentée avant 19 heures comme prévu, nous avons cru que vous ne viendriez pas, et avons donc repris votre chambre, déclara la réceptionniste.

— Alors donnez-m'en une autre !

— Nous sommes à notre taux de remplissage maximum.

— Etes-vous en train de me dire que vous n'avez absolument plus aucune chambre de libre ? s'impatienta Faith avec une exclamation d'exaspération.

— En effet, mademoiselle.

— Trouvez-en une ! aboya-t-il, incapable de contenir plus longtemps son impatience.

L'employée sursauta.

— C'est que, monsieur…

Il se redressa de toute la hauteur de ses un mètre quatre-vingt-quinze et la toisa. Il n'avait pas l'habitude d'user de cet argument d'intimidation mais, de temps à autre, il s'avérait utile.

— Je vais essayer. Un instant, je vous prie.

Ayant décroché le téléphone, la femme passa plusieurs appels d'affilée cependant que Faith arpentait la longueur du comptoir de marbre. Il eut donc tout loisir d'admirer celle de ses jambes qu'exposait sa jupe juste au-dessus des genoux, et de se remémorer à quel point la sensation de les sentir enroulées autour de lui était exquise. Dix minutes plus tard, la réceptionniste s'éclaircit nerveusement la voix.

— Mademoiselle King ? La seule chambre que je trouve est au Streetside Motel.

— Je la prends, décréta Faith.

— Hors de question, intervint-il. L'endroit n'est pas du tout recommandable, Faith. Le Streetside loue des chambres à l'heure à ses habituées.

Elle fronça les sourcils comme si elle réfléchissait intensément au sens de ce qu'il venait de dire, puis elle le fixa, les yeux écarquillés.

— Tu parles de…

— Oui, je parle de prostituées.

Elle s'empourpra, puis abaissa vivement le regard sur ses chaussures.

— Soit. J'emprunterai le canapé de David.

— Tu pourrais aussi venir chez moi. Au moins, tu sais que mon lit est confortable, ironisa-t-il, incapable de résister à cette petite pique.

Non qu'ils aient beaucoup dormi cette nuit-là. Il ne dormirait pas plus s'il la savait de retour entre ses draps, seule, mais il venait de débuter sa rotation de repos de quatre jours. Il était prêt à rattraper ce manque de sommeil plus tard !

Elle se raidit et releva le menton.

— Je ne crois pas, non, dit-elle, les lèvres pincées.

— Alors ce sera le canapé de David, décréta-t-il avant d'empoigner la valise.

Il la chargea de nouveau à l'arrière de son pick-up, aida Faith à se hisser sur le siège passager, puis reprit la direction d'où ils venaient. Sept kilomètres plus loin, son portable sonna.

— Sumner.

— Tate, c'est David. Le travail de Sandy a commencé. Nous sommes en route pour l'hôpital.

Il sentit son estomac se nouer. Sa plus jeune sœur, le bébé de la famille, maman ! Ça alors ! Que le temps passait vite ! Il avait l'impression que l'époque où il était coincé à la maison à veiller de bien mauvaise grâce sur ses sœurs pendant que leur mère travaillait jour, nuit et week-ends pour subvenir à leurs besoins ne datait que d'hier ! Après le lycée, il s'était enrôlé pour une formation de pompier plutôt que d'aller à l'université comme il le prévoyait à l'origine. L'assurance vie de leur père s'était tarie et ils avaient besoin d'un salaire de plus. Il pensait alors rater toutes les joies de la vie pendant qu'il jonglait avec le double rôle de substitut maternel et paternel. L'effondrement de cet immeuble, l'année précédente, lui avait fait comprendre ce qui était vraiment important — la famille.

Il entendait en arrière-plan l'écho des gémissements de Sandy, et fut saisit par un sentiment d'impuissance. En tant que pompier, il était entraîné à secourir autrui dans les situations d'urgence et même, au besoin, à accoucher une femme si la situation l'exigeait, mais il y avait, de sa sœur, certaines parties qu'il préférait ne pas connaître.

— J'informe Faith et maman, annonça-t-il. Et, David, ta sœur dort chez moi ce soir. L'hôtel a zappé sa réservation.

A son côté, l'intéressée laissa échapper une exclamation indignée. Il transmit ses souhaits d'encouragement à Sandy, acheva la conversation avec son beau-frère, puis coupa la communication, avant de se tourner enfin vers elle.

— Sandy est en travail et en route pour l'hôpital. Je n'ai pas la clé de chez eux, et toi ?

Elle se pinça l'arête du nez, les yeux fermés.

— Non plus.

— Alors, à moins que tu aies une meilleure idée, tu passes la nuit chez moi ce soir.

— Non, pas de meilleure idée, concéda-t-elle, les épaules affaissées. D'accord pour chez toi, mais sur le canapé.

Sa mère et ses sœurs lui feraient la peau s'il se risquait à laisser dormir une invitée féminine sur son canapé, songea-t-il. Dommage que la première vive désormais en Floride avec sa sœur, et que Faith ne puisse utiliser la chambre d'amis de leur ancien pavillon !

— Pas question. Si tu refuses vraiment de partager mon immense lit *king size*, le canapé sera pour moi, déclara-t-il.

— Je refuse catégoriquement, répéta-t-elle. D'autant que, si je m'en souviens bien, tu dors en plein milieu !

Un rictus aux lèvres, il gara le pick-up sur sa place de parking attitrée, coupa le moteur, puis répondit :

— Seulement avec toi, Faith.

Il vit une expression incrédule passer sur son visage, alors qu'elle répliquait :

— Ne me dis pas que ce genre de baratin marche avec les autres, si ?

Il méritait le sarcasme. Deux ans plus tôt, il ne pensait qu'à prendre du bon temps, avant de réaliser que le célibat n'était pas aussi génial qu'il l'avait imaginé. Que Faith le sache ou pas, elle était la seule femme avec laquelle il avait jamais passé une nuit entière. D'habitude, il faisait ses adieux avant d'en venir à la maladresse du lendemain matin.

Il contourna le pick-up pour venir la rejoindre près de sa portière ouverte.

— Ce n'est pas du baratin.

Elle ignora la main qu'il lui tendait, rétorqua :

— Tu as la réputation d'allumer des feux au travers de tout Chapel Hill, Tate. En ce qui me concerne, tu perds ton temps.

— Moi ? Je suis pompier, objecta-t-il, perplexe. Les feux, je les éteins, je ne les allume pas !

— Avec les femmes, si, assena-t-elle, les lèvres pincées.

C'est alors qu'il comprit. Sa chère petite sœurette était vraiment trop bavarde ! Que lui avait-elle donc dit ?

— J'ai trente-quatre ans et je suis célibataire, lui fit-il remarquer. N'ai-je pas le droit d'avoir une vie privée ?

— Encore devrais-tu avertir les femmes concernées que tu ne cherches qu'à t'amuser avant de les ramener dans ta garçonnière de cuir et de chrome !

A cette pique, il crut que son cœur allait s'arrêter de battre, et il s'enquit :

— Espérais-tu davantage cette nuit-là, Faith ?

— Dans tes rêves, bleusaille !

Bleusaille. Le sobriquet des nouvelles recrues dans sa caserne.

— Je suis capitaine, aujourd'hui.

Balayant l'objection d'un geste, elle rejeta ses cheveux en arrière.

— Qu'importe ! Il est tard, je suis fatiguée.

Quant à lui, il se sentait en pleine forme. L'adrénaline courait dans ses veines, et il se dit que l'imminence de l'accouchement de sa sœur devait y être pour quelque chose… tout comme le retour de Faith.

— Alors, rentrons te border.

Ignorant le froncement de sourcils dont elle le gratifia, il souleva sa valise du hayon, puis la précéda en direction de son appartement. La dernière fois qu'il l'avait emmenée ici, ils étaient tous deux un peu éméchés à force de champagne et très excités après les quelques caresses enfiévrées qu'ils avaient échangées dans la voiture. Et elle était enroulée autour de lui comme une vigne vierge, les jambes accrochées à sa taille, l'extrémité de sa langue dans son oreille, lorsqu'il l'avait portée du parking droit jusque dans son lit. A deux doigts d'imploser dans l'ascenseur, il avait ensuite connu la nuit la plus déchaînée de sa vie. Dommage qu'aucune récidive ne soit au programme ce soir.

Mais il y avait encore demain.

# 4.

Faith pénétra à contrecœur dans l'appartement de Tate. Tout lui était inconfortablement familier après leurs ébats d'il y a deux ans — le canapé, et même la cuisine lui rappelaient l'intense passion qu'ils y avaient partagée !

Elle ne trouvait aucun intérêt à revenir sur les lieux du crime. Le crime… quel crime ? Deux ans plus tôt, Tate lui avait dérobé son cœur, et aucune des nombreuses incursions qu'elle avait faites sur la scène des rendez-vous galants d'Atlanta depuis n'avait réparé les dommages.

Comment remplacer un homme apparemment capable d'anticiper vos moindres pensées, vos moindres besoins ? D'un autre côté, à en croire les demoiselles d'honneur de Sandy, il avait davantage d'expérience avec les femmes qu'un libraire avec les livres ! Anticiper leurs besoins était probablement une seconde nature, pour lui.

Elle hésita sur le seuil de sa chambre, les paumes moites et le sang en ébullition. Ce baiser imprévu, chez David, n'aidait en rien. Or il lui fallait survivre à ce week-end le cœur indemne et sa dignité intacte.

— Tu te rappelles où tout se trouve, n'est-ce pas ? s'enquit-il juste derrière elle.

Sa voix rocailleuse descendit le long de sa colonne vertébrale et lui fait le même effet que la caresse d'un doigt calleux. Elle frissonna, maudit la chaleur qui s'enroulait dans son abdomen et hocha la tête.

— Serviette, savon, n'hésite pas à prendre tout ce dont tu as besoin.

Elle ne put se résoudre à le regarder. Au lieu de quoi elle contempla la haute tête de lit de cuir noir, ainsi que l'épaisse couette de satin, noire elle aussi. Que de temps elle avait passé plaquée contre le premier, et lovée sous la seconde — d'abord en personne et plus tard, dans ses rêves !

— S'il te plaît, réveille-moi si David appelle avec des nouvelles de Sandy et du bébé, pria-t-elle.

— Bien sûr, mais ce ne sera probablement pas avant plusieurs heures, prévint-il, avant d'ajouter : Il y a des cintres vierges dans la penderie, et un tiroir disponible tout en bas, si tu souhaites défaire un peu ta valise.

L'intimité de la situation la mit mal à l'aise. Jamais elle n'avait vécu avec un homme.

— As-tu besoin de prendre une douche avant ? s'enquit-elle.

— Oui, j'apprécierais.

Il disparut dans la salle de bains adjacente.

Elle lutta pour chasser de ses pensées le bruit de ruissellement de l'eau et la vision du puissant corps nu sous le jet. Mais son esprit retournait invariablement au souvenir de sa peau ferme et lisse dans ses plus intimes détails. Sa respiration s'accéléra. Cette douche, ils l'avaient partagée ensemble, cette nuit-là. Elle était convaincue alors qu'il était l'homme de ses rêves. Comment avait-elle pu se tromper à ce point ?

Elle ouvrit sa valise, cacha sa lingerie dans le tiroir libre de la penderie. Ça ne lui ressemblait pas de se retrouver au lit avec le premier homme venu, mais les jours qui avaient précédé le mariage de David, elle avait été plus vulnérable que d'habitude. Les raisons en étaient que leur mère était décédée six mois plus tôt, que son trentième anniversaire approchait, et qu'elle voyait autour d'elle toutes ses amies se marier et accoucher à un rythme alarmant. David quittait la maison familiale, et elle se retrouvait seule. La goutte d'eau qui avait fait déborder le vase avait été l'écœurante requête de son père, quelques jours avant le mariage. Il souhaitait inviter son énième conquête à la cérémonie !

Elle se laissa choir sur le lit, enfouit son visage entre ses mains. Elle savait depuis ses douze ans que son père était un menteur et un coureur. Ses parents se disputaient souvent à ce sujet et, après chaque altercation, son père suppliait sa mère et jurait de ne jamais plus déraper. Chaque fois, sa mère pardonnait. Mais elle-même avait appris, toute petite déjà, à reconnaître la souffrance dans son regard. Ces incessantes trahisons étaient-elles la cause de la maladie qui l'avait emportée ?

La rencontre avec Tate avait été une révélation. Il paraissait si soucieux de sa famille, si dévoué à ses sœurs — l'antithèse même de son égoïste de père. Etait-ce l'éclatement de son univers qui l'avait rendue si perméable à son charme suavement ténébreux, au point de la rendre aveugle à ses manières de play-boy ? Un pompier digne de figurer sur un calendrier de beaux gosses devait assurément être habitué à voir les femmes se jeter à sa tête, et les deux blondes qui se disputaient son attention ce soir chez Sandy prouvaient qu'il aimait les femmes *au pluriel*, n'est-ce pas ?

La porte de la salle de bains s'ouvrit, et son hôte en émergea dans un nuage de vapeur. Son torse nu et ses larges épaules étaient couverts de gouttelettes, et ses cheveux mouillés, tirés en arrière. Drapée autour de ses hanches, une courte serviette exposait quasiment toute la longueur de ses longues et musculeuses jambes. Elle sentit sa bouche s'assécher, et son sang se remit à frémir. Dommage que l'alchimie, entre eux, ne se soit pas évaporée aussi vite que la bouffée de vapeur !

— Faith ? Est-ce que ça va ?

Elle devait faire une drôle de tête car il semblait sincèrement inquiet. Il traversa la pièce et vint s'immobiliser devant elle.

Quelle idiote elle était, de désirer un homme si charismatique ! Tout comme son père, Tate était aussi beau qu'un acteur de cinéma. Et, tout comme son père, il travaillait de longues heures en dehors de chez lui. Pourrait-elle jamais lui faire confiance ?

Question rhétorique. Il n'aspirait nullement à se projeter dans l'avenir, juste à vivre l'instant.

— Je suis simplement très fatiguée.

— Tu es sûre ?

S'asseyant à côté d'elle, il enroula ses longs doigts autour d'un de ses genoux. Elle sentit aussi sa peau s'enflammer à l'endroit où il venait de la toucher. La sollicitude, dans ses yeux, était-elle réelle ? En cet instant, elle n'osait se fier à son jugement, mais comme elle regrettait de ne pouvoir appuyer sa tête sur la large épaule humide. David lui avait-il touché deux mots des infidélités répétées de leur père ?

Le cœur lourd, elle se redressa, ce qui fit retomber la main de Tate.

Il l'imita.

— Appelle si tu as besoin de quoi que ce soit… de quelqu'un pour te frotter le dos, par exemple.

La lueur taquine, dans le regard vert, la fit frémir. Seigneur, sa jugeote n'avait-elle donc aucun impact sur ses sens ?

— Bonne nuit, Tate.

Dès qu'il eut franchi le seuil, elle se rua sous la douche où elle ne resta que quelques minutes, s'efforçant d'oublier que, quelques instants plus tôt, il se trouvait lui aussi nu entre les parois de verre. De retour dans la chambre, elle éteignit aussitôt la lampe de chevet, et l'obscurité l'engloutit. Une fois entre les draps, elle sentit son odeur l'envelopper. Son pouls s'emballa.

Les yeux fermés, elle attendit de sombrer dans un sommeil qui tarda à venir.

— Faith…

La grave voix de Tate la ramena vers la conscience. Une odeur de café flottait dans l'air. Venaient-ils de nouveau de faire l'amour dans la cuisine ? La dernière fois, elle avait par mégarde renversé la boîte à café d'un coup de pied, et tous les grains s'étaient déversés sur le comptoir…

Elle enfonça davantage sa tête dans l'oreiller.

— Mmm. Pas encore. Ton voisin va se plaindre…

— Faith ! répéta-t-il, de manière plus brusque, plus insistante, cette fois.

— Es-tu donc insatiable ? Va-t'en, Tate, marmonna-t-elle d'un ton pâteux.

Une main lui secoua l'épaule.

— Faith, réveille-toi ! Le bébé est né.

Là, elle ouvrit les yeux et roula sur le dos. Un rai de soleil filtrait par un interstice des rideaux, aveuglant. Tate était assis au bord du lit, derrière elle. Elle rêvait. Seigneur, qu'avait-elle dit ?

Elle ramena vivement la couette sous son menton.

— Quoi ?

Une ombre de barbe assombrissait sa mâchoire, et ses cheveux étaient en bataille, comme s'il venait à peine de se réveiller, lui aussi. Il était… à croquer !

— Notre nièce est arrivée. Veux-tu aller faire sa connaissance ?

Elle comprit enfin.

— Anna est là ?

— Eh oui, Anna et ses trois kilos ! précisa-t-il avec un sourire mutin et oh… si sexy !

Elle se redressa d'un bond et l'étreignit, dans un élan impulsif. Aussitôt, la chaleur incandescente de son torse nu traversa la soie de sa nuisette. Elle s'écarta vivement comme si elle venait d'être brûlée. Mais, encerclant sa taille, les puissantes mains masculines l'empêchèrent de prendre la fuite. Les yeux verts, plus sombres, transpercèrent les siens. L'air, dans ses poumons, cessa de circuler.

Pourquoi l'affectait-il ainsi, lui et personne d'autre ? Et pourquoi ne pouvait-elle se résoudre à vivre un jour après l'autre, comme certaines autres femmes, plus libérées, sans exiger de promesses de lendemain ?

Parce qu'elle aspirait plus que tout à une famille à elle…

— Tate…

— Chuuut…

La bouche masculine se posa sur la sienne. Il effleura, taquina, mordilla ses lèvres jusqu'à ce qu'elle les entrouvre, après quoi le baiser se fit dévorant. Brûlant. Moite.

Résolue à le repousser, elle glissa les mains sur son torse mais, comme s'ils étaient mus par une propre volonté, ses doigts se retrouvèrent noués à ses courts, épais cheveux. Puis elle se retrouva plaquée sans vergogne contre les puissants pectoraux.

Sans cesser de dévorer sa bouche, il laissa errer ses mains sur son dos, sa taille et, finalement, sa poitrine palpitante. Elle exhala une plainte sourde lorsqu'il entreprit d'en palper la chair. Un nœud de désir se forma entre ses jambes. La nuit précédente, avant de s'endormir, elle avait fait toute une liste des raisons pour lesquelles leur liaison ne devait pas renaître de ses cendres. En cet instant, elle ne se souvenait d'aucune.

De l'ongle, elle suivit la courbe des muscles de son dos, et fut ravie de le sentir frissonner de plaisir.

Il la renversa sur l'oreiller, s'inclina sur elle. Attrapant un mamelon entre ses lèvres, il le suça au travers de la nuisette tandis qu'une de ses mains remontait le long d'une jambe, et s'insinuait au cœur de son intimité. Il en caressa la moiteur avec dextérité, jusqu'à ce que les braises qui y couvaient s'embrasent en flammes de désir. Le souffle court, le corps tendu à l'extrême, elle porta les deux mains à sa mâchoire rugueuse et l'attira désespérément à elle pour un baiser.

Il s'exécuta, l'embrassa longuement, profondément, puis s'écarta.

— Je préférerais, tu le sais, passer la matinée ici avec toi, mais j'ai promis à David que nous leur apporterions de quoi déjeuner dans l'heure. Je serai tout à toi cet après-midi.

Et dire qu'elle s'était juré de garder sa dignité intacte !

# 5.

Décidément, il ne comprendrait jamais les femmes. Ce matin, Faith était prête à se donner à lui. Cet après-midi, la reine de glace était de retour. Du déjà-vu ! Mais son rejet, et la confusion qui allait avec n'avaient pas suffi à calmer la pulsation persistante, sous sa braguette.

Dans la chambre d'hôpital de Sandy, il berça sa minuscule petite nièce, et éprouva le même réflexe protecteur que chaque fois que son père lui avait mis dans les bras, l'une après l'autre, ses petites sœurs. Egalement mariées, les premières s'étaient éparpillées à travers tout le pays pour poursuivre leur carrière ou suivre leur mari, bien trop loin pour qu'il leur serve de tonton gâteau le jour où elles auraient des enfants.

Même s'il avait longtemps attendu le moment où il ne se sentirait plus responsable vis-à-vis d'elles, aujourd'hui qu'elles étaient parties, il supportait mal de ne plus être continuellement sollicité par elles. Ne plus être utile lui manquait. Un jour ou l'autre, il apprécierait d'avoir des enfants à lui, mais encore lui fallait-il pour cela trouver une femme qui veuille bien de lui — une femme qui l'attirerait intellectuellement, le ferait rire, et mettrait le feu à ses draps. Deux ans plus tôt, il n'était pas prêt. Aujourd'hui, si.

Faith était-elle cette femme ? Il croisa son regard, et il manqua s'étrangler en surprenant une expression nostalgique dans son clair regard bleu. *Cela*, il le comprenait. Faith voulait un bébé. Et, d'après ce que David lui avait dit de son travail avec les enfants en tant que médecin assistant, il ne doutait pas qu'elle ferait une bonne mère.

Il traversa la pièce, s'immobilisa devant elle.

— Veux-tu dire au revoir à Anna avant que nous ne partions pour que David et Sandy puissent dormir un peu ?

Faith se saisit du bébé. Leurs mains s'effleurèrent, et une décharge d'électricité le parcourut. La fillette dans ses bras lui gazouilla des mots doux et il sentit quelque chose en lui lâcher prise. En cet instant, il sut qu'il voulait devenir le père de ses enfants. Il comprenait mieux son propre père qui lui avait affirmé s'être épris de sa mère au premier regard. L'amour pouvait-il expliquer ces puissantes oscillations entre attraction et rejet, entre Faith et lui, depuis leur rencontre ? Il avait la ferme intention de le découvrir avant que le soleil se couche !

Il déposa un baiser sur la joue de sa sœur, serra la main de son beau-frère.

— Félicitations ! Elle est magnifique. N'hésitez surtout pas à m'appeler si vous avez besoin de quoi que ce soit.

La poigne de David se resserra autour de ses doigts. S'inclinant vers lui, ce dernier déclara à voix basse :

— Tu te souviens de ton toast, à notre mariage ? Idem : si tu rends ma sœurette malheureuse, je te casse les jambes !

Surpris, Tate eut un léger mouvement de recul. Il interrogea sa sœur du regard : celle-ci levait le pouce en signe de victoire. Oh, oui, encore à jouer les entremetteuses !

— Ce n'est pas dans mes intentions, affirma-t-il en retour.

Ce qui l'était, par contre, c'était d'aller au fond des

choses en ce qui concernait l'attitude si fluctuante de Faith !

Il l'escorta jusqu'à son pick-up, s'engagea tout d'abord en direction de son appartement puis, à la vue du pli, sur son front, et des cernes de fatigue, sous ses yeux, obliqua plutôt en direction du lac.

— Où allons-nous ? demanda-t-elle, étonnée.

— Je suis en train de me dire que tu apprécierais peut-être une promenade en barque. Deux fois par semaine, si le temps le permet, je rame. L'exercice m'aide à purger mon cerveau de ce qui l'encombre et à réfléchir.

Le pont d'embarcation était désert en ce jour nuageux. Il gara son pick-up, loua une embarcation, puis rama jusqu'au milieu du lac. Là, au moins, Faith ne pourrait fuir ses questions.

— Tu m'as tout l'air d'avoir eu un bon contact avec Anna.

C'était elle qui, face à lui à la proue, venait de briser le silence.

— Des années de pratique, expliqua-t-il, avant d'enchaîner de but en blanc : Pourquoi ne t'es-tu pas, toi, encore mariée pour fonder ta propre famille ?

Elle lui renvoya un regard surpris.

— J'ai été très occupée avec mon internat, et je n'ai pas encore rencontré d'homme qui me conviendrait.

Etait-il cet homme-là ? Il reconsidéra les jours qui avaient conduit au mariage de Sandy et David. Faith et lui avaient été de fait imposés l'un à l'autre dans le cadre de la plupart des événements. Il s'attendait à ce que ce soit une corvée. Au lieu de quoi, il s'était découvert accro à ses sourires et à son rire, et plus encore à sa conversation enlevée, stimulante. Prendre congé d'elle chaque soir était devenu de plus en plus difficile, jusqu'à ce qu'ils finissent par passer le tout dernier ensemble.

Aujourd'hui, l'alchimie entre eux était aussi forte que jamais. Chaque contact, chaque regard l'ébranlait. Oh, oui, il était l'homme qui convenait à Faith King, et si la prendre en traître était le seul moyen pour qu'elle l'admette aussi, qu'il en soit ainsi.

— Viens là.

Elle arqua les sourcils.

— Pardon ?

— Viens t'asseoir ici. Tu verras à quel point c'est relaxant de ramer.

Il se recula sur l'assise, lui aménageant un espace entre ses jambes écartées. Un peu brusque, le mouvement fit osciller l'embarcation et, avec une exclamation étouffée, elle s'agrippa des deux mains aux rebords.

— Je ne pense pas que…

— Ne pense pas et viens là. C'est un excellent exercice, bien meilleur que ces machines que vous autres filles de la ville utilisez dans vos clubs !

Sans se départir d'une expression méfiante, elle se glissa avec précaution de son siège au sien, pivota, puis s'inséra dans l'espace prévu.

— Pas d'entourloupe, hein ?

— Ça ne me viendrait même pas à l'idée, affirma Tate, non sans inspirer brièvement comme le postérieur de la jeune femme effleurait son entrejambe, en même temps que le parfum de fraise de son shampooing lui chatouillait les narines. Attrape les rames, juste au-dessus de mes mains.

Elle s'exécuta, le dos aussi rigide que de l'acier.

— Et maintenant ?

— Suis mes mouvements, et prends la relève quand tu t'en sentiras capable. Ne lâche jamais les rames, sinon elles risquent de s'extraire des dames de nage et de tomber dans le lac. Nous nous retrouverions échoués ici, en plein milieu.

L'encadrant de ses bras nus et de ses jambes, il reprit ses mouvements. A chaque va-et-vient, son torse effleurait son dos, et son sang battait à ses oreilles. Lorsqu'elle prit la direction des opérations, il posa les mains sur sa taille, ce qui la fit instantanément se raidir.

— Continue à ramer, Faith.

— J'ai dit pas d'entourloupe ! protesta-t-elle d'une voix mal assurée.

De ses pouces, il remonta en un lent massage le long de sa colonne vertébrale. Eloquent, il prit son frisson pour l'encouragement dont il avait besoin et, inclinant la tête, il écarta le col de son chemisier et déposa un baiser appuyé sur l'arrondi de son épaule. Elle ne se déroba pas.

— Tate…

— Chuuut. Rame.

Ignorant sa protestation, il repoussa ses cheveux, puis lui mordilla le lobe de l'oreille. Elle eut un hoquet de surprise.

— Garde un rythme constant sinon nous tournerons en rond. Et ne perds pas les rames…

— Ce n'est pas loyal ! protesta-t-elle dans un murmure.

Abandonnée contre lui, elle crispa les doigts sur les manches de bois jusqu'à ce que ses jointures en blanchissent.

— Pourquoi fais-tu ça ? Pourquoi moi ?

— Parce que tu fonds dans mes bras chaque fois que je te touche et que, Faith, tu me fais le même effet, susurra-t-il à son oreille.

Elle tourna la tête, et il lut l'incertitude dans son regard. Comment pouvait-elle douter de ce qu'elle lui inspirait, de ce qu'ils s'inspiraient l'un à l'autre ? Il remua sur l'étroit siège de manière à ce qu'elle s'aperçoive de son érection. Elle eut un hoquet de surprise, écarquilla les yeux, puis s'inclina avidement à la rencontre de ses lèvres. Conscient de se trouvé exposé aux yeux de tous, il conserva les mains sur sa taille alors qu'il brûlait plutôt de remonter ses paumes le long de ses longues jambes lisses, jusque sous l'ourlet de son short, ou de s'emparer de ses seins. Leurs langues s'accrochèrent en un sensuel duel, puis elle lui mordilla la lèvre inférieure.

Soudain, un choc lui fit rejeter la tête en arrière. Ils venaient de heurter la berge. Au-dessus d'eux, les branches d'un saule pleureur leur procuraient un fin voile d'intimité, mais pas assez pour ce qu'il avait en tête. Approfondissant le baiser, il remonta les mains jusqu'à ce que ses pouces taquinent les dessous de ses seins. Elle s'arqua contre lui.

— Retournons chez moi.

Elle hésita, et il s'attendit à ce qu'elle le rejette.

— D'accord.

— Tu es sûre ? insista-t-il. Faith, si je te ramène chez moi, je n'aurai pas de paix jusqu'à ce que je sois en toi !

Les yeux clos, elle exhala un soupir tremblant entre ses lèvres enflées de leur baiser. Lorsqu'elle releva les paupières, il lut une telle passion dans son regard qu'il faillit tout envoyer au diable et ne pas attendre. Il la voulait. Ici. Maintenant. Et tant pis pour les conséquences !

Elle s'humecta les lèvres.

— Oui, sûre.

Résistant à la folle impulsion de la faire basculer sous lui, Tate agrippa de nouveau les rames.

— Alors allons-y, mais, d'abord, fais-moi plaisir : retourne à l'avant. Sans quoi nous risquons de terminer l'après-midi en tôle pour exhibitionnisme alors que je préférerais nettement le passer avec toi dans mon lit !

# 6.

En voyant Tate bercer si tendrement la petite Anna dans ses bras, Faith avait ressenti un manque si douloureux qu'elle ne pouvait le nier. Et sur le lac, juste un peu plus tôt, ce manque avait eu pour écho le désir physique le plus puissant qu'elle ait jamais connu — plus puissant encore que lors de leur première rencontre.

Qui était le véritable Tate Sumner ? Deux ans plut tôt, lorsqu'elle avait cru rencontrer l'homme de sa vie, elle s'était laissé emporter dans son univers et, grâce à lui, elle s'était sentie comme chez elle parmi la foule des inconnus rassemblés à l'occasion du mariage de David. A ses côtés, elle s'était cru, aussi, la femme la plus intelligente et la plus désirable de la planète, et il lui avait fait l'amour au point qu'elle ne parvienne même plus, épuisée qu'elle était, à soulever sa tête de l'oreiller. Elle aspirait désespérément à éprouver de nouveau cette sensation, celle d'appartenir à un endroit et à quelqu'un. Oserait-elle en prendre le risque ?

Mais… si le véritable Tate était le séducteur qu'avaient décrit Sandy et ses demoiselles d'honneur ? Il savait comment faire vibrer la corde sensible des femmes, et aussi jouer sur plusieurs tableaux. N'avait-il pas, au mariage, dansé avec toutes les femmes en dessous de quatre-vingts ans, et porté un toast où il déclarait ne pas comprendre qu'un homme de moins de cinquante ans envisage de ne plus se contenter que d'une seule femme ? Tout comme son père, il n'avait aucune notion de ce qu'était la fidélité.

L'un était l'homme de ses rêves, l'autre un train express pour le chagrin d'amour. Quand le vrai Tate Sumner se montrerait-il enfin ? Avait-elle été l'objet d'une hallucination lorsqu'elle avait cru percevoir en lui quelqu'un d'attentif à sa famille ? Pouvait-elle se fier à son instinct, ou était-elle complètement aveuglée par leur puissante attirance réciproque ? Pouvait-elle s'engager dans une prudente relation avec lui, tout en protégeant son cœur ? Comment le savoir si elle n'en prenait pas le risque ?

Hélas ! elle avait tant vu sa mère souffrir des incartades de son père que cette seule éventualité l'épouvantait.

Tate se gara sur sa place de parking, puis coupa le contact. Elle ravala une boule de nervosité dans sa gorge. Ne pas prendre de risque signifiait qu'elle devait mettre tout de suite le holà à leur projet d'exploration amoureuse. Mais… et s'il était réellement l'homme de sa vie, et qu'elle laissait passer l'occasion ?

Pivotant sur son siège, il la dévisagea d'un regard si brûlant et si intense qu'elle cessa de respirer. Il lui caressa la mâchoire d'une main légèrement calleuse, et elle frissonna. Il avait réussi à la faire fondre de désir.

— Tu as changé d'avis ?

Contradictoires, ses émotions la paralysaient presque. Elle humecta ses lèvres, ravala ses doutes.

— Non.

Il emmêla ses doigts à ses cheveux puis l'attira à lui, dans un baiser si ardent que toutes ses réserves s'éparpillèrent. Elle enroula les doigts autour de ses biceps musclés, s'abandonna contre son torse, et s'enivra de la pression de ce dernier contre ses seins à la sensibilité exacerbée.

Il s'écarta avec un grognement.

— Pas ici !

Il la tira au travers de la banquette de manière à ce qu'elle sorte de son côté du véhicule. Main dans la main, ils se hâtèrent en direction de son appartement. Aussitôt la porte refermée, il la plaqua contre le mur, et l'embrassa avec tant de fièvre qu'elle sentit ses genoux se dérober sous elle. Alors, il la souleva dans ses bras et, sans s'arracher à ses lèvres, l'emporta dans sa chambre, où il la reposa à terre devant le lit. Son regard vert rivé au sien, il attrapa l'ourlet de sa chemise et se la passa au-dessus de la tête.

Elle lui répondit en faisant les mêmes gestes en retour et ôta chemisier, short et chaussures. Son cœur s'emballait tant qu'elle en était étourdie de désir. Cet impérieux besoin de se dévêtir était si peu en adéquation avec sa circonspection habituelle. Une fois en soutien-gorge et slip, elle hésita. Etait-elle assez forte pour supporter la souffrance d'aimer Tate, et de le perdre ensuite ? « Seigneur, pria-t-elle en son for intérieur, faites que ce ne soit pas une erreur. »

Tel un feu à combustion instantanée, le regard de Tate balaya son visage, ses seins, ses jambes, avant de remonter en sens inverse.

— Tu es encore plus belle que dans mon souvenir.

Elle sentit sa respiration s'accélérer. Elle avait tant besoin de croire que ce n'était pas une phrase toute faite !

— Je ne suis pas belle.

— Tu devrais voir ce que je vois, rétorqua-t-il d'une voix rocailleuse qui la fit trembler.

Elle caressa des yeux ses larges épaules, sa taille étroite et ses abdominaux sculptés, puis suivit le sombre sillon qui, le long de l'abdomen, descendait en direction de la longue, dure arête tout juste contenue par le caleçon. Au-dessus, sur le haut de sa cuisse droite, une cicatrice de la taille d'une paume fit trébucher son cœur. Une brûlure ? Par réflexe professionnel, elle se demanda s'il avait été atteint par le feu lors d'une intervention. La peau endommagée était rose vif, pas rouge. Pas récente, mais pas assez ancienne pour s'être entièrement décolorée.

Avant qu'elle ait eu le temps de l'interroger, il l'avait prise et dans ses bras et elle se sentit enveloppée comme dans un cocon de chaleur.

Il dévora sa bouche avec une ferveur qui lui coupa le souffle, tandis que ses mains laissaient, dans leur sillage, sa peau hérissée de chair de poule. Elle laissa errer ses paumes de son dos musculeux à ses fesses, extraordinaires. Avec une plainte sourde, il planta une traînée de baisers à pleine bouche le long de son cou, puis traça de la langue le contour d'un des bonnets de dentelle de son soutien-gorge. Une seconde plus tard, le soutien-gorge volait dans les airs, et la bouche masculine fondait sur son mamelon. Elle enfouit les doigts dans ses cheveux, lutta pour ne pas vaciller sous l'implacable assaut du désir.

Sûrement, une alchimie aussi puissante ne pouvait être une erreur ?

Le caleçon qu'il portait encore frustrait douloureusement le besoin qu'elle avait de le toucher. Elle tira le vêtement en bas de ses hanches, encercla sa brûlante virilité de ses doigts. Tate inspira brièvement entre ses dents, puis fit descendre son string le long de ses jambes et, d'une main assurée, plongea dans sa moiteur avec une expertise confondante, dévastatrice. En quelques instants, ses habiles caresses l'amenèrent au bord de l'extase, l'y retinrent l'espace de quelques secondes, puis l'y firent implacablement basculer. Alanguie contre lui, elle s'agrippa à ses épaules avec une longue, tremblante plainte sourde.

Déposant un brusque, bref baiser sur sa bouche, il s'écarta un peu afin de se munir, dans le tiroir de la table de chevet, d'un préservatif, qu'il enfila prestement. Puis il se laissa retomber sur le lit, sur le dos, et l'attira sur lui. Les cuisses autour de ses hanches, elle se positionna au-dessus de son érection, puis oscilla tout contre, joueuse. Il arrêta ses mouvements de hanches de ses doigts posés, possessifs, sur ses fesses.

— Faith, tu me tues. J'ai besoin d'être en toi, là, tout de suite, marmonna-t-il entre ses dents serrées.

Jamais elle n'avait eu d'amant qui la fasse se sentir aussi puissante, féminine, ou désirée. Elle se laissa glisser le long de son sexe tendu avec une insupportable lenteur, centimètre après centimètre. Le grondement de Tate noya la plainte qu'elle exhala lorsque, enfin, il fut entièrement en elle. Les mains masculines se crispèrent sur ses hanches, tandis qu'il s'arc-boutait en un va-et-vient de plus en plus profond, de plus en plus rapide, puis remontèrent s'emparer de ses seins, qu'il malaxa jusqu'à ce qu'elle se sente aussi tendue qu'un ressort de montre.

Elle s'arqua, les mains agrippées à ses épaules, et s'abandonna à la montée du plaisir. Les doigts enfouis dans ses cheveux, il l'attira à lui dans un baiser ravageur, au rythme de ses hanches, puis glissa une main entre leurs deux corps joints. Elle se sentit grimper de plus en plus haut au rythme de sa caresse jusqu'à ce que, à la cime du plaisir, elle bascule en chute libre dans l'extase. Avec un sursaut, il exhala une plainte sourde, saisi à son tour de violents spasmes de plaisir.

Elle sentit ses muscles, trop brusquement relâchés, la trahir, et elle bascula sur lui. Il lui nicha la tête dans le creux de son épaule, puis déposa un baiser sur son front. A l'exception de leurs respirations encore un peu laborieuses, la pièce retomba dans le silence.

Lorsqu'ils étaient ainsi, dans les bras l'un de l'autre, elle pouvait presque oublier ses doutes et ses craintes. Oserait-elle se risquer à croire qu'un charmeur tel que Tate puisse demeurer fidèle ?

Au-dessus d'elle, le ventilateur à pales rafraîchit peu à peu sa peau en sueur, et son pouls reprit son rythme normal. La respiration de Tate s'apaisa, puis se fit régulière, égale.

Avait-elle trouvé son âme sœur, ou n'était-ce qu'un bref affolement d'hormones ? Elle pouvait presque entendre sa meilleure amie rétorquer : « Et alors, qu'est-ce qu'il y a de mal ? » Rien, à condition qu'elle n'oublie pas que ce n'était que temporaire. Or elle ne voulait pas de temporaire. Elle voulait fonder une famille. Elle voulait du toujours. Et elle voulait les deux avec Tate.

Cette prise de conscience l'effrayait, la rendait vulnérable. Elle ne souhaitait pas traverser la vie seule, mais aimer un homme tel que Tate signifiait à coup sûr qu'elle s'exposerait à la souffrance, à la perte ou à la trahison.

Elle descendit une main le long de son torse jusqu'à la brûlure, sur sa cuisse. Quoique superficielle, et pas du tout disgracieuse, elle était un avertissement — le douloureux rappel que, même si Tate n'était pas, ou plus, un séducteur, elle pouvait tout de même le perdre. Cette cicatrice était la preuve qu'il pouvait lui être arraché à tout instant, et que l'amour, émotion fluctuante, n'offrait aucune garantie de bonheur.

Oserait-elle se risquer à perdre son cœur et à s'exposer à cette souffrance ?

Le poids, dans sa poitrine, lui indiqua qu'elle l'avait déjà fait.

Etait-il déjà trop tard pour réparer les dégâts ?

# 7.

Tate roula sur le dos dans son lit. Vide. Il plissa les yeux, consulta son réveil. Nom d'un chien, il avait dormi comme une souche pendant des heures !

Il rejeta la couette, s'assit.

— Faith ?

Aucune réponse. Où était-elle ? Il se traîna hors du lit, vérifia la salle de bains, la cuisine, puis le balcon, à la vue plongeante sur la piscine. Aucune trace de Faith. La même palpitation troublante, implacable, que celle qu'il avait eue avant d'entrer dans le bâtiment qui s'était effondré sur lui lui glaça les entrailles. L'intuition ? Il revint sur ses pas, regarda dans sa penderie, en ouvrit le premier tiroir. Ses affaires n'étaient plus là !

— Bon sang ! Ce régime de douche écossaise devient usant, à la longue ! jura-t-il tout haut.

Il tira sur les rideaux. Elle devait avoir pris un taxi, car son pick-up était toujours là. Comment diable avait-il pu dormir sans l'entendre préparer cette fuite ? Sans doute à cause de trop de tours de garde de vingt-quatre heures à couvrir les soirées de fin d'année des fraternités étudiantes !

Il sortit son téléphone portable de la poche de son pantalon, abandonné à terre près du lit, et composa le numéro abrégé de David.

— Faith est-elle avec toi ? s'enquit-il aussitôt que son beau-frère décrocha.

— Non, je ne l'ai pas revue depuis que vous êtes partis ensemble hier. Qu'as-tu fait à ma sœur, Tate ? accusa aussitôt David.

Il comprenait sans peine sa colère et, avec un soupir, massa de sa main libre le nœud de tension qui se formait peu à peu dans sa nuque.

— Rien, affirma-t-il, non sans s'abstenir d'ajouter : *à part tomber amoureux d'elle !* Appelle sur mon portable si tu as des nouvelles. S'il te plaît.

— Trouve-la !

— Tu peux compter sur moi.

Il coupa la communication, puis refit le tour de son appartement, cette fois en quête d'indices. Où avait-elle bien pu aller ? Il trouva, sur le comptoir de la cuisine, l'annuaire ouvert à la section S des hôtels, et jura. La réceptionniste n'avait-elle pas dit qu'à cause de toutes les cérémonies de remise de diplôme en cours, seul le sordide Streetside Motel disposait encore de chambres libres ? Faith était-elle donc prête à se mettre en danger pour lui échapper ?

Il décrocha de nouveau le téléphone et, cette fois, contacta un copain officier de police qu'il connaissait depuis le lycée. Cette requête lui vaudrait des mois de mise en boîte, mais il n'avait aucune autre idée.

— Jay, j'ai besoin que tu me rendes un service. Ma belle-sœur s'est euh, hum… enfuie. Son nom est Faith King. Trente et un ans, cheveux blond vénitien, yeux bleus, taille moyenne. Commence par le Streetside Motel.

— A-t-elle fait quelque chose d'illégal ?

Leurs furtives rencontres pouvaient-elles être qualifiées d'accrochage avec délit de fuite ? Son cœur, en tout cas, lui donnait bel et bien l'impression d'avoir été renversé !

— Rien qui te concerne vraiment.

— Veux-tu que je la ramène au poste ?

— Non. Contente-toi de la localiser et ne la laisse pas repartir avant que j'arrive. Et pour l'amour du ciel, si elle est là-bas, assure-toi qu'elle ne craint rien !

Trente minutes plus tard, il garait son pick-up derrière la voiture de patrouille de Jay dans le parking du motel. Son ami le conduisit à l'arrière, encore plus miteux, du bâtiment.

— Elle s'est enregistrée il y a une heure et demie. Chambre six.

— Je te revaudrai ça, mec.

— Une pizza et une bière devraient couvrir ta dette, mais t'as intérêt à me donner tous les détails plus tard ! D'habitude, tu es moins rentre-dedans que ça avec les filles ! ironisa Jay avant d'inviter Tate à s'écarter de la porte à la peinture écaillée. Mets-toi de côté, Sumner. Si tu l'as contrariée, elle ne t'ouvrira pas, alors qu'à moi, si.

Avec un soupir, Tate s'aplatit contre le mur quelques pas plus loin. D'ici une heure, tout le monde saurait à Chapel Hill qu'il s'était ridiculisé à cause d'une femme. Mais Faith en valait amplement la peine. Etait-ce cela, l'amour ? Comment expliquer, sinon, le sentiment de désastre imminent qui serrait ses entrailles ?

— Marché conclu, répondit-il à Jay.

— Et ne fais rien de stupide, sans quoi, ami ou pas, je t'embarque ! décréta Jay en guise d'ultime avertissement, avant de frapper du poing sur la porte.

Celle-ci ne tarda pas à s'ouvrir, et Tate entendit la chaîne de sécurité se tendre avec un cliquetis. Au moins, elle avait eu le bon sens de s'en servir !

— Faith King ? demanda Jay.

— Oui.

Tate détesta la note de peur qu'il perçut dans sa voix.

Il avait oublié à quel point le visage anguleux, presque rébarbatif de Jay pouvait faire passer les brutes d'un parrain de la mafia pour des enfants de chœur !

— Veuillez sortir, s'il vous plaît, mademoiselle King.

— Y a-t-il un problème, officier ?

— C'est ce que je cherche à déterminer.

La porte se referma. La chaîne cliqueta, puis la porte se rouvrit. Elle s'avança sur le trottoir craquelé. Tate sentait son cœur se contracter violemment dans sa poitrine. Elle tourna la tête et écarquilla les yeux en l'apercevant.

— Qu'est-ce qui se passe ? Est-il arrivé quelque chose à David, Sandy ou Anna ?

— Votre famille va bien, mais M. Sumner, ici présent, désire vous parler, déclara Jay avec un geste en direction de Tate.

Il vit ses traits de détendre, puis son expression se fermer.

— Je ne crois pas que M. Sumner et moi ayons quoi que ce soit à nous dire.

Il ravala tant bien que mal douleur et colère.

— Tu ne pourras pas fuir éternellement, Faith.

Elle releva le menton, ce qui exposa, à la base de sa gorge, la roseur révélatrice de sa gêne.

— Je ne fuis pas !

Ils furent interrompus par le crépitement de la radio de Jay.

— Pouvez-vous poursuivre seuls, à présent, tous les deux ? demanda le policier. J'ai un appel.

— Oui. Encore merci, Jay, répondit distraitement Tate.

— Il n'y a rien à poursuivre, objecta-t-elle en même temps.

Mais, déjà, il retournait à sa voiture de patrouille. Trois secondes plus tard, il enclenchait sa sirène et sortait du parking.

— De quoi as-tu peur ? dit-il en se rapprochant d'elle.

— Rien.

La tache de la grosseur d'une pièce de monnaie, sur sa peau, rougeoyait comme des braises. Il en traça le contour de l'index.

— Cet endroit, là, dit tout le contraire…

Elle tressaillit, se déroba à son contact, une main sur la poitrine, puis battit en retraite à l'intérieur de sa chambre.

— Va-t'en, Tate !

Il la suivit, puis referma la porte d'un coup de pied derrière lui. Il se fit la réflexion qu'il n'aurait jamais imaginé se retrouver isolé en compagnie de Faith dans la chambre de ce motel miteux.

— Mon rôle est de secourir les gens, déclara-t-il, pas de les laisser en situation de danger. Je ne t'abandonnerai pas ici.

— Pourquoi ne peux-tu accepter que ce qu'il y a eu entre nous n'était qu'une aventure d'un soir, et laisser tomber ? protesta-t-elle. Tu devrais me remercier de ne pas demander davantage !

A ces mots, il sentit son cœur se mettre à cogner plus sourdement encore, et sa bouche s'assécha.

— Demande, croassa-t-il.

Les lèvres entrouvertes de stupéfaction, elle écarquilla les yeux.

— Co… comment ?

— Demande davantage, Faith.

— Je ne veux pas davantage ! affirma-t-elle.

Le désir, dans ses yeux, et l'avidité de ses lèvres lorsqu'elle lui faisait l'amour disaient tout autre chose à Tate, qui rétorqua :

— Tu n'es pas le genre de femme à te contenter d'une relation superficielle.

— Mais tu ne sais rien de moi ! objecta-t-elle. C'est

à peine si nous nous connaissons depuis plus de sept jours au total, Tate !

— Si tu estimes que nous allons trop vite, et que tu as besoin de plus de temps, je l'accepterai, mais pas que tu refuses de nous donner au moins une chance, décréta-t-il.

Il saisit, avant qu'elle ne détourne les yeux, la lueur de peur, dans son regard.

— Je ne peux pas. Retourne à tes autres conquêtes, et à ton boulot !

La peur ? C'était donc là le cœur du problème ?

Il se remémora sa caresse, sur sa cicatrice, avant qu'il ne sombre dans le sommeil. Il l'avait crue de taille à être une femme de pompier. A l'évidence, il s'était trompé.

— Je n'aurais jamais cru que tu étais lâche, Faith.

# 8.

— Tu crois que je suis lâche ?

Consciente que Tate avait mis le doigt sur un point sensible, Faith sentait sa peau la picoter désagréablement.

Il haussa les épaules.

— A toi de me le dire !

— J'ai de bonnes raisons d'être circonspecte, se justifia-t-elle.

Les jambes écartées, il planta les deux mains sur ses hanches.

— Et qui sont ?

Par où commencer ?

— David t'a-t-il jamais rien dit sur notre père ?

— Seulement que c'était un crétin.

Elle tressaillit.

— C'est un très bel homme, qui a du charme à revendre et, en tant que pilote, il a une femme qui l'attend à chaque escale, expliqua-t-elle. Ma mère savait tout de ses infidélités, et elle en a eu le cœur brisé. Je ne veux pas vivre comme ça. Je ne veux pas aimer un homme qui me fera souffrir encore et encore sans aucun scrupule.

Un pli de contrariété entre les sourcils, il redressa les épaules.

— Tu me compares à ton père ?

— Cette nuit-là, avant le mariage, je n'étais pas loin de tomber amoureuse de toi, mais, pour toi, ce n'était qu'un jeu ! riposta-t-elle. Le jour suivant, à l'église, tu as flirté avec toutes les femmes présentes !

Il laissa échapper une exclamation d'exaspération.

— Seulement parce que tu m'avais rejeté !

— Nies-tu que tu as la réputation de n'avoir que des liaisons sans lendemain ?

Il passa une main dans ses cheveux, ce qui fit se hérisser son épi.

— Non.

— Et espérais-tu davantage que cela lors du mariage de David et de Sandy ?

— Non, admit-il là encore, la mâchoire crispée.

Elle poussa un long soupir, puis s'enveloppa de ses bras. Y avait-il pire sensation que d'entendre ses craintes se confirmer ?

— C'est précisément ce que ta sœur et ses demoiselles d'honneur m'ont appris, reprit-elle. A mon arrivée à l'église, elles pariaient sur qui serait assez idiote pour succomber à ton charme, cette fois-là. J'ai eu trop honte de leur annoncer qu'en ce qui me concernait, c'était déjà fait !

— Rappelle-moi de mettre une muselière à mes sœurs, à l'occasion !

Il traversa la pièce, s'immobilisant à quelques centimètres à peine d'elle. Boisée, son eau de toilette lui chatouilla les narines et son regard vert, sérieux, emprisonna le sien.

— Aussi loin que je m'en souvienne, poursuivit-il, j'ai toujours été l'homme de la maison. J'endossais ce rôle lorsque mon père était de garde à la caserne et, après sa mort accidentelle dans un incendie, ma mère et mes sœurs ont tout naturellement attendu de moi que je prenne la relève. J'ai dû renoncer à mon rêve d'aller à l'université et j'ai dû suivre les traces de mon père comme pompier, parce que nous avions besoin d'argent pour payer les études de mes sœurs. Ça m'est resté un peu en travers de la gorge. J'étais jeune, et je n'aspirais qu'à m'amuser et à rencontrer des filles, comme tous les autres garçons de mon âge. Tu ne vas peut-être pas le croire, mais je n'ai perdu ma virginité qu'à vingt ans !

» Sandy est la dernière à avoir quitté la maison, poursuivit-il avec un soupir. Lorsqu'elle a rencontré ton frère un an avant leur mariage, je me suis dit que j'allais enfin pouvoir profiter de ma liberté, et j'étais bien décidé à rattraper le temps perdu, ou du moins à essayer. »

Il secoua la tête, un sourire d'ironie désabusée aux lèvres.

— Et pour essayer, j'ai essayé ! Et ensuite, je t'ai rencontrée, et j'ai paniqué parce qu'avec toi, j'ai voulu plus qu'une folle nuit de sexe. Tu menaçais ma liberté tout juste acquise. Lorsque tu m'as rejeté après cette nuit magique, j'étais si en colère que j'ai voulu te montrer que je m'en fichais comme d'une guigne. Je voulais te rendre jalouse, m'assurer que tu comprennes ce que tu perdais. J'en suis navré. Je me suis conduit comme un vrai crétin à la réception.

— Tu peux le dire ! affirma Faith qui commençait néanmoins à appréhender la situation sous un jour nouveau.

Il grimaça.

— Tu étais la femme parfaite pour moi, Faith, mais j'étais trop stupide alors pour le reconnaître. Donne-moi une chance aujourd'hui de te prouver que nous sommes faits l'un pour l'autre, et je promets que tu ne le regretteras pas.

Elle sentit son cœur manquer un battement, mais la peur la retenait toujours.

— Comment croire que tu ne me feras jamais souffrir, Tate ? J'ai besoin de quelqu'un qui m'aime pour toujours, pas seulement quand ça l'arrange !

— Il n'y a jamais aucune garantie dans la vie, objecta-t-il. Tu dois mettre tes peurs de côté, ou elles te paralyseront !

C'était exactement ce qui s'était produit. Elle voulait fonder une famille qui serait bien à elle et, pourtant, jamais elle ne sortait plus de trois ou quatre fois avec le même homme. Aussitôt qu'elle commençait à s'attacher, elle mettait fin à la relation. Elle enviait ses amies de se marier et de trouver le bonheur, mais jamais elle ne s'était risquée à tenter elle-même sa chance ! Le seul risque qu'elle ait jamais pris, c'était avec Tate, et elle s'était douloureusement brûlée !

— Même si tu n'es pas aussi infidèle que mon père, n'importe quelle urgence incendie à laquelle tu réponds pourrait être la dernière. Ta jambe…

Elle désigna le haut de la cuisse de Tate, se mordit la lèvre inférieure, la fin de sa phrase étranglée par la peur.

— Chaque fois que tu montes en voiture pour aller travailler, ce pourrait aussi être la dernière, mais je ne t'enfermerai pas pour autant entre quatre murs, lui fit-il remarquer. Je ne nie pas que mon métier est dangereux. J'ai été pris sous les décombres de l'effondrement d'un immeuble parce que j'y suis entré au mépris des consignes de sécurité les plus élémentaires de mon entraînement. A l'époque, je pensais n'avoir rien à perdre. Aujourd'hui si, expliqua-t-il, avant de déposer un bref baiser sur ses lèvres.

Elle sentit sa résistance s'effriter.

— Je suis trop faible avec toi, Tate. Je m'exhorte à ne pas céder à ton charme et à tes belles phrases, et je capitule toujours, avoua-t-elle. Sais-tu que mon unique objectif, ce week-end, était de ne pas me retrouver dans ton lit ? Le moins qu'on puisse dire, c'est que j'ai lamentablement échoué !

Il lui adressa un sourire tendre qui fit vibrer en elle une corde trop sensible et répondit :

— C'est parce que ton cœur sait mieux que ta tête. Et tu n'es pas faible, Faith. La femme que je vois lorsque nous sommes ensemble est une femme qui sait ce qu'elle veut et qui le prend. C'est la persévérance qui te manque.

— J'ai peur de me tromper, de souffrir.

Et aussi d'être seule, mais ne l'était-elle pas de toute façon depuis leur rencontre avortée ? s'avisa tristement Faith.

— Je me rue peut-être dans des immeubles en feu pour gagner ma vie, mais rien ne m'effraie davantage que de te perdre, avoua-t-il alors.

L'attirant dans ses bras, il l'embrassa tendrement, profondément. Elle s'agrippa à lui et sentit l'espoir renaître en elle.

Ils furent interrompus par un bruit dans la chambre voisine qui ressemblait au heurt d'une tête de lit contre le mur mitoyen. S'ensuivirent des halètements de plaisir.

Avec un petit rire, il la relâcha, puis s'empara de sa valise.

— Sortons d'ici. Hors de question que je te demande en mariage dans ce bouge !

Elle sentit son cœur s'arrêter, sa mâchoire s'affaisser.

— Tu… tu veux me demander en mariage ?

Il ouvrit grand la porte, puis s'immobilisa sur le seuil.

— La seule manière d'en être sûre est d'avoir les tripes de me suivre, tu ne crois pas ?

La porte se referma derrière lui, et elle hésita au milieu de la pièce, paralysée par l'indécision. Elle rêvait d'un mari qui ferait passer sa famille avant tout, et d'un homme qui lui donnerait le sentiment d'être féminine, fragile et forte à la fois. Ce dont elle avait besoin, c'était d'un homme assez courageux pour affronter ses propres démons, et aussi les siens.

Elle porta une main à son cœur bouleversé. Tate Sumner était cet homme-là. Il lui offrait l'amour dont elle rêvait, et auquel elle aspirait plus que tout au monde, mais encore lui fallait-il puiser le courage de s'en saisir avant qu'il ne soit trop tard. Il n'avait pas dit qu'il l'aimait. Etait-ce le cas ?

Tout à coup, elle éprouva l'impérieux besoin de le savoir et, se saisissant au vol de son sac à main, elle courut derrière lui. Elle avait tant à perdre, mais tellement plus à gagner ! C'était, elle n'en doutait plus, le moment ou jamais de mettre son cœur en jeu.

C'est sans un mot qu'il l'aida à monter dans le pick-up, et ni l'un ni l'autre ne parla non plus tandis qu'il conduisait jusqu'au lac, puis se garait à l'ombre d'un arbre. Descendu de voiture, il se dirigea vers un rocher au bord de l'eau. Elle le suivit, puis s'immobilisa à son côté, les genoux flageolants, alors qu'il contemplait les flots hérissés par la brise.

— Mon père affirmait toujours qu'il s'était épris de ma mère au premier regard. Enfant, je pensais que c'était le truc le plus idiot que j'avais jamais entendu, dit-il sans la regarder.

Après quoi, il tourna la tête vers elle et, à voir le trop-plein d'amour, dans ses yeux, elle sentit l'air se bloquer dans ses poumons. Il prit sa main dans la sienne.

— Et ensuite, je t'ai rencontrée, et j'ai aussitôt compris ce qu'il voulait dire. Je t'aime, Faith, et je promets que je t'aimerai jusqu'au jour de ma mort.

Elle sentit son cœur se serrer d'émotion, puis déborder de ses yeux en chaudes, épaisses larmes.

— Je t'aime aussi…

— Epouse-moi. Aujourd'hui. Demain. Ou le jour, quel qu'il soit, où tu croiras en la sincérité de mon amour pour toi.

Elle eut un pauvre petit sourire.

— Je crois en ton amour là, dès maintenant, affirma-t-elle, et aussi qu'aujourd'hui, ou demain, ou aussitôt que nous pourrons l'organiser, notre mariage sera parfait.

*A paraître le 1er mars*

*Best-Sellers n°502 • suspense*

**Je ne t'ai pas oublié** - Karen Harper

Deux ans ont passé depuis que Tara Kinsale, détective privée, est sortie de longs mois de coma. De ces mois d'inconscience, elle n'a conservé que le souvenir vague d'un voile blanc. Et au réveil, ce terrible choc : pendant ce temps, son mari avait obtenu le divorce. Alors qu'elle reprend à peine le fil de sa vie, elle se retrouve de nouveau en état de choc quand un médecin lui annonce qu'elle a mis au monde un bébé pendant son coma. Un enfant ? Impossible. Et pourtant, le doute s'insinue dans son esprit. Pourquoi ses proches refusent-t-ils de répondre à ses questions s'il n'y a rien à cacher ? De son chalet perdu au cœur de la luxuriante vallée de Shadow Mountain, épaulée par Nick MacMahon, un homme qu'elle connait depuis peu mais en qui elle a spontanément eu confiance, Tara se lance dans une enquête sur ce long coma au cours duquel l'impensable s'est produit.

*Best-Sellers n°503 • suspense*

**Le cercle brisé** - Nora Roberts

Emma a trois ans quand elle est arrachée par son père, riche et célèbre musicien de rock vivant à Los Angeles, aux bas-fonds de Londres ainsi qu'aux mauvais traitements d'une mère alcoolique et droguée. Alors que la vie paraît enfin sourire à la petite Emma, c'est le drame : elle assiste, impuissante, au meurtre de Darren, son demi-frère de deux ans. Sous le choc, Emma enfouit au plus profond de sa mémoire le souvenir du visage du ravisseur, tandis que grandit en elle un terrible sentiment de culpabilité : elle n'a pas su protéger son petit frère adoré. D'autant que, malgré une longue enquête, le meurtrier n'a jamais été retrouvé. Adulte, Emma devient une photographe célèbre. Mais la petite fille en elle n'a jamais oublié le drame. L'image imprécise du meurtrier hante ses cauchemars. Pour vivre enfin en paix, Emma va devoir le démasquer. Mais pour y parvenir, il lui faudra provoquer un scandale retentissant, et mettre en danger sa propre vie…

*Best-Sellers n°504 • suspense*

**L'île du mystère** - Heather Graham

En décidant de racheter le musée Beckett de l'île de Key West, en Floride, pour le restaurer et le rouvrir au public, Katie O'Hara s'apprête à réaliser l'un de ses souhaits les plus chers, dans ce lieu auquel elle reste profondément attachée. Un attachement que le crime commis là dix ans plus tôt ne peut en rien diminuer. Mais rapidement, un obstacle inattendu se dresse devant elle : le propriétaire, le photographe David Beckett, décide soudainement de s'opposer à la vente, et de revenir s'installer à Key West. Malgré le choc que lui cause cette nouvelle, Katie décide de convaincre le séduisant David du bien-fondé de son projet. Jusqu'à ce qu'elle apprenne qu'il a lui-même été soupçonné du meurtre dix ans plus tôt…

*Best-Sellers n°505 • féminin*

**L'enfant du scandale** - Barbara Delinsky

Hugh et Dana forment un couple harmonieux malgré leurs différences. Si Dana vient d'un milieu modeste et n'a jamais connu son père, Hugh, issu de la bourgeoisie bostonienne, a dû lutter pour faire accepter son épouse dans sa famille. Alors que l'arrivée d'un enfant semble apaiser les passions, c'est un véritable scandale que déclenche la naissance de la petite fille. Car, alors que rien ne le laissait prévoir, la fillette a la peau noire. Abasourdis, déchirés entre la joie et la soif de réponses, les jeunes parents décident d'explorer leurs racines... au risque de déterrer les secrets du passé...

*Best-Sellers n°506 • féminin*

**Jusqu'au bout du rêve** - Sherryl Woods

Bouleversée par sa rupture douloureuse avec Connor O'Brien, Heather Donovan quitte Baltimore pour s'installer à Chesapeake Shores avec Mick, leur petit garçon de un an. En choisissant de vivre dans ce petit paradis en bordure de mer, elle espère se reconstruire, et surtout, permettre à son fils de s'épanouir au grand air. Mais rien ne se déroule comme Heather l'avait prévu. Car Connor, qui a toujours refusé avec entêtement de se marier avec elle, lui préférant sa brillante carrière d'avocat, cherche désormais à la reconquérir. Déstabilisée par cette attitude, mais déterminée à se tenir aussi loin que possible de celui en qui elle n'a plus confiance, Heather se consacre entièrement à son fils et à la petite boutique qu'elle vient d'ouvrir. Jusqu'à ce qu'un choc violent et inattendu vienne à nouveau bouleverser sa vie...

*Best-Sellers n°507 • suspense*

**La mémoire volée** - Beverly Barton

Quels secrets se cachent entre les murs de l'imposante demeure de la plus ancienne famille du Mississippi ? Missionné par G.W Wesbrook, le patriarche du clan, pour retrouver sa petite fille Leslie Anne qui vient de fuguer, Dante Moran a la sensation gênante de faire intrusion dans une affaire de famille complexe, douloureuse. Une histoire à laquelle il se sent complètement étranger, jusqu'au jour où il rencontre Tessa, la mère de Leslie Anne. Troublé d'abord par la beauté fragile de Tessa, Dante reçoit un choc lorsqu'elle plonge ses yeux dans les siens. Car ce regard réveille en lui l'éclat d'un autre regard, le souvenir d'une autre femme, perdue il y a longtemps...

*Best-Sellers n°508 • historique*

**La princesse celte** - Helen Kirkman

*Angleterre, Royaume de Northumbrie, 716*

Après avoir échappé au mariage que son père, le roi des celtes, voulait lui imposer, Alina s'est réfugiée dans un couvent isolé où elle mène une existence simple, au mépris de son titre de princesse. Mais sa vie est bouleversée lorsqu'un matin, un sombre guerrier fait irruption dans le couvent, l'épée à la main et l'éclat de la vengeance dans les yeux. Car cet homme, cet être d'ombre et de lumière, n'est autre qu'Athelbrand le saxon avec lequel elle s'est enfuie la veille de son mariage et qu'elle a ensuite quitté sans explications, le condamnant au déshonneur et à l'exil. Brand, qu'elle a aimé de tout son cœur et de toute son âme mais qu'elle a trahi malgré elle…

*Best-Sellers n°509 • historique*

**Le secret de lady Scarlet** - Nicola Cornick

*Fortune Folly, Yorkshire, 1810*

Pour empêcher Nat Waterhouse, son ami d'enfance, de faire un mariage d'intérêt avec une riche héritière, lady Elizabeth Scarlet est prête à tout. Y compris à élaborer un plan aussi audacieux que scandaleux pour y parvenir : kidnapper et enfermer Nat dans un manoir désert la veille de la cérémonie.

Et tout se déroule comme prévu jusqu'au moment où Nat comprend qu'il a été piégé. Furieux, il l'accuse de se comporter en petite fille gâtée et capricieuse. Pis encore ! il sous-entend qu'elle est amoureuse de lui depuis toujours et qu'elle jalouse sa fiancée. Blessée dans son orgueil, profondément gênée par les insinuations de Nat, Lizzie décide de lui prouver qu'elle ne le laisse pas aussi indifférent qu'il veut le faire croire…

Composé et édité par les

*éditions* HARLEQUIN

Achevé d'imprimer en mars 2012

BRODARD & TAUPIN

La Flèche

Dépôt légal : avril 2012

N° d'imprimeur : 67891

*Imprimé en France*